林文寶　編著

張晏瑞　主編

林文寶兒童文學著作集

第四輯　其他編

第三冊
讀書會、閱讀與知識
台灣地區兒童
閱讀興趣調查研究

讀書會、閱讀與知識

林文寶　主編

張晏瑞　主編

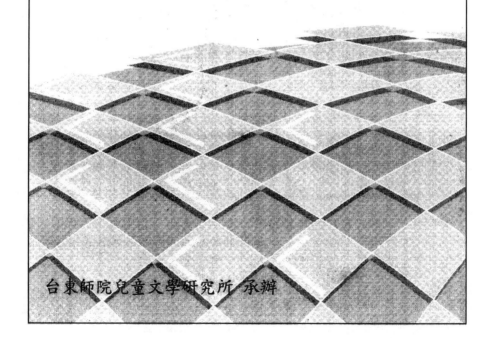

《讀書會、閱讀與知識》原版書影

國家圖書館出版品預行編目資料

讀書會、閱讀與知識／國立臺東師院兒童文學研究所
編輯.—初版.—臺東市：東師院兒童文學所
1999 [民 88]　230 面；21 公分，--(兒童文學叢書)
ISBN　957-02-3250-1 (平裝)

讀書會、閱讀與知識

主辦單位：行政院文化建設委員會

承辦單位：國立台東師範學院

編 印 者：國立台東師院兒童文學研究所

台東市中華路 1 段 684 號

電話：(089)318855

劃撥帳號：0 6 6 4 8 3 0 1

戶　　名：台東師院兒童文學研究所

承 印 者：時佾打字印刷社

台東市福建路 68 號

電話：(089)323025

1999 年 2 月初版

《讀書會、閱讀與知識》原版版權頁

📖📖 目　　錄 📖📖

從必讀書目談起
—師院生必讀書目

林 文 寶

從必讀書目談起
一師院生必讀書目

　　所謂「必讀」，是指非讀不可，具有指令的意思；而「必讀書目」，則是非讀不可的書。就文法而言，是省略起詞的敘事簡句。

　　必讀之書，自古有之。孔子曾有「不學詩無以言」、「不學禮無以立」（見《論語・季氏》）之說。又《論語・述而》篇「子所雅言，詩、書、執禮，皆雅言也。」可見孔子平日常以詩、書、禮教弟子。而後，儒士非但要具有禮、樂、射、御、書、數等六藝之必要的知識與技能，更要有五經的基本學養。至南宋，朱子於孝宗淳熙年間，合輯《論語》、《孟子》、《大學》、《中庸》成集，名爲「四子書」、通稱爲《四書》，並於元仁宗皇慶二年（1313 年）以後，成爲科舉士子必讀書。

　　總之，所謂必讀書目，歷代有之。其間或以清末張之洞的《書目答問》爲集大成；但該書雖具有書目之實，卻無必讀之效。民國以後，由於西潮東漸，傳統文化面臨危機，於是又有國學必讀書目的流行。其中，要以胡適、梁啓超兩人的書目最爲著名。

　　胡適應清華大學畢業生即將出國留學的胡敦元等四人之請，擬了份書單，叫做＜一個最低限度的國學書目＞，並於二年三月四日刊登於《努力週報》的增刊《讀書雜誌》第七期上。胡適所擬書目，計分三類：

一、工具之部　十四種書

二、思想史之部　七十二種書

三、文學史之部　八十一種書（以上詳見遠流版《胡適作品集》冊七，頁 127～142）

　　三類合計一百六十七種。當時《清華週刊》記者，並於當月十一日致函請教。於是胡氏再擬一個＜實在的最低限度的書目＞三十九種（同上，頁 144～145）。而梁啓超看了胡氏的書目深不以爲然：他接受《清華週刊》記者的要求，撰寫＜國學入門書要目及其讀法＞，並有附錄三篇。（以上並見同上，頁 146～175）其中附錄即是＜評胡適之「一個最低限度的國學書目」＞，該文最後的總評是：

　　　　總而言之，胡君這篇書目，從一方面看，嫌他墨漏太多；從別方面看，嫌他博而寡要，我認爲是不合用的。(同上，頁 175)

　　梁氏並有「最低限度之必讀書目」列於附錄一。所列書目約爲三十種，並謂：

　　　　以上各書，無論學礦，學工程……皆須一讀。若並此未讀，眞不能認爲中國學人矣（同上，頁 67）。

　　後來再開必讀書目要皆以量少爲主。如高明先生於＜國學的研究法＞一文裡，曾列舉十部立根基的必讀書目，他說：

民國以來，梁任公、胡適之、錢基博、汪辟疆諸先生都曾開
過書目，他們所開的書目，最少的（如梁任公的最低限度之
必讀科目）也有三十部書左右，多的開有一百幾十部書。王
雲五先生爲商務印書館出了一套國學基本叢書，目錄裡就列
了四百部書，以中國圖書的浩瀚，選了四百部爲基本的書，
誠然也不算多，但是讓現在的青年看來，恐怕要望而卻步了。
我曾經把他們所開的書目減縮爲十部，那就是《論語》、《孟
子》、《荀子》、《禮記》、《左傳》、《史記》、《毛詩》、《昭明文
選》、《文心雕龍》、《說文解字》—這可說是眞的「最低限度
的必讀書目」了。（見 1978 年 3 月黎明版《高明文輯》上冊，
頁 105）

　　又錢穆先生於＜讀書與做人＞一文裡（見 1979 年 8 月東大版
《歷史與文化論叢》頁 363～372），認爲《論語》、《孟子》、《老子》、
《莊子》、《六祖壇經》、《朱子近思錄》、《傳習錄》等七部書，是中
國人在修養方面人人必讀的書。後來，在＜中國人的思想總綱＞一
文中，又強調是中國人人必讀的書，並稱之爲「中國新的七經」。（詳
見 1979 年 8 月聯經版《從中國歷史來看中國民族性及中國文化》
頁 85～88）

　　除此之外，蔡信發先生於＜也談必讀書目＞一文裡（見 1984
年 12 月 15 日《中央日報》副刊），則以《四書集注》、《禮記正義》、
《史記會注考證》、《資治通鑑》、《荀子集解》、《老子》王弼注、《莊
子集釋》、段注《說文解字》、《古文觀止》、《唐詩三百首》等十部
書爲眞正最低限度的國學書目。

　　總之，有關必讀書目，仍有多種不同的說法。有與趣的人可以
參考下列各書：

　　《書目類編》　嚴靈峰編輯　成文出版社
　　《國學方法論叢》（書目篇）　黃章明、王志成編　學人文
　　　教出版社　1979 年 10 月再版
　　《好書書目》　胡建雄編　爾雅出版社　1979 年 9 月
　　《好書書目》　隱地、胡建雄合編　爾雅出版社　1983 年 1
　　　月
　　《中學生好書書目》　陳憲仁策劃　明道文藝雜誌社　1984
　　　年 12 月

　　其實，所謂「必讀書目」，就文法結構而言，是屬於省略起詞
的敘事簡句。這種敘事簡單的基本句型是：

　　起詞－述詞－止詞

　　就修辭而言，似乎可約化為「讀書」二字：因此所謂「必讀書
目」，必須考慮到對象、目的與性質。

　　我們知道，對象不同，則所謂必讀書目亦有所不同。如錢穆先
生的對象是指全部的中國人；而高明先生則是指研究國學的人。

　　又讀書有各種不同的目的：或為考試，或為充實自己。張春興
先生在〈怎樣突破讀書的心理困境〉一文裡，認為讀書至少應有三
個目的：

1. 文化承傳的目的。
2. 實際應用的目的。
3. 生活充實的目的。(見 1982 年 10 月東華版《怎樣突破讀書的困境》頁 6)

讀書因目的不同，則必讀書目也會有不同。

至於書的性質，也有消遣書、教科書、工具書、專門書的不同；因性質不同，必讀書目也會有所不同。

因此，本文所謂的師院生必讀書目，亦當從對象、目的、性質方面加以解說。

師院生是起詞，也是所謂的主詞，這個主詞的界定，限制了所謂的必讀書目的範圍。我們知道師院生是明日從事小學教育的工作者。大學教育，它的基本功能雖是發展知識，造育人才；而師院的教育卻更著重於經由專業訓練培養出能教書、會教人，而且願為教書教人長期奉獻的現代教師。這種老師具備專門知識、專業知識、專業精神；這是師院教育的主要教育目標。這種教育目標，也就是一般通稱博雅教育、人文教育、人格教育。我們自古有經師、人師之說，而師院教育即是透過專業訓練培養出來經師、人師兼具的良師。

現代的師院生相當於古代的「士」，尤其是在這多元化的社會裡，更必須拓展視野。因此，關心的層面不應侷限在自己本科系那些專業的範疇，而應擴充到整個國家、社會，所以涉獵的書要多、要廣。書就歷史言，有新、舊；就性質言，有專業、修養、欣賞、

博聞、新知、消遣的不同。在這資訊化社會裡，有關專業、知識技能與常識的書可說日新月異，正是所謂的「知識爆炸」，在這知識價值快速變易的時代，只有掌握資訊才能擁有知識。但是在良師的特定規範下，我們認為仍有些千古不易的傳統典籍在。這些書具有永恆性、民族性。對師院生而言，有助於我國人師的養成；申言之，師院教育的目標是在透過專業訓練培養出來經師、人師兼具的良師；這種良師，也就是韓愈所說的：「所以傳道、授業、解惑也」的「師者」。又我國向來把「尊德性」與「道問學」並提，這種知識與德性並重的人文教育，是我國歷代教育的特質所在。這種人文修養，即是講究做人的道理與方法：懂得如何做人，才是最高的知識；學如何做人才是最大的學問。學做人是人最切身的問題，任何一個社會、一個民族，都有其教人做人的道理，生長在這社會裡的人，都要接受這社會教我們做人的道理。我們知道所謂的良師，並非只是傳授知識的經師，而是在知識之外，在學生成長的旅途中，啟發、引導、鼓舞學生向上的人師。因此，良師是嚮導、是表率、是追求者、是顧問、是創造者、是權威、是鼓舞者、是常規的力行者、是窠臼的打破者、是說書者、是演員、是面對現實者、是評量者。在這社會變遷中接受教育的現代學生，其心理成長的歷程，比前人更為困難，也更需要教師的教導。又今日學生的學習，已不單是學校圍牆內的學習活動，事實上已擴展到：只要能提升生活價值和生命意義的人類經驗，都應包括其中。這種「潛在課程」的推演，更肯定教師在學生學習過程中的重要性。尤其是在「情意領域」方面的學習，更是需要有人師的引導。

　　申言之，在這西風東漸的時代，中國文化傳統面對「中學之體」

如何保住與「西學之用」如何開展之際，首要之途在於「定位」。
個人認為師院生必須以中國文化為立足點。錢穆先生在＜中國文化
傳統在那裡＞一文裡曾說：「我講中國文化有三大傳統：一是中國
人，一是中國的家，又一是中國的國。」（見 1971 年 7 月自印本《中
國文化精神》，頁 25），這種文化中國的教育觀，是我們必須肯定的
前提。

　　所謂文化中國的教育觀，亦即是博雅教育、人文教育、人格教
育。在這種文化中國教育觀或博雅教育規範之下的師院生，除了「道
問學」之外，更應致力於「尊德性」，這是教育的宗旨，也是我國
歷代教育的特質。是以個人認為今日師院生確實有必要讀一些非讀
不可的傳統典籍。這些必讀書目，旨不在專門知識的追求，但卻有
助於專業知識與專業精神的養成；更重要的是會養成有根有源的中
國人的教師。特此，考量前述各必讀書目，提供下列十五部書以供
參考：

　　　《四書》、《老子》、《莊子》、《六祖壇經》、《朱子近思錄》、《王
　　　陽明傳習錄》、　　《古文觀止》、《唐詩三百首》、《三國志演
　　　義》、《水滸傳》、《西遊記》、《聊齋志異》、《老殘遊記》、《儒
　　　林外史》、《紅樓夢》。

　　上列十五部書可分為兩大類，即思想與文學兩類。要皆以博雅
教育為前提。其中思想類六種，以錢穆先生的書目為據：錢氏僅列
《論》、《孟》，個人以四書並列。文學類又可分為兩類，即詩文與
小說。在博雅教育的觀點下，列入《古文觀止》與《唐詩三百首》，

可說是最合適的兩部書。至於列入七部小說，或許會有不同的意見，尤其是在「士之致遠，先器識，後文藝」（見《新唐書‧裴行儉傳》）的觀點之下，更會有人不同意。但個人認為傳統的教育，似乎缺乏以兒童為本位的認知，尤其在「文以載道」的觀念下，教育不具有活潑的傾向。其實，在多元社會裡，「先器識，後文藝」的論點已不足為訓。梁啟超在〈論小說與群治之關係〉一文裡，曾暢論小說具有「熏、浸、刺、提」四種支配人道的教化力。又由唐宋以來說書等民間娛樂，更可見小說的教育性。個人認為小說也是一種知識或文化的源泉。

在所列舉的七部小說中，皆屬經典名著；其中多與民間文學、兒童文學息息相關。身為未來小學教師的師院生，更當耳熟能詳，以備教學或引發之用。又今日讀書治療亦大都以小說為主，我們知道在學生的成長路上，文學中的小說，似乎是他最好的朋友，為今日博雅教育而計，捨小說其誰？

綜觀所列十五部書，皆以人文學科為主，所謂「觀乎人文，以化成天下」（見《易‧賁象》）又「舍諸天運，徵乎人文」（見《後漢書‧公孫瓚傳論》）。蓋人文教育乃是一切教育的基礎。師院同學在學四年，除尋求專門知識與新知外，理當對人類知識文化有相當程度的了解；尤其是對自己民族的學術文化有一基本的欣賞與把握。是以所列十五部書或可作為四年裏的必讀書目，在成長歷程的四年裡與你們同行，並願以此與全體同學共勉之。

讀書會、閱讀與知識

林　文　寶

讀書會、閱讀與知識

壹：

　　我們是個健忘的族群。有關讀書、知識與讀書會的林林總總，且聽我細細且娓娓道來：

貳：

　　曾子說：「君子以文會友，以友輔仁」(《論語》＜顏淵篇＞)似乎是我國最早的雛型讀書會。學者透過話語、論述、對話，進而尋求溝通或共識。只是封建、保守的過去，執政者時常透過制式的學習場地，進行制式的教育。然而，「以文會友，以友輔仁」的話語，卻仍不斷。也就是說，在以前，讀書會曾是莫虛有的羅織罪狀的理由之一。曾幾何時，讀書會則成為二十一世紀的新主張，也是生活的另一選擇。

　　讀書會能名正言順的立足於當下社會，可見我們的生活素質。

　　回顧台灣過去的百年來歷史，台灣這個缺乏資源，沒有政治地位的彈丸之地，如何在過去的歲月裡，從貧窮發展到富裕，在富裕之後能好禮。在其中，我們有過：

　　成人教育的理念。

　　自由與民主的追求。

　　第六倫、第七倫的觀念。

學者林明德呼籲「書香社會」，主張以書櫥代替酒櫥。而經濟學者高希均更是一直鼓吹書香社會與讀書運動。

1984 年 12 月 7 日，台灣省主席邱創煥在省議員質詢的時候表示，省府將以「書香」來提升省民生活品質，而且要在五年之內，使台灣省的每一個鄉鎮市都有一座圖書館，讓民眾有多看書、多念書的機會與地方，才能培養全民讀書風氣，使台灣省成為一個書香社會。

而民間，亦已經有人蠢蠢欲動想成立讀書會。陳來紅於《袋鼠媽媽讀書會》一書中有云：

> 記得在民國七十三年，我們結合了一些家長和功文數學的輔導員，並聘請當時甫學成回國的柯華葳博士，為我們開設一系列「父母效能訓練課程」。家中的客廳權充教室，大家圍成一圈熱烈討論，不下於校園學子。課程告一段落，楊茂秀教授在柯博士的轉介下，為我們主持為期一年多的「教育哲學課程」。
>
> 由於柯博士的提醒，筆者特別留意楊教授上課時的過程和方式。兩位學者看似「散漫」的討論，其實是以「深入淺出」的方法，將學理與生活體驗融合。他們特別珍惜這群媽媽們的親身經驗，也由於他們的鼓勵和支持，有些學理得以在日常生活靈活應用，而受惠很多。
>
> 七十四年筆者在柯博士鼓勵之下，以「媽媽充電會」之名，跨出勇敢的第一步，自組讀書會。(1997 年 2 月二版毛毛蟲兒童哲學基金會出版，頁 20-21)

一群原來只是學習功文數學的家長所組成的讀書會，由於其中一位在報上寫了文章，結果引來許多渴望加入的朋友。就這樣一群又一群的流轉，最多曾有三組讀書會的媽媽集結，那時還勞駕李雅卿女士幫忙主持，才能滿足這麼多想加入讀書會的媽媽們呢！

七十六年六月，雕塑家曾文傑先生曾應邀到讀書會，教導媽媽們製作「紙黏土」。他很意外這群媽媽竟然可以帶著稚子求學，感動之餘，特別為這群身懷幼子的媽媽團體，命名為「袋鼠媽媽」，大家一聽，欣然就將「充電會」正式易名，以為紀念。（同上，頁 24）

　　陳來紅似乎也因此走入了社區文化的推廣活動。而楊茂秀早已於 1979 年 2 月將兒童哲學的第一本教材《哲學教室》譯為中文。（台灣學生書局印行）並以點狀式地在一些幼稚園及學校散播了它的種子。為了更進一步推廣兒童哲學，楊茂秀將原來的毛毛蟲兒童哲學工作室擴展為「財團法人毛毛兒童哲學基金會」，在 1990 年 3 月正式成立運作，並於同年舉辦第三屆國際兒童哲學會議會。

　　讀書會的成立，自與政治、社會與經濟息息相關。就大趨勢而言，1970 年以後，已是顯著的回歸寫實與本土化。這種本土化的風潮，將之置之於台灣整體的社會歷史脈絡中考察，再以阿圖塞（L. Althusser）的社會形構概念、葛蘭西（A. Gramic）的文化霸權和愛德華‧薩伊德（Edward M. Said）的後殖民觀點視之，自能了解這種本土化的趨勢。這是自我覺醒的時期，其關鍵在於政治性的衝擊：

1970 年 11 月的釣魚台事件。

　　1971 年 10 月，政府宣佈退出聯合國。12 月，台灣長老教會發表國是聲明，希望台灣變成「新而獨立」的國家。

　　1972 年 2 月，美國總統尼克森和周恩來發表＜上海公報＞。

　　1972 年 9 月，日本承認中共，同時廢除中日和平條約。

　　1975 年 4 月，蔣介石去世。

　　1978 年，中美斷交。

　　1979 年 12 月，發生高雄事件。

　　這些衝擊有的是足以動搖國本，是以使國人提高了反省的層次，也使得社會上層建築的文化掀起了壯大的覺醒運動。尤其是 1980 年代以來的台灣，無論在國際或國內政治、經濟、社會或文化方面，都面臨激烈的變遷且遭遇到強烈的挑戰。面對這些挑戰與變遷，台灣本土意識因此而勃興，並促使知識分子開始嚴肅思考台灣作為文化主體地位的意涵。所謂「台灣命運共同體」、「台灣優先」、「社區主義」……等觀念紛紛湧現。個人認為讀書會的崛起，是在這股台灣本土意識的覺醒的結果，只是這些果實是政府借民間社會力量，且大幅昂揚的結果。其間最大的力量是來自李登輝總統。李總統於 1997 年，在幾樁重大刑案發生之後，開始倡導「心靈改革」運動。於是公家機構應聲而起。公家機關有三：

　　1.行政機構：包括教育部、行政院新聞局、文建會、台灣省教育廳。1994 年教育部召開全國教育會議，提出將以推展終身教育作為教育發展的藍圖，並將讀書會列為終身教育的具體措施，1995 年提出《中華民國教育白皮書－邁向二十一世紀的教育遠景》，設定社會教育的主要課題及發展策略。「規劃生涯學習體系、建立終身學習社會」的前瞻性作法。1996 年行政院教育改革審議委員會，提

出《教育改革總諮議報告書》，具體建議以「推動終身教育，建立
學習社會、落實學校教育改革」的具體政策。教育部訂 1998 年為
「終身學習年」，並提出《邁向學習社會》的白皮書，積極推展終
身教育，建立學習社會。1995 年省教育廳也將讀書會列為社教工作
重點。文建會於 1994 年提出「社區總體營造」計畫，作為施政重
點，並研訂「社區文化活動發展」、「充實鄉鎮展演設施」、「輔導縣
市主題展示館設立及文物館藏充實」、「輔導美化地方傳統文化建築
空間」四項計劃，列為行政院 12 項建設計劃推動。自林澄枝主委
上任以來，即戮力推動書香活動，希望能透過各種活動之推廣，淨
化大眾，進而培養讀書風氣。從 1996 年起，更推動「書香滿寶島」
之文化植根工作計劃，更將讀書會的輔導為主要工作。

　　2.學術機構：以台灣師範大學成人教育研究中心及高雄師範大
學成人教育中心為主。重點在讀書會種子培訓及研究推廣工作。

　　3.文教機構：如省市鄉鎮區圖書館、縣市文化中心、省市社教
館等所推動成立的讀書會。

　　在各種公家機構中，以台灣省立台中圖書館和台灣師範大學成
人教育研究中心最為耀眼。

　　台灣省立台中圖書館讀書會的成立係緣於 1992 年時，因邀請
「全興工業」及「知行會」負責人就企業界讀書會設立的宗旨、組
織、運作方式與成長經驗，作專題演講時，深感社教單位應擔負起
積極推動「書香社會」的角色，隨即成立工作小組，進行籌畫工作，
並於 1992 年 11 月成立。讀書會的目的，希望能透過健全的組織、
積極的運作，使民眾定期研讀好書；藉討論的方式培養會友思考與
判斷能力，並透過報告心得，加強語文組織能力及表達能力。

　　會中組織十分完善，會員的報名條件亦不嚴苛，只要年滿十五歲，喜愛讀書的民眾，都可報名參加。會中各組行政人員由台中圖書館之館員兼任；會長一人、副會長二人，由全體會員就參加讀書會一年以上的資深會員中選舉；執行秘書一人，由會長遴選產生；各組置組長、副組長、會計一人，由組員相互推選產生，任期皆為一年。

　　目前讀書會會員總計 205 人，分為七組，包括教育與心理 A、B 組、文學組、哲學組、生活保健組、社會組、藝術組等。1994 年為了讓讀書會的活動能夠往下紮根，再成立「小朋友讀書會」，以國小五、六年級學生人數 25 人為限，由義務服務人員指導閱讀事宜。藉此全面性推動讀書會活動，期能養成民眾讀書會習慣，擴充知識領域。

　　省立台中圖書館的特色是發行《書評雜誌》雙月刊。不但由會員提供心得報告，並邀請指導委員指正讀書心得報告內容，再刊載於＜讀書園＞單元中，與讀者分享好書。

　　至於台灣師範大學成人教育中心，可說是執台灣地區讀書會的牛耳，更造就了一位讀書會專家邱天助。

　　台灣師範大學成人教育中心，於 1993 年開始投入社區讀書會的研究與實驗。在教育部、文建會等單位的大力支持下，再加上邱天助個人的熱忱與投入，讀書會竟然蛻變為生活的另一種選擇，且於 1997 年元月 16 日成立「中華民國讀書會發展協會」，並於 7 月發行革新版第一期《書之旅》讀書通訊月刊，在協會成立之前，台灣師範大學成人教育研究中心於發展讀書會的工作成果有：

1993 年	・培訓第一期社區婦女讀書會領導人 25 人（基礎班）
1994 年	・培訓第二期社區婦女讀書會領導人 23 人（基礎班） ・培訓第三期社區婦女讀書會領導人 25 人（基礎班） ・協助宜蘭、苗栗文化中心培訓讀書會領導人 ・辦理第一次「書與人對話」座談會
1995 年	・培訓第四期社區婦女讀書會領導人 22 人（基礎班） ・第一、二期學員進階班培訓 ・協助北縣、竹縣市、桃園文化中心培訓領導人 ・辦理第二次「書與人對話」座談會 ・《書之旅讀書會通訊月刊》第一期發刊
1996 年	・辦理文建會全國社區讀書會領導人培訓 48 人 ・協助北市圖書館、教育局培訓讀書會領導人 ・協助高雄縣、彰化縣文化中心培訓讀書會領導人
1997 年	・辦理第一屆全國讀書會博覽會 ・元月出版《讀書會專業手冊》（張老師出版社）

（詳見革新號 1997 年 7 月第十卷第 1 期《書之旅》讀書會
訊月刊，頁 5）

　　「中華民國讀書會發展協會」的成立，是以師大成人教育研究
中心結業 130 位讀書會領導人及邱天助為主的一群人，認為讀書會
的發展將正式邁入成熟發展階段，無論是輔導讀書會的成立、拓展
讀書會參與層次、或是提供讀書會的專業資訊，讀書會的發展極需
要一個更專業、更獨立的團體來推動，於是這群人在邱天助的指導
下，所謂的「中華民國讀書會發展協會」於焉成立。而邱天助亦於
1998 年離開師大，專心致力於讀書會的事業。

　　1998 年 10 月 3 日，「中華民國讀書會發展協會」與文建會聯手推出新網站「全國讀書會網路聯盟」，為讀書人提供 24 小時的新書評介、討論與訊息交流。

　　「全國讀書會網路聯盟」的網址：www.read.club.org.tw。固定的內容包括每月的暢銷書介紹、討論，並由專家撰寫書籍的評介。其次，這個網站固定邀請作家回答網友提出的問題，建立作者與讀書對話的管道。當然，還有經營、設置讀書會的方法服務，及各地讀書會的活動訊息報導。

　　於是，所謂的閱讀運動，或新閱讀主義，似乎亦真的於焉形成。

　　在台灣地區讀書會的形成、發展與演進過程中，我們知道其緣起是始於媽媽的讀書會。不同的女性來來去去，相同的是，初時戰戰兢兢、缺乏自信、不擅表達，在往後互愛、互信、互助的交流下，加上知識、觀念的洗練，經驗的協助，漸漸的學會愛自己，找到真正令自己開心的法門，也是女性自覺的開始。回首來時路，不得不敬佩陳來紅、楊茂秀與毛毛蟲兒童哲學基金會的前瞻與付出。

參：

　　讀書、知識與權力、功利，時常糾纏難解，古今中外似乎皆然。朱真宗＜讀書樂＞有云：

　　　富家不用買良田，書中自有千鍾粟；
　　　安民不用架高堂，書中自有黃金屋；
　　　娶妻莫恨無良媒，書中自有顏如玉；

出門莫恨無人隨，書中車馬多如簇；

男兒欲隨生平志，五經勤向窗前讀。

有人批評這是封建的功利思想，所謂「萬般皆下品，只有讀書高」，似乎臭酸得有夠味。

英國哲學家培根（Francis Bacon, 1561-1626）在《新工具》一書說：

人類知識和人類權力合為一體，因為我們如不能發現原因，就不能產生結果。要想指揮自然，必先服從自然。因此思維中所發現的原因，就成了實行中的規則。（見台灣商務印書館 1971 年 3 月台一版關琪桐譯本，頁 37-38）

英文中常說的「知識就是權力」的名言，即是源自於培根。這句名言，正反映了當時英國新興資產階段為了發展資本主義生產，衝破宗教、神學和士林哲學的束縛，對促進科技事業發展的強烈願望和高度重視，也反映了培根對作為巨大生產力的科技及知的社會作用的深刻理解。這句名言的思想，激勵人們去掌握人類已有知識，探索新的知識，開拓未知的領域，也成為人們讀書學習的動力。

而艾文・托佛勒（Alvin Toffler）於《大未來》（Power Shift）一書裡認為：雖然權力來源有很多種，但暴力、金錢和知識的確是權力最重要的憑藉，每種因素在權力遊戲中都有不同的形式，許多企業界的人士相信且有品質的差異。暴力或脅迫的弱點就在缺少彈性，只能用來處罰，只能算是一種低品質的權力。比較起來金錢段

數雖是高些，卻也只是中級品質的權力。最好品質的權力是來自知識的運用。知識可以用來獎懲、說服或甚至轉化。還有，只要掌握正確資訊，可以避免浪費錢財與力氣。

後培根時代的革命正在全球進行。古代的權力大師，不論孫子、馬基維里或培根，都無法想像今日深沈的權力轉移。無論暴力或財富，都必須依賴知識才是以發揮眞正的力量。

知識搖身變成當今品質最高的權力，它一改以往附屬於金錢與暴力的地位，而成爲權力的眞髓，甚至是擴散前二者力量的最高原則。（以上詳見 1991 年吳迎春、傅凌譯本，第一章、第二章，頁 2-19）於是，所謂的閱讀或讀書的話語，亦只是一種對權力的規範或操控的手段，閱讀是手段、是結果。因此，倡言閱讀運動、新閱讀主義，不知其精神何在？更不知運動與主義是否爲另一種的制約？讀者否會在其中迷矢而不知返？傅柯（Michel Foucat, 1926-1984）對知識與權力的論述，亦足以令人驚心。

肆：

閱讀、知識與權力糾纏的功利取向，雖是無可厚非，卻也不是唯一的意義，宋朝黎靖德編《朱子讀書法》，前三則開宗明示：

> 讀書是求學問者的第二事。（弟子李方子記錄）
> 讀書已是第二義。這是因爲人生的道理當下完具，而人所以要讀書，無非是爲了人不曾經歷見識過許多道理。
> 聖人是經歷見識過許多道理的人，乃將這些經歷與見識寫在

書冊上給人看。而我們現在讀書，就是要見識得這些道理。等到我們對道理真有所領會，便知道這些被領會了的道理，皆是我們自己當下本有的，絲毫不是從外頭旋添進來的。（弟子楊至記錄）

學問，須就自家身上切要處理會才是，那讀書的事已是第二義。自家身上道理都完具，何曾須從外面添加進來什麼。

話雖如此，聖人教人，卻盡要人讀書，這是因為，自家身上雖道理完具，仍須經歷過，領會過，才真個是有所得於己。至於聖人說的一切，都是他曾經親身經歷過來的。（弟子蕭佐記錄）

學者第一事，正是意義的追詢與索問。

做為第二義的「讀書」的本質，一言以蔽之，是從第一義意義領會來說的，就是去認清自己在歷史的「時」，就是去擁有一個可安身立命的「世界」。

讀書之於人生是如此根本與必要。「自家雖有這道理，須是經歷過，方得。」讀書，為人指點出來的是存在的種種可能性。

古人高風，正似程顥稱許周敦頤有云：

周茂叔窗前草不除去，問之，云與自家意思一般。（見《二程語錄》卷四）

讀書可以閱讀自然，可以閱讀人，更多的是指圖書的閱讀。雖

然，「書不盡言，圖不盡意。風月無邊，庭草交翠」（朱文公文集卷
八十五濂溪先生畫象贊）是有自家意思顯現。然而，宋人讀書卻有
失高蹈。未若孔子親切自然：

> 學而時習之，不亦說乎？有朋自遠方來，不亦樂乎？人不知
> 而不慍，不亦君子乎？（學而篇）
> 學而不思則罔；思而不學則殆。（為政篇）
> 十室之邑，必有忠信如丘者焉，不如丘之好學也。（雍也篇）
> 吾嘗終日不食，終夜不寢，以思，無益。不如學也。（衛靈
> 公篇）
> 古之學者為己，今之學者為人。（憲問篇）
> 學如不及，猶恐失之。（泰伯篇）

　　孔子的讀書有如吃飯睡覺，更似人類的一種本能的行為。

　　面對讀書、知識與權力、功利的共生，面對學習型的社會，如
何推展終身學習，重建閱讀理念，重返閱讀的本質，亦即希望閱讀
的關係從知識權力的桎梏中解放，閱讀成為一種互動，一種休閒和
遊戲，這是我們所該慎思之處。

　　讀書，是終生的本能行為。

　　為自己在忙碌的生活中開闢另一個世界，無拘無束地在書中徜
徉─讀一直想讀而沒有時間讀的書，讀與工作不相關的書，甚至讀
自己都不知道為什麼要讀的書！讀一些「閒書」，把自巴變得少一
分功、多一分氣質！

　　而後，胸中灑落，有如光風霽月；乾坤朗朗，自有生機。

伍：

　　在產、官、學的齊力推動之下，閱讀儼然成為運動，而讀書會更蔚為風氣。至目前為止，大大小小的讀書會不下三千個，有許多讀書會也都有屬於他們自己的會訊。其中，正式對外發行的讀書刊物有二：

> 《書評雜誌》台灣省政府教育廳出版。　1992 年 12 月創刊。
> 《書之旅》讀書通訊月刊　發行人邱天助　中華民國讀書會發展協會發行原屬師大成教中心發行之《書之旅》讀書通訊月刊（一九九五年出版），協會成立後於一九九七年七月繼續發行，易為革新版第一卷第一期。

　　至於，相應於讀書會、社區營造或終身學習的相關書籍，首推麥田出版有限公司的《Guide 新學習手冊》，這套書選自美國著名教育訓練出版機構 Gvisp Publications 的系列教材。該教材是一系列完整的生涯自我改善課程，借由「邊讀邊寫」（Read With a Pencil）的新學習方式，讀者可以自行按部就班完成課程中的練習、測驗與評量，跨越了學習時間與空間的障礙。

　　《Guide 新學習手冊》，共分 12 單元，分別為＜生涯之路＞、＜個人成長＞、＜自我學習＞、＜溝通藝術＞、＜人際關係＞、＜決策智慧＞、＜領導激勵＞、＜工作動力＞、＜應變挑戰＞、＜理財規劃＞、＜身心調適＞、＜管理技能＞，每單元出書四冊，每冊都包含一個「自我改善」（Self-Improvement）的課題，可透過「自

我學習」（Self-Study）的方式來完成。

　　麥田出版有限公司自 1992 年 8 月起，每月出書 4 冊。全系列 12 單元 48 冊。至於其他可見相關書目如下：

書香與社會　行政院新聞局編印　1991.9

袋鼠媽媽讀書會　陳來紅　毛毛蟲兒童哲學基金會　1993.8

傳燈　陳來紅　毛毛蟲兒童哲學基金會　1993.11

親職教育讀書會帶領人訓練手冊　台北市　社會教育館　1994.12

終身學習　廖和敏著　遠流出版事業股份有限公司　1995.1

閱讀運動－讀書會參與手冊　天衛文化圖書有限公司　1996.4

讀書會專業手冊　邱天助著　張老師文化事業股份有限公司　1997.1

兒童書箱與故事媽媽推廣手冊　行政院文化建設委員會　1997.4

學習革命　吉妮特‧佛斯、高頓‧戴頓合著　林麗寬譯　中國生產力中心　1997.4

海闊天空－教育的美麗新世界　主編：蕭綿綿、許芳菊　天下雜誌　1997.4

企業開學－永續經營的祕訣　主編：蕭綿綿、許芳菊　天下雜誌　1997.4

學習與你－通往快樂之路　主編：蕭綿綿、許巧梅　天下雜誌　1997.4

未來人才－腦力兢爭的新趨勢　主編：蕭綿綿、許巧梅　天
　　下雜誌　1997.4

有效學習的方法　主編：林清山　教育部　1998.1

讀書會　創造命運　曾文龍著　金大鼎文文化出版有限公司
　　1998.1

邁向學習社會　教育部編印　1998.3

讀冊做伙行－讀書會完全手冊　林美琴著　洪建全教育文化
　　基金會　1998.3

學習為生存之道　彼得．維爾著　王玉真譯　中國生產力中
　　心　1998.5

新閱讀主義　中華民國讀書會發展協會編印　1998

全國社區讀書會現況調查、遠景評估與經營研究　研究者：
　　林美琴　贊助單位：國家文化藝術基金會　1998

讀書會備忘錄　邱天助著　洪建全教育文化基金會　1998.11

教師所經營的讀書會

徐 永 康

教師所經營的讀書會

導言

　　讀書會在台灣的發展越來越受到重視，相對於讀書會的目的也出現出許多不同的運作型態，大致而言，讀書會的基本型態是一群人，在相同的時間具集在特定的場所(包含在網路上)，以讀書的方式所形成的組織。

　　教師或是帶領人的作用會因為組織的不同目的而會有不同的作用，若這組織只是做讀書後的經驗分享，帶領人的工作可能只是做這本書的引導，其餘的作用並沒有與其他參予者有何不同，所有參予者作意見的交換，分享讀後的心得報告，這樣的帶領人的功能事實上很容易被取代的，其他的參予者也可以做的一樣好。

　　若是組織的目的並不只是做經驗的交流外，還想要培養參予者更多的能力，例如認知能力的培養，心理活動的反省，與人相處的能力以及民主素養的提升，這時，組織的運作就不只停留在經驗的交換，而是一種哲學式的探索，是一種思想上的探險，帶領人在探索團體中扮演重要的角色，這裡我分成三個部分。

　　1.探索團體具有哪些特徵
　　2.探索團體的運作方式
　　3.帶領人需要注意的事項

探索團體的主要特徵

經營探索團體的主要目的是希望成員能夠培養對話的能力，發問的技巧，反省思考自我本身進而形成良好的判斷能力。

首先我們試圖要解決三個問題：

1.我們怎麼知道自己我經營的團體是否爲成熟的探索團體？
2.帶領人與成員之間有哪些特徵？
3.這種行爲特徵具有怎樣的重要性？

夏普(Sharp 1993)教授認爲探索團體的進行方式在於不斷的對話，探索團體就是所有的參予者以合作的方式，用理性的態度貢獻自己知道的，討論的素材並沒有一定的限制，經過一段時間，討論的內容可能會有邏輯的，知識論的，美學的，倫理學的，社會或政治層面等等，此時，帶領人可以觀察整個討論的進行，甚至這可以是一種哲學式的討論，當其中有參予者提供一些主張時，這是需要有理由的，對於不適當的理由，其他參予者可以提出反駁，建立更被接受的理由，這裡會有許多的認知活動不斷的在進行，其中可被觀察到的可以分成幾個部分。

邏輯推論的部分：

1.提供合適的理由
2.在不同意見的區分與連接的工作
3.作有效的推論
4.作假設
5.作普遍化的歸納

6.提出反例

7.發現論證前提的預設

8.使用到判準

9.問出會令人深思的問題

10.發現推論上的謬誤

11.尋求相關性

12.發現蘊含的關係

13.定義概念

14.弄清楚

15.提出良好的判斷

16.有適當的類比

17.對脈絡敏感

18.提供取代的觀點

19.建立邏輯的推論模式

20.說出適當的區辨

這裡有一個例子：

有一個論證是這樣的。說明邏輯推論的健全(soundness)是需要排除在推論時所使用的語言上具有歧異，以述句"--------in----------"為例：

The pain is in my fingertip.

The fingertip is in my mouth.

Therefore , the pain is in my mouth.

這邏輯語句會是如下：設 Ixy= x in y , p=pain, f =the fingertip , m= my mouth

Ipf

Ifm

Ipm

　　這裡的 in 的意思若是用在描述兩個或兩個以上的物體空間位子，這裡所使用到的 in 具有傳遞性，所以這推論還有前提是

∀x∀y∀z(Ixy∧Iyz→Ixz)

這推論是：

　　1.∀x∀y∀z(Ixy∧Iyz→Ixz)

　　2.Ipf

　　3.Ifm　　　　　　　　　　　　/∴Ipm

　　4.Ipf∧Ifm　　　　　　　2,3 Conj

　　5.Ipf∧Ifm→Ipm　　　　1, UI

　　6.Ipm　　　　　　　　　4,5MP

這是一個有效推論：

　　這兩個前提在一般意思下若是為真，結論卻是不能接受，因為別人會不清楚你的痛覺是發生在手指尖內或是發生在嘴裡，若是在嘴裡，則怎麼有可能從指尖的痛變成嘴裡的痛，這推論結果違反我們的經驗，因此，Block 認為使用 in 的介係詞時需要區分是空間上的意思或是比喻上的意思，前提一的 in 是比喻的用法，前提二是空間的用法，但結論中的 in 可以是比喻的用法或是空間上的用法都有可能。

　　若前提一的 in 是比喻的方式，in 在此是說明某人當時有的感覺

時，就不是只空間的意思了 in 的空間傳遞性就沒有了，當然就無法有傳遞性前提∀x∀y∀z(Ixy∧Iyz→Ixz)，並且前提一的述詞結構變成 Jpf（Jpf= pain in my finger 是一種比喻的用法，與空間的意思作區別），結論的述詞結構可以是 Ipm 或 Jpm。

　　這樣的論述是很好，不過我們可以找到更好的說明。
提出相似的論證：

　　I want to be in the City Hall.

　　City Hall is in a ghetto.

　　Therefore ,I want to be in a ghetto.

　　這兩個推論，in 具有同樣的意思，但是，這論證是無效的，雖然前提為真，結論卻是假的，因為這個論證是在內涵脈絡（intensional context）中做推論，如果推論述詞落入內涵的脈絡中，推論的結果並不能保證結論為真，這是一種無效論證。

　　在身體感覺上 in 除了空間上的意思之外，並不需要有其他的意思，當我說我手指尖痛時，痛就是發生在我的手指尖裡，不需要以比喻的方式說明，這個論證是錯的，主要不是 in 有歧義在。

　　這有一個例子，更加幫助我們了解內涵性的推論，前提為真，推論下，但並不保證結論必為真，這裡我舉另外一個例子。

　　阿土知道孔明是劉備的軍師

　　孔明是諸葛亮，

　　所以，阿土知道諸葛亮是劉備的軍師

設 Kxy="x 知道 y"，a="阿土"，t="孔明"，c="諸葛亮"，h="劉備"，Fxy="x 是 y 的軍師"

1.Ka(Fth)

2.t=c

3.Ka(Fch)

結論有可能是錯的，有可能阿土不知道孔明是諸葛亮，所以結論上阿土也無法得知諸葛亮是劉備的軍師，這結論就可能為假，但是前提為真的結論確是為假，在有效系統內是不允許的。

在日常生活中的許多行為所根據的是主體的信念，例如，你相信鯨魚是保育類的動物，當你再海岸邊看見一知擱淺在沙灘上的鯨魚時，你會想辦法就牠，同樣地，你看見一知受傷的蟑螂時，你不會救這隻受傷的蟑螂，反而會想辦法讓他死掉，因為你相信蟑螂是一種害蟲，為何會有這兩種截然不同的行為反映呢?很明顯的因為你有不同的信念指導著你的行為。

信念內容的出現是建立在生物體對這外在環境的互動上，現在所相信為真的信念內容，不是具有必然性的，信念內容會在探索團體的討論中不斷的被修正的。

其次有社會性的特徵，也就是與他人的關係上可以在成熟的探索團體中觀察的到，這包含了：

1.認真聆聽別人的意見

2.支持或增強別人的觀點

3.虛心接受他人的批評

4.同意別人觀點並且給予理由

5.認真地回應不同的觀點

探索團體的成功與否，其中一個重要的因素是，尊重不同的觀點與關心其他人的立場，關心的層面不只有在邏輯推理的過程，而

且要包含其他人在思想上的成長，除了關心之外，還需要對別人開放，這種開放的態度，才能夠有機會改變自己原先的立場或是自我的優越性，相互關心也是發展相互信任的基礎，這信任正好是自我尊重以及自主性的人格特質的前提。

　　成功的探索團體，在參予者的心理上會有一些轉變，其中有：

　1.會有心理上的相互依賴的現象

　2.自我中心的轉變

　3.懂得與他人對話，自我修正以及自我成長的現象。

　　然而，在討論的過程中，有時彼此的沉默並不是壞事，思考需要花時間的，每一個成員都是帶著自己的生活經驗來的，相信著自己信念，而這些信念內容，若沒有適當的考驗，往往也只是暫時性的，當別人提出不同的觀點時，這時就需要相互檢查，彼此在邏輯推理上或是前提中的預設是否蘊含著錯誤，願意接受考驗，這是一種開放的態度。

　　對這團體的觀察的重點，不是在個別參予者的行為表現，也不是團體的成果，而是在於討論中的意見交換的現象，說理、尊重、聆聽、的特質是否在這團體中出現。

　　討論本身的意義來源來於兩個部分：

在參予者中：

　1.參予者本身願意投入在這個團體。

　2.對於問題的討論，除了對這些問題會有更深入的了解之外，有時會出現許多意想不到的發展結果，例如討論者本身可能有虛張的勇氣，這背後所隱藏的害怕，或是不安，這時可以用大家

　　所具有的共同經驗，彼此協助。

　3.彼此的相互關心

在內容上：

　　討論的過程中，將自己的意見展露出來，而別人的意見也一樣的表現出來，相互交換，就如同參加愛宴時，我們各自帶了自己的一盤菜，與別人的相互交換著吃，回去時，大家都帶著其他人菜的味道回去。

　　當然在對話的過程中會有一些衝突出現，這會導致緊張的氣氛出現，若是這是在理性討論之下所產生的緊張，這可能是適當的緊張關係，這緊張的氣氛就如同小提琴上的弦，適當的狀態下才能拉出好的聲音出來，緊張的氣氛會使人不安，這會是爭論的起點，是因為要消除這種令人不安的氣氛，不合理的邏輯思考或是沒有根據適時的前提都可能因此而受到挑戰。

探索團體可以觀察到道德行為的特徵

　　這裡預設了教育的目的不只是知識上的傳道，授業，解惑而已，而且還希望學生養成創造的思考能力，發現新的知識，擁有良好的判斷能力，傳統上的我說你聽的模式恐怕就不夠了，畢竟我們的行為與信念息息相關，探索團體中的每一個參予者需要養成遵守討論的進行規則，對他人的尊重，有關行為信念的自我修正，這些都會影響參予者的行為特質。

探索團體可以觀察到政治層面的特徵

　　首先，這個團體中的討論議題是自由的，各種奇怪的主張都可

以提出並沒有特地的限制，其次是平等的特徵，在討論中，帶領人的角色並不是權威，每一個參予者都有相同的權利與義務。

探索團體的運作方式

　　課程通常是藉著讀一段作為開始，而這裡需要有足夠的內容引發參予者注意內容中有興趣的題目，為了要始參予者對內容有更深的了解，可以先簡單介紹這本書的背景，或者是回憶上一次的討論內容，閱讀的內容不宜過長，主要是希望在有限的時間內作有意思的討論，內容太長的結果，往往會有許多有意思的問題無法在一定的時間內討論到。

　　題問相對於某些人而言，是需要勇氣的，而在提問之前，會有一段沉默的時間，這是參予者需要再做一次的消化與整理的工作，而後才會提出問題，為了要讓大家親褚知道這個問題，帶領人可以將問題寫在黑板上，而更好的方法是寫在較大的必報紙上，除了是為了方便保留到下次的討論之外，還可以整理所討論過的問題，為了鼓勵參予者提出問題，可以將他們的名子寫在問題之後，這不僅是可以保留發問者在這讀書會的思考歷程，同時在當下也會有被團體重視的感受。

　　這裡藥留心的是，將參予者的問題紀錄時，不是以自己對這問題詮釋後的紀錄，最好是依照發問者的意思寫下，以免有誤，否則寫出的問題是自己的問題而不是原先發問者的問題了。

　　當有些人再提問時，若有些人不清楚這個問題的意思時，可以邀請發問者再解釋一次，或者且求他人的協助以便釐清問題，提問

之後可以讓參予者說說自己的看法，而其他的參予者可以提出不同的意見。

在討論的過程中，有一項需要特別注意的是，再尚未養成良好的插嘴習慣時，需要遵守'說話舉手，舉手說話'的規則，否則會變成大家都在說話卻沒有任何人聽到別人說話。

在大壁報的問題討論中，原則上是希望每一個問題都能討論到，如果一個問題引起了很大的迴響，雖然討論了很久，這時並需要急著討論到下一個問題上，當然也不需要花太多時間，討論多數參予者覺得無聊的問題上。

在討論的過程中，帶領者有時會被認為是一種權威，有時參予者會希望帶領者給予答案，若是帶領者給了所謂的答案，這會降低參予者討論的勇氣。

思考問題時需要一些時間，有時需要站起來，四處走走，這時的安靜，若會讓參予者產生緊張，帶領者解釋一下，這種安靜是幫助我們思考的，但無論如何，希望參予者對問題的回應不是隨意的或是帶有人身攻擊的的質問，另外非關於討論內容的問題，若其他的參予者也有興趣討論，則可以延伸下去，帶領人仍然要以照顧多數人的興趣為主，即是有些問題是你認為很重要的，但這問題並沒有影起多少注意，帶領者還是將時間留給他們有興趣的問題上，此外，在命令之下的環境是不會有好的思考的，這裡的思考環境是需要在比較自由的情境下，重視並鼓勵參予者所提出問題，並且表現出喜愛他們認真思考的態度，若讀書會的成員以小孩為主，帶領者更是需要注意到聆聽的重要性，長久以來小孩不太願意對大人提供意見，可能是因為大人對於小孩的意見往往不夠重視的結果。

　　對話的作用在於，交換不同的意見，自己的內心對話並不是在作意見的交換，因為內心的對話脫離不了主體上的背景經驗，這只是一種反省的作用。

　　為了要使討論的進行方便，教室裡的位置安排需要在做重新的安排，傳統式的一排排的位置，適合的是傳授式的教學，但在討論中，這就不是如此方便了，為了不使大家知道說話者是誰，圓形的位置安排可能是比較恰當的，可以有桌子或椅子或是坐在地板上，盡量縮小彼此的距離，帶領者也是一樣。

　　在參予者所發問的問題中，帶領者並不是問題的解答者，只是在這討論中扮演指揮家的角色，答案的正確與否雖然是要關心，但是更重要的是參予者可否提出良好的理由，有時答案只會使得討論停止，良好的理由可以使得討論持續。

　　雖然在探索團體中，對話是相當重要的現象，但是，這並不是說每一位參予者都被要求開口說話，有些參予者並不太願意說些什麼，可能是害羞的人格特性，可能是真的沒什麼好說，可能是不享受到別人的批評等等，注意他人說話，也是一種參予的態度，事實上，說的多不見得說的理由充分。

　　最後好的討論，需要有連續性的討論，外在的干擾是越少越好，在門上，寫上上課中請勿干擾，也是有助於討論的進行。

帶領人需要注意的事項

為自己而思考的讀書會

　　對一位帶領者而言，這並不是一簡簡單單的事，這種討論模式不

僅需要一些技巧，這也是一種藝術，帶領者如同指揮家一樣，技巧是需要磨練的，剛開始難免會有一些挫折。

經過幾次的討論之後，漸漸會感受出，成功的因素中有一項是在適當的時機中，引導或介紹討論的素材，在引出討論的主題之後就將討論的活動交還給參予者，若這個主題，之前就曾經討論過，這次就可以再討論之號檢討看看是否這次對相同的問題，不論是在深度、廣度、或是複雜度上有更深刻的了解，當然這裡的討論並不需要對個問題一定要尋出最好的答案才可以討論到下個問題，例如有人問什麼是正義？有時只是簡單的說明就夠了，而後在不斷的豐富這個概念。

這裡很自然的問出帶領者的角色好像並不重要，只是在作引導以及秩序上的維繫，好像只要將參予者放在一起，讓他們不斷的對話，智慧就會在每一個人身上增長出來。是嗎？

我想這是一種偏見，在討論的過程中的學習現象，是不斷的與環境互動，這裡的環境包含了物理上的環境，其他的參予者，父母、親戚、朋友、書籍與帶領者。

而帶領者就是在安排富有討論意義的環境，使得參予者在發現問題的敏感性可以增加，而這些問題的出現往往相關於參予者的實際經驗，並且再彼此分享這些經驗時，會發現彼此的不同之處，而後反省自己為何會如此想，甚至會有哲學式的討論出現，在討論之後可能會發展出取代原先的觀點或者是擴大了自己對這個世界的視野。

在情境的安排中為了要方便討論，帶領者有時需要對參予者的主張，給予適當的幫助，例如檢查說話者的邏輯推理是否有效，檢

查他的前提是否為真，模糊概念的簡要的釐清等等，這會使的其他的參予者比較可以了解當下的環境中是要處理哪一種問題。

這種方式的讀書會有兩個預設

1.參予者是自主性的探索。

2.知識或智慧的習得，不是以記憶的方式，而是參予者與環境的互動與要解決問題的慾望所產生的。

智慧的出現是在實際的運用並且指導在我們的生活中，而不是比賽看看誰能夠記得愛因斯坦是幾月幾日生的。這裡當然要想想自己現在的問題，反省自己的處理方式，而有意思的討論往往是一種哲學式的討論，這可以使我們的生活更有意義，相形之下，對哲學的了解就變的重要了。

要作有意義的討論基本上有四個條件：

1.致力於哲學式的討論

首先，帶領者需要對參予者有些基本的了解，哪一種哲學的問題會感到有興趣。當然帶領者本身也需要一些哲學上的素養，才能在討論的素材中發現有趣的哲學問題。

這裡的帶領者有時需要給參予者所需要的檢驗的工具，例如邏輯推理的有效性，這可以幫助參予者作自我檢查的工作。

2.避免教條

討論的目的之一就是希望將禁錮的心靈從發問的過程、批判的過程中解放出來，回頭來思考自我本身，要發展出對這個世界的了解，需要先從自己的需要、興趣與對這世界的反應開始，這樣的討論是有幫助的，這並不是希望在這種環境下的討論讓每一個參予者

在思考上便的獨特，而是要幫助他們對自己的信念與行爲能有更深刻的了解。

　　而教條式的學習是一種命令式的學習，在命令下的學習到的是服從，這裡不需要有自己的想法，也最好不要有自己的想法，這在思想學習上是一種不好的模式。

　　參予者可以很自由的選擇自己的立場，這不需要帶領者的同意。

　　若是如此，對於不一致的思考歷程，帶領者是否要參予者修改呢？

　　這需要在不同的情境之下會有不同的考慮，我們知道懂得邏輯推理或是文法規則，在日常生活中有很大的幫助，但是有一些小說家刻意地以不合文法的方式寫作，另外在兒童的一鞋遊戲中有些也是不合邏輯的，所以在評判是否是一種好的討論團體，重點有時應放在程序進行的考慮而不是在討論內容上。

　3.尊重參予者的意見

　　帶領者應該認爲自己對這些問題的處理也只是可能的答案中的一個，若是覺得自己的處理是最爲正確的，不僅很難會接受其他人不同的看法，同時也很難會尊重別人的意見了。

　　若是參予者的意見，在是違反直覺的，推理上也有問題時，這時需要放慢討論的速度，幫助參予者弄清楚他的意思，意見中可能蘊含的錯誤以及推導出錯誤的結果。

　4.喚起彼此的信任

　　彼此的信任是探索團體是否能夠成立的基礎，帶有懷疑的不信

任，這個人或是團體很有可能會無法持續下去，這裡尤其在兒童讀書會中特別要注意的，因為小孩通常會認為老師是一種不能挑戰的權威，若是老師有時出現言行不一致時，小孩就不太會信任這位老師了，所以言行一致是很重要的，另外可以鼓勵小孩或參予者對老師或帶領者提出批評，這也是信任參予者的一種表現。

幫助參予者作哲學式的思考

現在我們要做的就是創造出一個良好的思考環境，而每一個參予者會有不同的特有才能，每一個都需要用不同的方式照顧，思考就如同藝術一般，每一個人的風格可能都不太相同，若是有一天你在一間畫室中看見所有的學生畫出完全相同的樣子，這是一件很奇怪的事，相同的帶領者在探索團體中是要鼓勵多樣的思考及不同處理問題的模式，但是這種哲學式的對話也是一作為討論的一種工具而已，這不必當作為探索團體的目的。

這裡有幾項是要幫助討論的進行：

1.相關性的維持

探索團體的在作的是一種對概念上的討論，這常常會涉及到經驗的實例，分享經驗是好重要的，但是要小心，這裡並不是做個人的心理治療的工作，若是出現心理上需要求助的案例時，帶領者需要小心地將這問題轉換到概念上的討論。

2.提問

現在的教育模式使的小孩發問能力的不斷消失，有人說學習是為了要學會學習。

學習的具體工作就是發問，發問才是智慧的開始，若帶領者扮演全知的角色來解決所有的問題時，這會導致許多不良的結果，例如參予者在探索團體中，不太有創造性的思考只會有不斷的記憶；有一天若你也無法回答問題時，參予者對你的信任也會漸漸消失；若是這全知的帶領者不在，這些參予者會變的不知如何解決新的問題。

3.回答

帶領者除了鼓勵提問之外，也要鼓勵對問題的努力解決，解答也是在探索的過程中有暫時性階段的滿意。在我們的生活中，也不就是跳動在問題與解答的過程。

這時帶領者要協助發展參予者開放的與有彈性的人格特質，這些答案基本上是一種信念，這是可以幫助解決生活問題的信念，就算是與事實不符這依然可以解決生活的問題，例如從前的拖樂密的天文學依然可以幫助航海者確定航位。

4.聆聽

在日常生活中，不斷有聲音進入到你的腦海中，若你不是一位懂得聆聽的人，往往這些有意義的聲音，你會聽不出來。例如有人批評政府的經濟政策時不太懂的人就不會太注意聽。這種現象在心理學中稱爲「選擇性的不注意」同樣的，我們對兒童也不是很了解，所以他們說的話也不受到重視。

爲了避免這種現象，除了要對參予者有基本的了解外，你還需要不斷累積自己的知識，這會幫助你更進一步了解問題背後所蘊藏的重要意義。

除了要聆聽參予者的發言之外，還要鼓勵他們將問題說清楚，這有助於討論情境的設定。

肢體動作

有些參予者並不喜歡在大家面前說話，但是對於他人意見有時會從肢體動作中看的出來。

此外，有時一些參予者說的意思與他的肢體動作表達出來的意思會不同，這些是帶領者可注意一下的。

模式

帶領者若是在被參予者信任的狀態中，通常會被當作運作思考的模式，而參予者在學習如何有效思考的過程中會有的現象。

帶領者的一致性的思考模式是不夠的，有時還要提出相關的有效解決問題的經驗，激發出好的觀念是不夠的，帶領者需要幫助他們發展這個觀念。這是過程是自由建構出的。這如同小孩玩積木遊戲一般，需要靠自己操作。

總結

在教師所帶領的讀書會中，我所希望建立的不只在於對讀本內容的意義掌握外，更希望形成的是以發展出認知的、心理的、社會的、道德的及政治的良好性質的探所團體並且提供一套操作的方式運作給各位參考。

References

Lipman, M. Sharp, M. A. Oscanyan, S. F. 1980. *Philosophy in the Classroom.* Temple University Press.

Sharp, A. 1993. The Community of Inquiry: Education for Democracy. *In THINKING CHILDREN AND EDUCATION.* Lipman, M. ed. Kendall/Hunt Publishing company.

Whalley, M. 1993. ThePractice Of Philosophy in the Elementary School Classroom. pp..337-344 I*n THINKING CHILDREN AND EDUCATION.* Lipman, M. ed. Kendall/Hunt Publishing company. pp.491-494

讀書的經營
—談讀書會的成立與發展

林 美 琴

讀書的經營
—談讀書會的成立與發展

　　近年來，臺灣民眾對於心靈改革、文化建設的期盼與日俱增，在「終身學習」與「社區總體營造」的政府文化政策推動下，全國各地讀書會逐順應趨勢蓬勃發展，遍及各社區、學術機構、工商團體等，期使讀書會的推動可以全面提升人民素質，營造書香社會。

　　隨著越來越多人口投入讀書會的行列，讀書會的經營與發展更是參與者一直摸索與思考的問題，尤其是國人學校教育缺乏討論訓練與閱讀興趣、習慣的培養，對於參與以閱讀與討論為主體的讀書會，是否只是短暫風潮的時髦活動？參與讀書會的成長效能往往不是一蹴可及的，它涵攝個人主動的學習動機，在潛移默化中逐漸變化氣質，對於閱讀習慣與能力尚未養成的大多數國人而言，參與讀書會的成長是需要時間的，因此能否持續讀書會的經營成效，讓民眾在讀書會裡體驗學習樂趣，培養閱讀習慣，進而陶冶心靈，而非在速食時代中，因短時間未見成果而退出，實在是臺灣讀書會目前面臨的最大挑戰。

　　基於上述的理由，筆者近年來從事臺灣讀書會的調查研究，希望從臺灣讀書會的運作經驗與發展歷程中，剖析臺灣讀書會的現況與特色，探討適合本土的經營理念與實務技巧，評估臺灣讀書會的發展潛力與相關影響，以提出持續經營與未來發展的適切建議，期能促進讀書會的效能，創造臺灣讀書會的穩健發展與繁榮遠景。

　　讀書會的基本因素是人的參與，有了人，就有了生命，讀書會也如同生命週期一般，隨著時間與成長的歷程而呈現不同的面貌與特色。以往讀書會的經營因為缺乏研究與經驗分析，大皆在摸索中嘗試，經歷不少挫折，也因此許多讀書會起起落落，能持續一年以上而經營良好的讀書會只有少數，因此筆者經由調查研究，將臺灣讀書會從籌組、運作、倦怠到持續經營的歷程分為四大週期，提出各週期經營技巧，如能瞭解各週期的特性加以調適，因勢利導，從被動的摸索轉化為主動、有計劃的行動，預防各種困境的產生，將可持續讀書會的經營，提升讀書會的效能。

一、籌組期

　　籌組期是讀書會成立前打造藍圖的階段，以往讀書會的成立因素常是某人對讀書會產生興趣，即號召一群人參與，卻因為不瞭解讀書會的內涵，以至於成員參與後無所適從，不曉得從何學習與成長，失去讀書會的參與意義，因此讀書會成立前最好作好以下的準備工作：

　　（一）成員是否瞭解讀書會的內涵？對讀書會是不是抱持聽演講的心態？如果成員抱持旁觀者的心態而來，想要從他人吸收些什麼，缺乏主動學習的動機，沒有開放、平等、尊重、分享的討論準備，常會發現讀書會不符合期待而失去興趣。

　　（二）成員是否都認同該讀書會的宗旨？是否產生共識？

　　讀書會的成員常有不同的參與動機，有人為訓練口才而來，有人為交朋友而來，有人為聯誼而來，有人為成長而來，更有人為推

銷產品而來，動機不同，組成讀書會的型態也就有所差異，例如以
口才訓練為目標的讀書會必須讓成員有更多學習表達的機會，才能
符合成員的需求；而聯誼、休閒型態的讀書會以輕鬆、活潑的方式
進行，配合大家關心的討論主題與閱讀材料，才容易吸引成員參與，
若無法統整成員的共識，運作如多頭馬車，不但無法發揮成效，也
會使成員無法滿足學習需求而萌生退意。

（三）籌組規劃與宣傳

建立共識後，下一步即是根據目標籌設符合成員需求的讀書
會，讀書會沒有固定的模式，只要掌握讀書會閱讀、討論的學習精
神，就可以依成員共識量身打造屬於自己團體的讀書會。籌組者可
以設計一份規劃表（如附錄一），一一考慮各項需求，例如成員喜
歡在會議室開讀書會或是輕鬆的茶會方式？是否有固定的主題？經
費來源與閱讀計劃為何？讓讀書會成立前即已考慮到各項要素，打
造美好的願景，使成員產生「圓夢」的期待。

最近許多讀書會成立之前，都會先舉辦說明會，讓成員瞭解讀
書會的精神與內涵，並共同討論該讀書會的宗旨、活動流程與運作
方式等，清楚呈現該讀書會的特質與功能，幫助成員凝聚共識，符
合成員的需求，也容易吸引志同道合者前來參與，為往後讀書會的
經營奠立良好的基礎。

二、發展期

此階段是讀書會正式成立後開始運作的階段，也常是讀書會的
成敗關鍵期，因為成員在籌組期的夢想正期待在這個階段一一實

現，因此這個階段的經營重點在於成員是否感受到讀書會有內容、有計劃、有成長的進步歷程，而持肯定的態度持續參與。一個讀書會要讓成員產生參與的信心，往往取繫於以下兩大運作功能是否得以發揮：

（一）健全的會務組織

讀書會是否能順利進行，往往取決於健全的組織運作，透過組織的分工，發揮讀書會的學習功能。一般說來，讀書會的組織經營技巧如下：

1.以遊戲的心情築夢：

讀書會在成立初期由零開始，會務工作較為繁瑣，也往往因為成員還不熟悉或未培養良好的默契而較費心力，因此，初期組織與會務以簡單為原則，也讓每位成員參與會務工作，透過分工，不但負擔減輕，也藉由密切的聯繫增強成員的凝聚力、參與感與成就感。而讀書會乃非功利的組織，無需考慮業績的壓力，因此每位成員若能抱持遊戲築夢的心情，即能去除名利的機心與困擾，沒有位階職等的差異，只有工作性質的不同，而每項職務也都有期限限制，讓每位成員都有輪流學習、成長的機會。

2.個人成長重於團體表現：

讀書會成員選擇會務最好以興趣與意願為主，不因成員的工作專長而派任或要求，如此成員才能把會務當作是興趣，不會產生工作倦怠感，而能主動參與、樂於付出，感受成長的喜悅。

（二）例會內容的充實

除了組織健全外，例會內容的充實也是成員是否用心投入的主
要原因，成員產生學習興趣，感受成長的滿足，才能產生繼續參與
的動力。

讀書會的例會是否充實、精彩取決於以下兩大要素：

（一）活潑、多元的學習成長空間

讀書會的學習若能有趣、引起學習動機，自然會吸引大家的參
與，尤其是未養成閱讀習慣的一般民眾，例如社區讀書會、親子讀
書會等，若能配合主活動與副活動的交互運用，常能達成充實有趣
的讀書會氣氛。

主活動是讀書會例行的主要活動，像是讀書心得報告、導讀、
討論、專業分享、生活經驗分享、輕鬆小品、文化小站（報導藝文
活動）…等；副活動是配合主活動的非例行活動，目的在引起參與
者的興趣，凝聚團體的向心力，像是品嚐佳餚（美食分享）、參觀
活動（博物館、美術館）音樂欣賞、會務報告、專題演講、學習課
程、作家座談、社會服務、郊外聯誼、家庭聚會、跳蚤書市…等。
帶領人依每次聚會的閱讀主題設計相關的主、副活動與流程，可以
促進多元化的學習，也有助於營造自在、安全的討論情境，更是培
養非習慣閱讀者享受讀書會閱讀、成長、學習樂趣的良好觸媒。

（二）活用帶領討論技巧

討論是讀書會的精神，但是也是國人參與讀書會最欠缺的能
力，許多讀書會流會的原因就在於成員缺乏討論技巧而倍感壓力，
或常無法深入主題討論，流於聊天的聚會。討論不同於一般灌輸、
被動受教的教育過程，能否將閱讀材料吸收、消化，從知識延伸為

生活的智慧，常是讀書會討論是否成功的關鍵，因此會前完善準備，會中有效表達（不離題、掌握重點），分享智慧（尊重、包容），從掌握閱讀材料的內容，提出精華分享，釐清疑惑，並將主題與生活觀照、驗證，再經由主題思考的激盪，分享眾人寶貴的生活經驗，啓發內在清明的智慧，在討論過程中不斷提昇自我，培養圓融的價值觀，所有延伸討論內化爲生活的原則，培養解決問題的能力，讓參與者感受成長的喜悅，才能發揮讀書會的功能。

　　會務經營與例會學習互爲表裡，是讀書會兩大命脈，也形成讀書會的團體動力，其關係如下：

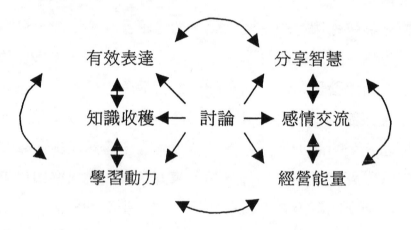

　　良好的討論氣氛使成員感受知性收穫與友伴支持的愉悅心情，可以產生學習動力，持續參與，並激盪出經營能量，願意參與會務工作，爲團體付出。同時，健全的會務組織與分工，才能確保每次例會的品質，讓參與者都有豐收的成果。因此，會務與例會的效能息息相關，兩者產生良性互動，才能促使讀書會順利發展。

三、倦怠期

　　根據「高雄讀書會資源網絡」統計，一般讀書會常經營約半年即告結束，而結束的原因常是遇到倦怠期的瓶頸無法克服，造成流會。筆者曾於民國 87 年 2 月調查臺灣社區讀書會常見的困境如下（註一）：

　　1.成員未養成閱讀習慣　2.人數越來越少　3.沒有長期計劃

　　4.沒有專業帶領人領導　5.出席率低　6.領導人帶領技巧不佳

　　7.成員遲到早退　8.討論冷場　9.討論常離題　10.目標共識度不夠

　　由上述的困境看來，未養成閱讀習慣是讀書會的致命傷，因此，若能在發展期開發活潑的例會內容，激發成員的閱讀興趣，常能提升成員的閱讀動力，此外訂立會員章程，釐清團體目標，建立周全的會務組織，架構會員友誼支援網絡，提升討論技巧與充實內涵，也是維繫讀書會持續經營的關鍵。

　　因此，若能在籌組期與發展期奠下經營的基礎，釐清團體目標，做好會務分工與充實例會內容的準備，並隨時評量團體運作情形，讓會員有抒發意見的空間，根據成員的需求與興趣，隨時修正團體的目標與運作形態，注入源源不絕的活力，使成員充滿新鮮的期待，並以學習成果提醒成員發現自我的進步軌跡，激發成就感，產生參與的動力，將使成員興趣盎然，樂此不疲，這更是預防重於治療的良方。

四、成熟期

　　當一個讀書會跨過倦怠的瓶頸，經歷不斷溝通、調適、共同解決問題的歷程之後，組織健全，成員找到最適合該讀書會的運作方

式，建立良好的默契，也養成閱讀習慣，享受閱讀興趣，並將讀書會納入生活的一部份，就是邁入成熟期的階段了，此時讀書會更是成員的生活共同體，成員的學習與休閒都能經由成員提出需求，共同籌劃、完成目標，享受讀書會主動學習的魅力，以下的方針可以促使成熟期的讀書會發揮更大的經營成效。

（一）開闢學習課程與多元化活動

此時的成員已經能夠由被動轉化為主動的學習，因此由成員共同策劃各種學習需求的活動，可以使生活各項學習經由讀書會為媒介而更有效率，例如參觀一場藝術展覽之前，可以在讀書會裡先研討相關書籍，或找專家導讀，再申請團體導覽，成員一起前往參觀，如此必能延伸學習空間，讓學習更有收穫；又如開發人際溝通、如何閱讀等相關課程的副活動，不但提升成員的素養，也能使讀書會落實為生活學習共同體，提升讀書會的品質。

（二）成立「家族制度」

將讀書會的成員依參與年資成立一個個家族，讓資深成員為「家長」，關懷與幫助資淺成員，不旦讓資深成員感受成長回饋的成就感，也讓資淺者很快能融入讀書會的活動裡，產生認同感，不會因不同時期參與而產生距離與「代溝」，帶動讀書會溫馨和樂的氣氛。

（三）會務傳承

資深者切忌倚老賣老，如能持續抱持學習心態，尊重不同領導人的創意與風格，並傳授實務經驗與經營技巧，在旁協助與輔導，即能使讀書會在穩固的基礎下，汲取豐富的新養份。

（四）自然轉型

受到時空變遷與成員閱讀能力提升等因素影響，成熟期的讀書會宜開發新型態，適應成員的新需求，而非墨守陳規，滯留原地。例如固定主題的讀書會可以開發新的學習計劃或主題；成員討論技巧提升後，可以從暢銷書的閱讀進展爲主題書籍的深入研討，爲讀書會提供源源不絕的生命力。

（五）成立分會（組）

讀書會成立一久，往往成員的閱讀能力與參與興趣產生差異，許多資淺成員重新要走一遍資深者走過的歷程，或者成員日益增多，無法維繫討論品質，此時常會產生運作的困擾，這也是目前資深讀書會常遇到的困境；若能分組或成立分會，讓每位成員有更多選擇的時段參與，或依興趣與閱讀能力成立若干主題與深度閱讀會（組），滿足成員的閱讀需求，也讓資深成員提供經驗與協助，擔任資淺組的領導人或例會帶領人，讓資深者有發展才華與回饋的空間，將是促進成員成長的雙贏方式。

此外，若是成員想在住家社區成立讀書會，也可以分會（組）的方式與原來的讀書會合作，建立資源網絡，互相交流、協助與支援，將可擴大讀書會的學習空間與持續經營的能量。

（六）參與社會活動

鼓勵成員以讀書會的團體參與社會活動，像是讀書會博覽會、到學校或社會團體帶領讀書會，環保推廣、愛心義賣...等，都是推動社區營造最經濟也最有效率的組織方式，不僅可以使成員開擴視

野，增加學習機會，促進團體的凝聚力與向心力，更能推動書香走入社區，成為落實社區文化再造的清新力量。

（七）出版讀書會刊物

出版讀書會刊物可以保留讀書會珍貴的成長紀錄，激盪出該讀書會的風格與生命力，成員藉文字書寫沉澱心靈，感受心靈成長的喜悅與互動交流的智慧結晶，更能珍惜參與讀書會的歷程，也因為珍惜，過往的努力產生了意義，對讀書會的未來願景也就產生了期待與持續的動力。

上述讀書會成立與發展的歷程經驗延伸了不同階段的經營技巧，然而讀書會最重要的經營核心在於「人」，熱誠、具有愛心、活力，願意付出的領導人才是讀書會是否可以持續經營的主要關鍵。參與培訓可以瞭解讀書會的理念，學習相關領導技巧，然而領導人更重要的認知是將讀書會與自我成長相結合，學習自我管理與人我相處的能力，去認識自己，發揮個人生命中的美好特質，真誠關懷與分享，與成員建立良好的友伴關係，將讀書會的經營落實於生活無止境的虛心學習，廣結善緣，去除自我的偏執，讓生活自在、開闊與美好，如此所有的經營技巧才會產生非凡的意義。

註一：有關詳細的資料探討，請參考筆者「臺灣社區讀書會現況調查、遠景評估及經營研究」報告（國家文化藝術基金會）；「讀冊做伙行--讀書會完全手冊」（洪建全文教基金會）

【附錄一】

讀書會規劃表設計

設計人（發起人）：

籌劃相關人員：

規劃日期：

一、讀書會名稱（二選一）：

　　＊事先想好的名稱：

　　　　————————————————————————

　　＊成立後再由成員討論決定。

二、領導人（可以由發起人擔任或另聘領導人）：

三、宗旨：

四、聚會時間：（多久舉行一次？每次進行時間多久？有沒有期
　　　　　　　　限？）

　　————————————————————————————

五、主題選擇與設計：包括主題、主活動、副活動及書目設計

　　＊主活動：

　　＊副活動：配合主活動，安插於各週中。

1.　（日期）/　　（主題）　　　　　/　　　　（書目及副活動）

2.

3.

4.

5.

6.

7.

8.

9.

10.

六、聚會人數：約　　人。

七、聚會場地：

八、會員資格：

九、會員來源：

（一）已有會員名單：

（二）召募方式：

十、資源與經費來源評估：

　　※預估開銷項目（無期限讀書會以一年為估算期間）：

1.

2.

3.

4.

總額：

※經費來源：

1.

2.

3.

.

.

.

十一、收費：（或年費）　　　元。

（一）會員會費：　　　元。

（二）會員年費：　　　元。

十二、宣傳方式：

1.

2.

3.

4.

讀書會
──一個探究團體的形成

趙　鏡　中

讀書會
——一個探究團體的形成

閱讀，是我們獲取資訊、學習新知的重要管道。一般我們所說的閱讀，多半指的是閱讀書籍。但廣義的說，閱讀的對象並非僅限定在書本上，聲光影視也可以閱讀。更廣泛的說，生活其實也是一種閱讀的對象。現在有所謂的城市（社會）觀察家，其實這樣的人就是以生活、社會為閱讀的對象，對它進行思考研究。事實上，我們每個人從小到大，也都不斷的對生活進行閱讀，從其中學會生存之道，也獲取智慧經驗。

閱讀就像知性的饗宴，有時候適合一人獨自品味，細嚼慢嚥，靜靜的品嚐知識的大餐；有時候可以三五好友聚在一塊，一起大快朵頤一番，也別有趣味。

讀書會就是一種和大伙一起閱讀的活動。在求知問學的旅途中，我們常需要一些同伴，一方面「三人行必有我師」，可以從友伴那學習到新知、協助解決疑惑；另一方面，也實在是因為求知的旅途終是漫長寂寞的，需要有人相互提攜共勉。於是，各種形式的讀書會乃應蘊而生。

然而，雖然同樣名為讀書會，但參與者與召集人的角色分工，及兩者的互動關係卻有著不同的樣式。這些不同樣式的讀書會，由於理念與進行方式的不同，對於選擇參與讀書會的人來說，會產生不同的效果。為方便說明各種形式讀書會的特性，以下藉用時下大

家所熟悉的一些消費型態，來加以說明。

一、百貨公司專櫃型

　　大家一定逛過百貨公司，公司裡設置了很多專櫃，每個專櫃都有專人負責。當專櫃小姐遠遠看到客人走來，就開始準備如何說服客人採購自己的產品，當客人走近，立刻擠出招牌笑容，迎上前去，鼓起如簧之舌全力促銷自己的產品。不管是動之以情或是說之以理，反正最後的目的就是希望消費者能夠買下產品。對於消費者而言，雖然感受到服務人員的親切、專業，但無形中也會感受到一種壓力，好像非買不可，特別是在服務人員一樣一樣的展示，不厭其煩的解說之後，好像不買就太對不起人家了。可是，真要買，好像又覺得不是那麼值得，還沒貨比三家呀，所以有些人就很怕逛百貨公司的專櫃。類比到讀書會，專櫃小姐就好像讀書會裡的召集人或學者專家，經由他們熱心專業的鼓吹，也許真能獲得一些有關的知識（但總缺少一些自己的主張，在這些專家面前，自己好像傻瓜一樣。）。因此總感覺到一股壓力，對於學習，又陷入傳統學習的惡夢中。所以有些人參加了這類的讀書會後，嚇得不敢再去第二次，或是聽到電話鈴聲都會驚出一身冷汗（以為是召集人打電話叮嚀「下次輪到你報告了」，或是「下節課一定要來」之類）。

二、大賣場量販店型

　　時下出現一些量販店，佔地百坪，號稱從出生到死亡所有的商品都有展售。由於是大賣場，服務人員只負責上貨補貨，並不招呼客人，讓客人自由進出挑選。所以常看到炎炎夏日的夜晚，吃過飯

後一家人一起逛量販店的景象。一方面吹吹免費冷費；一方面參觀一下各種市場新產品，這已成為一種全家的休閒活動了。的確，逛量販店沒有專櫃小姐的壓力，自自在在的逛多久都沒人管，買不買也無所謂。但是逛量販店還是有它的問題存在，如果你真想買個東西，有時候一下還找不到在哪個櫃子上，由於地方大，兜了幾圈也不一定能找到。再者，量販嘛，所以一買就是一堆，而且面對琳瑯滿目的新穎產品，一個把持不住就會買下一堆垃圾商品（其實生活上並不需要，只是受不了誘惑，衝動之下盲目的購買）。口袋的錢減少了，家裡卻多了一堆無用的東西，這種型式類比到讀書會，指的就是一種較散漫的讀書會。這種讀書會沒有什麼特定的型式或召集人，大家可以自由進出，高興了就來參加一下，懶了、忙了就放棄了，非常自在，毫無壓力。有時候參加這樣的讀書會確實也可以學到一些新知，但也可能因毫無組織或不用心而得到一些無啥用的零碎知識。

三、歐式自助餐型

在西餐廳裡除了 A、B 餐外，還有一種自助式的吃法。餐廳訂有最低的消費額，菜色齊全分量不限，消費者付了帳後就可任由自己選擇取用，吃多少都可以。每樣菜都嚐嚐很好，只專吃一樣也沒人管。吃這種自助餐是有學問的。首先，必須先付出一定的消費額，如果只喝一碗湯，那可就鐵定虧本了。但是如果你暴飲暴食(有些人就常常餓他兩三天，然後再去吃個飽)，一方面對身體並不好；另一方面也無法細細的品嚐這些名廚精心烹煮的佳餚，以及餐廳努力營造的品味美食氣氛。所以會吃、懂吃的人，就視自己的食量、

胃口、菜色、健康等因素，自行調理出一頓豐盛但卻不失精緻的餐食。如果是一大伙人一起去吃圍爐火鍋，那就更見功力了。每個人喜愛的口味、菜餚不同，如何合衷共濟，調理出一鍋美味的火鍋，那可是需要動動腦筋的，否則那鍋湯就成道道地地的雜碎湯了。有種讀書會的型態就很像這種自助餐型，參與的人必須付出最低的消費額，也就是說每位讀書會的成員必須貢獻出一些心力(譬如輪流當主持人；提供閱讀書目、資料；或是熱心的參與討論等這些有形無形的心力)。但是參與者每個人能從讀書會獲得多少，則完全視個人的所需了。這樣型態的讀書會，即不會像專櫃型有人緊迫盯人，讓人產生壓力，或過度依賴專家指導；也不會像大賣場自由進出，毫無牽掛，不是入寶山而空手回，就是買了一大堆並不實用的貨品。

以上三種類型的讀書會，我們認為這種有最低消費的自助餐式讀書會型態，無疑是比較理想的。有了最低消費，總會希望買點東西回家。但佳餚美食當前，要如何取用，就必須自己去思考了。服務人員或名廚只能給你一些建議，最後還是要自己安排，這樣的讀書會雖有點強制但不構成壓力，有點自主但又不是毫無頭緒。

讀書會顧名思義就是一群人一起來讀書學習，那讀書會跟教室學習有什麼不同呢？不要說讀書的場所不同，所以不同（讀書會的場所可以有很多的選擇：客廳、戶外、茶藝館、咖啡廳都可以），這兩者確實有些不同，特別是相較於傳統的教室學習。

首先，在教室的學習裡有課程的安排，有教學者，有教材，甚至有學習進度。但是在讀書會這樣的學習團體裡，這些東西都不太明顯，沒有所謂的課程設計，沒有固定的教材，就算有些探討主題

的安排或閱讀材料的選擇，基本上，還是以參與者需要為主要考量（事實上，學校教育的教室學習也應是以學習者為主，一切活動都是為了學習者設計的。但在現行的教室學習中，課程設計與教學考量已凌駕在學習者之上）。這樣，當然也就無所謂教學者或學習進度了。其實說穿了，讀書會的關鍵在於參與的那一群人、那一個團體。當這樣的一群人形成了一個團體，那個團體會知道他們需要什麼樣的知識，需要閱讀什麼樣的材料，也知道如何去尋求支援，這跟教室裡的學習是截然不同的。教室裡的學習是由專家安排了一套框架，然後硬生生的往教室裡的學生身上套，學習者失去了求知的主動性，學習的多元管道也被單一的專家系統所替代。學習者成了複製專家，不斷複製知識，失去了對知識的探索興趣，也喪失了原創能力。

　　讀書會要替代教室學習的主要切入點，就是要喚醒學習者對知識困惑的好奇心，以及親身去體驗求知的歷程，讓學習者學會如何學習（自己學習以及如何與別人合作學習）。

　　教育學者杜威認為學習本就是一個探究的過程，兒童哲學之父李普曼指出這個過程大致可以描繪成以下八個階段：

　　1.感到困難

　　2.懷疑（到底發生了什麼錯誤？）

　　3.明白陳述問題（確定問題所在）

　　4.提出假設

　　5.進行測試

　　6.發現與假設相矛盾的證據

7.修改假設，以解釋與假設相矛盾的證據

8.將修正過的假設再進行測試

一般來說，探究原本是極內在、極個人的智能活動。人常就自己已知的經驗或知識尋思解決問題的方法，但是過度依賴自身的背景知識，很有可能產生不自知的盲點或偏見，而陷入思考的困境。正所謂旁觀者清，當局者迷。再者，人是存在於社會中的，個人的思維活動或困難疑惑也離不開社會，它預設了一個公共的社會的環境，爲探究提供了所需的規則、證據與評判。所以，探究需要團體，可以採用團體合作的方式進行（教室學習空具團體型式，但卻完全未曾善用團體方式進行學習）。

團體探索一方面可以藉由團體中各個成員的意見表達，避免因成見而造成的獨斷；另一方面也可以藉由相互的溝通，增進參與社會的技巧。

所以讀書會的組成，基本上就是形成一個探究團體。這樣的團體正如前面所提到的，它不必是專家指導，緊迫盯人式的專櫃型態；也不應是漫無目的，完全自由參觀的大賣場，而應是積極主動的自助餐式的互動關係。

而這樣的一個團體裡，每位參與探究者之間，以一種合作的關係串連起來，這與傳統的學習，環繞在一知識權威下進行學習的方式，是截然不同的。知識的獲得不是給予的，而是自我建構出來的。因此，團體中必須建立起充分對話的環境，使成員共同分享探究的經驗與成果，而不是帶領人或專家不斷的發問，學習者不斷的回答問題；或只是虛應故事，捧場式的提出幾個自己毫不關心的問題。

在探究團體裡，問題的提出是來自於成員自身的困惑，不是帶領人或專家，為測試學習者的了解程度而提出的問題。當問題提出來後，在對話的過程裡，成員應該隨時檢視自己的論證、觀點是否一致，樂於修正自己不成熟的意見，同時對別人的觀點也能抱持興趣，誠懇回應，並尊重不同的看法。有懷疑時能提出適切的問題，要求解釋說明，而不是私下批評。對於別人的質疑，也應該公平的面對、回應。所以，在一個探究團體裡也預設了一項積極的要素──關心，關心探究的過程（非結果）；關心別人的權利；關心彼此的創見，唯有這樣，探究才有可能進行，也才能發展出分享合作及負責的態度。

探究團體也一個合作的團體，但合作並不等於分工。一般來說合作、分工常混為一談，以為有了分工就代表了合作。事實上，未必如此。一件事透過幾個人的分別執行（每個人負責一部分），然後再把大家負責的部分組合起來，一件事即告完成，這即是一般人所謂的分工，而合作只在最後的組合過程，這樣的合作，其實它的意義不大。

有些讀書會即採這種方式進行，一本書每個人負責讀一章，然後輪流報告，有問題的提出問題，沒問題這一章就算讀過了。這樣的合作並非真正的合作，只是分工罷了。從某個角度來看，這樣好像很有效率，經由別人的閱讀報告似乎學到了一些新東西，其實這樣的學習跟傳統教室學習並有什麼差異，成員還是被動的等待被告知某些知識。

探究團體強調的是探究的歷程，不是結果。所以，非常重視合作。從一開始問題（疑惑）的產生、澄清，到深入的探究、討論，

都建立在合作的基礎上。由於探究團體是一個異質的團體，成員各有不同的背景、風格、思考持質，必須依賴合作才能有效的進行探究。而在探究的過程中，成員也必須遵守合作的基本要求，如：說理上的一致性、邏輯性，態度上的客觀性、公正性、開放性。合作不只是每位成員能充分表達意見，更重要的是每個人的參與互動，與彼此的要求、勉勵，使討論能向前發展，討論的焦點愈來愈深入。探究團體中的合作，未必能獲得明確的結論，但它允許了更多的想法可能性，以及繼續發展的機會。換言之，探究團體裡的合作不在工作的完成，而在過程中彼此的參與和意見的交換。

　　根據以上的說明、澄清，可以知道讀書會的成功與否，關鍵就在是否形成一個探究團體。而探究團體的形成指標可包含以下幾項：

　　1.熱忱的參與

　　　係指對知識、困惑的好奇與執著，認真看待自己和他人的觀念、意見。

　　2.充分的對話

　　　係指注意傾聽別人的意見，詢問相關問題，客觀的討論，要求理由，互相建構彼此的觀念。

　　3.平和的互動

　　　係指尊重他人，對新觀念開放，願意接受同伴的指正。

　　4.專業的敏感

　　　係指思維技能上的邏輯性、一致性、程序性，以及對所討論問題相關知識的敏感性。

　　至於如何才能形成一個探究團體？可以從以下幾個方面著手：

首先參與者必須調整心態，重新體認學習的意義及方式。以往在教室學習中，學習往往被界定為一種傳授模式，由專家設計安排並講授知識。知識被析解為細部零件，學習者被要求能熟練各個細節，並加以複製，不鼓勵冒險、犯錯。但是如果把學習界定為一種溝通模式，那整個學習活動就會呈現另一種風貌──以學習者的疑惑為主，強調在實作中獲得知識，重視整體知識的掌握，鼓勵冒險創新。一個參與探究團體的成員，在心態上可能要接受溝通模式的學習觀，不計較枝節細微的意見，勇於創新，型塑自己的觀點，能掌握「為自己學習，尋求自己的意義」的學習精神。這樣才能化傳統被動接受的學習為主動探索的學習，而學習也才充滿樂趣與驚喜。

再者，因著對學習觀點的改變，學習的方式自然也會隨著調整。在一個探究團裡，知識的來源並非單一的（專家或召集人），這與傳統教室學習中教師所扮演的知識權威角色是不同的。因為在探究的過程裡，知識經驗只是協助探索的工具，探索的目的並不在答案的獲得，而是關心別人如何去想，自己如何去想，並能察覺出彼此預設有何不同。所以，召集人（主持人）在團體中只探演補償性的角色，知識性弱，程序性強，只在討論的過程中提供幫助，如：協助連結經驗，幫助表達，促進對話，注意對話的說理性。

第三，探究團體強調合作，採行的方式是討論對話。所以，是否具備良好的討論態度與技巧，也是決定一個探究團體成功與否的關鍵因素。

在探究團體裡討論的基本態度應該是善意的，彼此相信有合作的意願，並能共同遵守遊戲的規則。成員間能設身處地的去揣摩別

人的意思，尊重不同的意見，容許批評與修正。

　　而為了讓討論能持續進行，並能逐步逼近問題核心，善用討論的技巧也是必要的。討論的語言不同於宣傳的語言，不需要誇張；也不是說服的語言，不需要狡辯。因此，在討論過程中，可適時的利用討論的語言，幫助達成充分溝通表達的目的，例如：

　　　　・對不起，我現在必須表示一下意見（打岔式表達）
　　　　・請再說一遍好嗎？（表達自己的不解）
　　　　・我說的是你的意思嗎？（避免誤解）
　　　　・我覺得有點怪怪的（表示疑惑）
　　　　・我（不）贊成你的觀點因為……（做評價）
　　　　・我想我的看法錯了（承認錯誤）等討論的用語。

　　最後再以＜石頭湯＞這則故事來總結讀書會的形成條件。飢餓的士兵來到村莊，在遍求村人施捨一點食物不得後，慨然允諾要煮一鍋石頭湯請全村的人喝。當村人因為好奇在士兵的引誘下，紛紛把家裡珍藏的食物投入鍋中，一鍋美味的石頭湯終於煮好，全村的人都得以暢飲一碗生平從未喝過的石頭湯。讀書會的形成就好像煮一鍋石頭湯一般。士兵丟兩塊石頭在熱水裡，並不能煮出一鍋好喝的石頭湯。同樣的，讀書會只是一兩位成員努力的發表自己的意見，並不容易迸出智慧的火花，但是如果大家能同心協力，貢獻自己的珍藏（即便是一葉青菜），也能使這鍋湯增添美味，討論也才能迸出璀璨的智慧花朵。

讀書討論中的斷與連

楊 茂 秀

讀書討論中的斷與連

一、前言

　　閱讀，是一個很個人的行為。通常的讀書是一張臉對著一本書。想到讀書，不管有聲無聲，總是一對眼睛對著一本書，左看右看，上看下看，嘴裡唸唸有詞。腦子隨著書的韻律起舞。它是一種個人的事，跟別人無關。

　　想到讀書，我們就怕別人干擾。有時我們讀書是在一個安靜的環境裡，不得已非得在吵雜的環境裡，也會努力地保持心靈的安靜。我們在公共場合：在醫院等看病時，在車上、飛機上旅行時，在游泳池、海邊晒太陽時，在餐廳咖啡廳等朋友時，在書店的角落選書時，周邊的吵雜聲，都會被我們用一種精神的力量，加以隔絕。我們的心靈就自由地進出於書的世界。

　　總之，讀書是很個人的事。

　　那怎麼要有讀書會呢？

　　想到會，開會，聚會，標會任何的會其實都要蠻多人參加的。台灣人的會最常聽到的是吃會：一群人或一些朋友，定期聚在一起吃東西。有些人選一個餐廳去吃，有些人選一個特別的場合，與會的人各自帶自己拿手的菜餚去參加。邊吃邊說，說什麼不重要；舞會，想到舞會，很多人立刻年輕起來，手腳抖動，身晃頭搖。有時是阿公阿嬤在公園的健康土風舞，有的是十七八歲血肉新鮮的新人

類，在撩人的燈光下，不斷增加心臟負擔的音流裡，試探著彼此喜怒哀樂，細微的紋理。學術研討會，一群學者研讀論文，互相辯論，賣弄著博學與機智，在真理越辯越明的迷信下，努力地探索著知識的寶山；廟會，標會，教會，教改會，董事會…好像不管什麼會，都是要匯集意見，找尋出更好的了解之路。那讀書會呢？好像也是這樣。只是讀書會並沒有像別的會，那麼明確的目的性。讀書會的目的是什麼？我覺得，讀書的目的，跟讀書會的目的，是相關而不一樣的。前面說的讀書是很個人的事，讀書是交朋友，怎麼說？我常常覺得讀一本書是跟那本書的作者在交朋友，那讀書會是一群人把我們跟那個書的作者，就那個書做主題，交談的經驗，來營造一個心靈交會的庭院。

讀書會有很多種。但是不管是哪一種，既然成了會，心靈的交會便是必要的。怎麼交會呢？有些讀書會讀一讀就唱起卡拉ＯＫ來了。有些讀書會讀一讀，就一起畫起畫來了，或到畫廊或藝術館參觀，或去看電影。有些讀書會讀讀就變成吃會，酒會，甚至於招起會，標會。我現在想要說的是，一種特別的讀書會。這種讀書會，會變成討論會，會變成欣賞會，會變成一種探索的團體(community of inquiry)。

讀書本來是非常個人的事。但是讀書會要是以討論會，探索團體的方式來經營，它就變成了一種思考的音樂會。音樂會會久了之後，你什麼都不會。這是什麼意思呢？(寫作時旁邊一個朋友在插嘴，她說她也要分稿費)。心靈的音樂會的經營，是民主社會的基礎，是我們傳統文化所欠缺的，要移植，需要學習。就是在西方的文化裡，它也是晚近才有的。Max Weber 在《新教倫理與資本主義的精神》

（The protestant ethics and the spirit of capitalism）一書裡曾經表示，西方社會的現代化，民主化成功很重要的一個因素，是他們有一次找尋真理判準的運動。中古世紀以來，西方的文明由二條軸線編織而成：希臘的理性文明跟兩河流域的文明－基督信仰。基督信仰的真理標準含藏在聖經裡，但是聖經裡不管是新約舊約，都只是一些故事，詩歌，寓言，必須要透過人心的詮釋。誰能夠透過聖經，將上帝的話的意思，明白彰顯出來呢？是要經過特別的神學訓練，哲學訓練，被教會認可的神職人員，可是他們的意見常常相互矛盾。怎麼辦？在舊教天主教的傳統裡，教宗是最後的權威，馬丁路德問，教宗是依據什麼來詮釋的？「是良知，」教宗表示。可是教宗的良知如何可能比任何一個信仰者的良知更可靠呢？馬丁路德這一問開啓了宗教改革中找尋真理判準的運動。在那個運動的過程中以及之後，任何一個信仰者都能夠以自己的體驗與背景來猜測上帝的意旨。誰都可以詮釋聖經，但誰都不能說「真理只此一家，別無分店。」許多研讀聖經的團體產生了，開放的心胸有了可能，權威必須要依靠方法，事件，願景，知識來營造，要接受結果的檢證。由眾人形成的智慧變成搭造理想與現實之間的支柱，所以說它是民主的基礎。

　　Max Weber 表示，東方的民主化因爲缺少了找尋真判準的運動，所以難以成功。

　　我相信 Max Weber 的判斷值得我們深思。梁啓超在民報發刊詞中表示，中國的落後是由於我們國民不讀書，沒知識，梁任公值得我們深思。讀書是很個人的事，但是知識與智慧要變成公共決策的引導與支柱。在民主的社會是應該經過眾多心靈的洗禮，這洗禮的

聖水，我認為就是以討論為主軸的讀書會。我們怎麼做呢？如何在我們這個文化傳統裡，以探索團體的方式來經營有討論的讀書會，來經營心靈的音樂會呢？這是本文以下所要深入探討的。

二、故事

1.

　　許多年以前，當我在考博士論文的時候，項退結教授要我定義茶杯，有一點點哲學訓練的人都知道，定義是哲學家最怕的事。我沒有多想，拿起手中的茶杯，高高舉起，向他點點頭，輕輕放下，表示定義完畢。項教授以認真，被激怒的口氣說：「你是禪宗啊！」吳經熊教授說：「我覺得楊先生說得很好。因為定義依據英國哲學家 Richardson 的《論定義(On Definition)》一書，定義有五十三種之多，你大概是要求楊先生說出本質定義，但是你沒有明說，但是楊先生給的是外顯定義 ostensive definition，在那麼短的時間，隨手捻來舉了那麼精確的例子，我覺得他做得很好。」在這個故事裡，在這個經驗裡，很關鍵的一個東西是定義這個概念。定義不只是一個概念，當我們要做它的時候，就變成一種活動。這個概念不簡單，做起來更難。研究、分類，建立理論，做深入的學術討論的人，立法的人，詮釋法令的人，修改規則的人，都體驗過它的困難與挑戰性。

　　討論的時候，很重要的是要聽得懂人家講什麼，更重要的是能夠將心中的想法跟感受明白地陳述出來。而更重要，更困難的是，聽者跟講者之間能夠互相了解，能溝通。溝通不等於同意，許多溝

通是在不同意的條件下才有意義的。一句話或一段話或一席話，能不能達成溝通的任務，關鍵詞乃是關鍵。比如說前面那個故事，它的關鍵就是定義一詞，如果當時沒有吳經熊教授的支持，我可能要費非常非常大的努力，才能將我的表達方式釐清。

　　討論中在團體裡，在對話中，如何對重要的觀念做有效的釐清，在不傷感情的條件下，獲得溝通管道的順暢，應該是經營討論的第一要務。

　　要釐清一個觀念，或一個想法，或一個字或詞，有很多很多的方式。而且沒有一個方式是可以保證，本身的作爲或努力是正確的。在這裡我想提出一個方便的做法，那就是當你不了解的時候，看看不了解的是什麼，如果不了解的是一個例子，一件事，你可以請求再舉別的例子，或者要求說明例子的理由與道理。如果不了解的是一個道理或理由，你可以要求人家用別的道理再加以說明，或是請求舉例。我有一個座右銘：「例子是說明最好的協助。講道理沒有例子不算懂。光有例子懂得不透徹。」簡言之，當人家舉例你不懂時請他說明，當人家說明你不懂時請他舉例。

　　說明再好，例子再好，也仍然可能不懂，也仍然可能誤解。是不錯，溝通本來就是一種冒險，我們不斷地要使用我們的主動想像，去捕捉言詞中的意義。有些理解力強的人，總是帶著諒解的心靈，不管對方講的話多麼地支離破碎，他都能做精確，溫馨的了解，這種人我們稱之爲善體人意，蘭心蕙質。有些人你講得再明白，舉的例子再好，他還是猛點頭表示不明白，這時很容易讓企圖溝通的人捶胸頓足，不知如何是好。

在一個團體裡面，各種人都有。如何在他們之間建立起溝通的管道，我想這不是有什麼特別的技巧。最重要的是要在團體之中培養出諒解的善意與習慣。Karl Popper 曾經表示，討論只有在朋友之間才有辦法順利進行，一個探索團體平時有了解的善意是必要的。

2.

　　美國哲學家威廉詹姆士(William James)有一次跟他的朋友在山上露營，他獨自去散步，回營區的路上，被六個朋友攔下來，他們表示為一個問題的解答正在論辯。雙方的意見正好三對三：「詹姆士，你來得正好，看你贊成那一邊。不管你贊成那一邊，我們的問題就解決了。」詹姆士表示，要參與問題解決，必須先知道問題是什麼。而且有些問題的正確答案，不是可以用投票來解決的。問題是什麼呢：有一隻松鼠在一棵松樹上，松樹很大，松鼠在松樹上，牠的肚皮貼著樹皮，繞著樹幹轉來轉去，有個人，他是個自然觀察家，他知道松鼠在樹幹上，他想要把松鼠看個清楚，所以他圍著松樹轉來轉去，但是始終沒有辦法看見這隻松鼠。說得更明白一點，他們之間始終隔著一棵大松樹，請問這個人有沒有繞著松鼠轉？我們知道，松鼠繞著松樹轉，牠行動的軌跡就是那個松樹幹，而這個人，這個自然觀察家，也繞著松樹轉，他行動的軌跡是圍繞松樹之外一公尺的圈子，如果把這個圓周畫成三百六十五格，那麼松鼠跟人在他們本身的行動軌跡上，每一格都停留過，都移動過，請問人有沒有圍著松鼠轉？

　　詹姆士表示，這個問題的關鍵詞是繞著轉，在他看來繞著轉在這裡意義含糊，至少有二個可能性：第一，要是繞著轉的意思是這

個人有時要在松鼠的前面，有時要在松鼠的右邊，有時在松鼠的後面，有時在松鼠的左邊，這些方位都待過，而且依著某一種時間的順序待過，那他沒有繞著牠，也就是說，人並沒有繞著松鼠轉，因為他始終都沒有看到松鼠，那就好像是說他始終跟牠面對面，中間始終隔著一棵樹，沒有看到牠，也沒有在牠的前面過，沒有在牠的右邊過，沒有在牠的後面過，沒有在牠的左邊過，所以不算繞著轉。

如果他繞著轉的意思是，人有時在松鼠的東方，有時在牠的南方，有時在牠的西方，有時在牠的北方，那麼這個人就有繞著松鼠在轉。

經過詹姆士這個區分之後，這六個人表示不能接受。我們知道詹姆士在這裡使用的技巧是，邏輯上或哲學上叫做意義的區分的技巧。一個詞或一個概念常常含著有多重的意義，而我們在使用它的時候，只採取其中的一個。但是使用的脈絡跟條件，沒有辦法將它的意義明白彰顯出來。那時，就需要這種意義區分的運作。

這六個人沒有接受詹姆士的建議，其實也是很平常的。因為有些人討論問題，對自己的問題非常地喜愛，不願意被人家簡單予以解決，有時候是因為自己已經決定了答案，不再理會支持答案的理由，在這種情況下，意義的釐清便不一定有效。

有時意義的釐清需要參與者在長久的過程中，不斷地體會，不斷地反省，有一天才會豁然開朗，自己獲得解放。

3.

半夜醒來，發現有一隻壁虎對著我看。

「壁虎，你怎麼對著我看，害我睡不著？」壁虎什麼都沒有說，

我發現自己在台北，台北的壁虎是啞巴。小便之後我又再去睡，半夜醒來，發現一隻壁虎盯著我看。

「壁虎，你怎麼一直盯著我看，看得我都睡不著？」恰恰恰恰，壁虎說話了，我發現我在台東，台東的壁虎是會說話的。

壁虎說：「螢火蟲啦！螢火蟲飛來飛去，而且一面飛一面唱歌。『一閃一閃亮晶晶，滿天都是小星星。』我睡覺的時候，有聲音跟光點的干擾睡不著。」

我叫螢火蟲來：「螢火蟲，你怎麼半夜飛來飛去，還唱歌，干擾到壁虎睡覺，壁虎睡不著，盯著我看，把我看醒了。」

螢火蟲說：「冤枉啊！冤枉！我是要通知大家去開會。『起來起來開會了，大家都要來開會。』」

「誰告訴你要大家來開會？」

「啄木鳥，是啄木鳥說的。啄木鳥在森林裡，敲著木鐘，叫大家開會。我只是幫牠通知而已。」

「叫啄木鳥來。」

「啄木鳥，你怎麼叫大家半夜去開會呢？害得螢火蟲幫你通知，壁虎以為牠在唱歌。『一閃一閃亮晶晶，滿天都是小星星。』壁虎不能面聽歌，一面睡覺，牠醒來盯著我看，害得我也睡不著。」

「冤枉啊！冤枉啊！」啄木鳥說。我說的是地震，我敲著木鐘說『茶桶，茶桶(地震，台語)。』」

「你怎麼知道地震？」

「是青蛙說的啦！」

「叫青蛙來。青蛙，你怎麼沒事亂喊地震？害得啄木鳥以為真的地震了，通知大家要小心準備，螢火蟲誤會，以為是要通知大家

開會，壁虎以為開會的通知是一首歌，牠沒辦法一面聽歌，一面睡覺，醒來盯著我看，害我也睡不著。」

「冤枉啊！冤枉！我是在叫糞金龜，叫牠不要馬路弄得都是大便，好髒好難走。」「叫糞金龜來。糞金龜，你怎麼把馬路弄得都是大便，好髒好難走？青蛙要警告你，啄木鳥以為青蛙說地震，通知大家要小心，螢火蟲以為啄木鳥說是要開會，牠的通知像是一條歌，壁虎沒辦法一面聽歌，一面睡覺，醒來盯著我看，把我也看醒了。」

糞金龜說：「冤枉啊！冤枉啊！我不是在把馬路弄髒，我是在清理馬路。大便是我的建材，也是我的食物。是牛啦！牛大便把馬路弄髒。」

「叫母牛來。母牛，你怎麼大便，把馬路弄得那麼髒？害得糞金龜要幫你清理，青蛙以為牠在弄髒馬路，啄木鳥以為青蛙通知大家會有地震，螢火蟲以為啄木鳥通知大家去開會，螢火蟲的通知像是一條歌，壁虎不能一面聽歌，一面睡覺，牠醒來盯著我看，看得我不能睡覺。」

母牛說：「冤枉啊！冤枉！是因為馬路不平，我大便要把馬路填平，讓人走路不跌倒。是誰把馬路弄不平的？」

「是雨。」

「叫雨過來。」

雨說：「冤枉啊！冤枉！不是我要把馬路弄不平，我是要做出許多小水池。」

「為什麼做水池？」

「養蚊子啊！」

「養蚊子做什麼？」

「養蚊子給青蛙吃，給人練習鼓掌，最重要的是要給壁虎吃。」

壁虎聽到這邊，立刻開口說：「恰恰恰恰(謝謝！謝謝！)」

故事很好，認真說故事，認真聽故事，都是獲得共識很重要的一個素養。可是在討論的場合，前面說的這個故事就是在說得挺好，它霸佔了太多的時間，也不好。這時參與的人，有責任有權利要求言簡易賅的表達。怎麼要求呢？那就要會斷。

斷是主持討論很重要的一個素養。我們往往都有一種善意，希望人家把話說一個段落，表意思表達完整。但是，時間有限，生命有盡頭，耐心不會太長。不管多好的故事，如果太長，在討論的場合會引起人家的不耐與不快，會失去溝通的意義。這時便要有斷的功夫，那是一種藝術。有時我們可以要求表達的人長話短說，有時我們可以要求別人先說，我們也可以做其它各種的要求，反正要將他的話打斷就是了。被打斷的人，如果能體會到，不完整的表達往往是諦造另一層次完美的條件，也就不會難過了。

斷的藝術是非常難做的。開始的時候，我一做起來都會臉紅，會覺得很抱歉。但是如果是很好的事，帶著臉紅與抱歉還得繼續。斷，很難單獨練，它跟連是相輔相承的意思。討論會中善斷不善連者，做得不好，惹人厭；作得好，頂多也被人以為禪味重而已。說人禪味重其實是諷刺的話，就像讀了一首詩，你說它很好，卻不了解，用文學批評的話來講那叫作隔，隔靴搔癢的隔。斷得好要有幽默感，必須要斷中有接連，那就像在旅行的中途下車，下車是為了再上車。如果接得不好，無聊的中斷，就要有另外一種藝術來補充了，那種藝術叫轉。本文不討論轉的藝術，我們接下來說連吧。

　　你看過紫色的牛嗎？有紫色的牛嗎？牛有黃牛，有水牛，有黑白的乳牛。紫色與牛好像搭不上關係。這裡一首詩，是英詩，The Purple Cow：

　　　　I never saw a purple cow,
　　　　I never hope to see one;
　　　　But I can tell you , anyhow,
　　　　I'd rather see than be one!
　　　　Selett Burgess

　　詩人將指涉牛跟其中的一個我，希望連起來變成一首詩，這種連的功夫叫作連的藝術。文化中到處都是連，個人內心思想的連，有人用情意作經緯，有人用邏輯作經緯，有的用思考的習慣與風格作經緯。個人的思考，與別人的思考接連的時候，那接連就更複雜了。最明顯可見的是樂團的演奏；樂團的演奏，不同的樂器，不同的演奏者，在共同的時段以內，要將一個旋律、一個樂曲鋪陳出來，它靠什麼連接呢？樂曲吧。可是樂曲如何可能連接？是樂隊的指揮嗎？可是樂隊的指揮如何可能連接？是交響樂團的傳統嗎？好像都是也都不是。

　　我覺得討論會，尤其是好的討論會，討論的過程就像好的樂團在演奏，指揮有時要人停，有時要人接，大聲小聲，輕重快慢，所有的原則都變成他的工具在那裡，科學的只成了藝術的基楚。討論可以用內容來連，可以用興趣來連，可以用邏輯來連，但是不管如何連，如果缺乏了幽默，有時還不如不連。

　　有一次，我在賓州森林裡帶一個團體，討論時間與勇氣，有一位加拿大的八歲小孩，提出了一個問題。問題是：「如果宇宙間一切東西都靜止，連釉原子的分裂也靜止，還有時間嗎？或者，在那個時候時間是什麼？」

　　一時間，眾說紛云，大人、小孩、教授、老師、來自各行各業的家長，都努力在表達他們對時間的看法，正在熱烈跟高興之中，有位旁聽的物理老師發言了：「你們這些談話實在無聊，你們缺乏最基本的物理常識，怎麼可能討論時間？八歲的小孩知道什麼？釉原子怎麼可能停止分裂？假定宇宙的一切立刻變成靜止根本就是荒謬的。」

　　我當時感覺那個原先提問的八歲小孩，似乎要哭出來；他媽媽趕緊去安慰他。就好像他開始建造一座積木大樓，被大人一腳踢翻，還說這算什麼建築。後來我稱這種斷為討論會中的天災。我是那個會的主持人，你猜我是怎麼去接去連呢？寫這篇文章的時候我一直在想，想不起來我是怎麼接的，也許是因為太不愉快，所以我把它忘記了。努力回想的過程中，我想到那個小孩在同一天下午討論勇氣時所說的一句話。我們正在討論勇氣與害怕的關係，這個小孩小小聲地跟他媽媽說：「勇敢不不是不怕，做不怕的事情不是勇敢。勇敢的人是會勉強自己去做自己怕的事情。」這個小孩用一種很特殊的方式，去連結宇宙中、人心中原本不相干的東西，當他的連結和我們一般人的連結不一樣的時候，會遭受到什麼樣的對待呢？在良好的討論紛圍裡，跟他有不同想法的人會試著依他的理路，至少想一下下，品嘗一下它的滋味。不像那個物理老師那樣，一腳踢翻一棟積木大樓。我前面說的幽默，跟好笑不是一回事。我說的幽默，

是試著以別人的理路，去品嘗一下思考的新境界，感受一下其中的酸甜苦辣，對自己的不習慣願意嘗試，並且心干甘情願去領受那嘗試的後果。

在討論會中，有時候興趣太濃烈，討論得過火以至於失去理智，是須要中斷的。而那種斷，常常是把它接到別的線上去的斷。比如說，有一群小孩在討論吸血鬼的樣子，每一個人都有意見，都說得頭頭是道，繪聲繪色，但是沒有人看過。旁聽的一個小朋友，比他們小得多，突然插嘴說：「我看過。」「你什麼時候看過？在哪裡看過？什麼樣子？」大家七嘴八舌地問他。他狡點的說：「我不告訴你。」「為什麼不告訴我們？」「什麼為什麼？我不想說我不想聽的。」這個小孩，將一個具體的談鬼的東西給中斷了，接上一個普遍的心理反映，這裡有幽默。

討論有時像樂團，那麼主持者就是樂團的指揮，指揮要掌控演奏的程序，但是他不是第一小提琴手；他不是第二小提琴手；他不是鋼琴手；他不是任何演奏者，他的指揮棒不出聲。他服務作曲家；他服務演奏者；他服務聽眾；他要為有聲跟無聲之間搭一座橋梁。一切的預備，都是做有效猜測的資源而已。

討論在我看來，是讀書會最重要的一個機制。沒有討論的讀書會，是空洞的；但是討論實在是不容易。它與閒聊不同，閒聊如行雲流水，討論比閒聊重一些，多一些目的，但不是得到結論。討論與辯論不同，「真理愈辯愈明」，其實是騙人的話，許多法律上的辯論、道德上的辯論、科學上的辯論，它的目的，就像克勞塞維茲說的戰爭一樣，目的只有一個，求勝利，而不是真理。討論的目的就是真理嗎？好像也不是耶。辯論時，我們看到常常是將對手的缺點

加以擴大，優點加以掩藏。辯論的對手，不會幫你找證據來支持你
的說法，不會幫你把表達修正得更合情合理，合事實，而這些是良
好討論的條件之一。討論要做到的是了解，而且是帶著諒解的了解。

　　什麼是討論？這是本文最關鍵的一個概念，我必須承認，我對
這個概念的了解還相當地模糊；雖然我寫過一本小書叫《討論手
冊》。雖然我也認為討論文化，是民主的制度與生活基礎，但是我
並不心虛。也不只是因為，德國哲學家康德在他的《純粹理性批判》
一書中表示，學說或思想中的關鍵概念，常常是難以釐清的，做學
術的研究，不應該一開頭，就想要把它們以本質定義的方式確立下
來；如果在研究的末尾，能獲得更深刻的了解，就算很有成就了。
哲學家任何的深刻的學術思考，在概念的區分，以及意義的釐定上，
都會覺得必要、艱難而有趣。我們常常要在模糊中摸索前進，在探
索(exploration）與研究(research)之中求取平衡。研究的目的常常是
很清楚的，用英國哲學家 Gilbert Ryle 的話來說，研究像是在坐火車，
往鐵軌鋪到的地方走去，而探索呢就像在尚未有道路的地方旅行。

　　討論的領域裡，有些地方已經有了地圖，交通發達，含藏著豐
富的文化軌跡；有些地方人煙罕至，等待著我們去了解。

閱讀女人‧女人閱讀

蘇芊玲

閱讀女人‧女人閱讀

第一部份　性別研究暨兩性關係推薦書單

壹、女性主義論述

書　　　　名	作　　　　者	出版社
女性主義理論與流派	顧燕翎編	女書
女性主義思潮	ROSEMARIE TONG	時報
女性主義	SUSAN ALICE WATKINS	立緒
女權主義	ANDREE MICHEL	遠流
女性主義實踐與後結構主義理論—父權體制與資本主義:	CHRIS WEEDON	桂冠
馬克思主義之女性主義	上野千鶴子	時報
女性主義思想：慾望.權力及學術論述	P.T.CLOUGH	巨流
第二性(第一卷：形成期)	SIMONE DE BEAUVOIR	志文
第二性(第二卷：處境)	SIMONE DE BEAUVOIR	志文
第二性(第三卷：正當的主張與邁向解放)	SIMONE DE BEAUVOIR	志文

貳、女性主義文學、文化理論與批評

書　　　　　名	作　　　　　者	出版社
女性主義文學批評	GAYLE GREENE 等	駱駝
性別／文本政治：女性主義文學理論	TORIL MOI	駱駝
婦女與中國現代性：東西方之間閱讀記	周蕾	麥田
解讀瓊瑤愛情王國	林芳玫	時報
後現代／女人：權力.慾望與性別表演	張小虹	時報
性別越界：女性主義文學理論與批評	張小虹	聯合文學
慾望新地圖：性別·同志學	張小虹	聯合文學
自戀女人	張小虹	聯合文學
古典與現代的女性闡釋	孫康宜	聯合文學
何處是女兒家：女性主義與中西比較文學／文化研究	簡瑛瑛	聯合文學
當代文化論述：認同·差異·主體性—從女性主義到後殖民文化想像	簡瑛瑛 編.	立緒
女性主義與中國文學	鍾慧玲 編	里仁
古典文學與性別研究	洪淑玲 等	里仁
中國女性文學的現代衍進	任一鳴	青文
她鄉女紀:閱讀女人的創作版圖	鄭至慧	元尊

仲介台灣‧女人：後殖民女性觀點的台灣閱讀	邱貴芬	元尊
(不)同國女人聒噪：訪談當代台灣女作家	邱貴芬	元尊
慾望更衣室：情色小說的政治與美學	劉亮雅	元尊

參、語言學

書　　　　名	作　　　　者	出版社
有言有語	江文瑜	女書
漢語親屬稱謂的結構分析	林美容	稻鄉
你誤解了我的意思：正確解讀不同的談話風格	DEBORAH　TANNEN	遠流
男女親密對話：兩性如何進行成熟的語言溝通	DEBORAH　TANNEN	遠流
辦公室男女對話	DEBORAH　TANNEN	天下
女話	JANE MILLS	書泉

肆、婦女運動史、女性生活史

書　　　　名	作　　　　者	出版社
美國婦女史話:女性沉默與抗爭	CAROL HYMOWITZ 等	美璟
德國婦女運動史:走過兩世紀的滄桑	UTE FREVERT	五南

日據時期台灣婦女解放運動	楊翠	時報
愛因斯坦的太太 百年來女性的挫敗與建樹	ANDREA GABOR	智庫
阿媽的故事	江文瑜 編	玉山社
消失中的台灣阿媽	江文瑜 編	玉山社
查某人的二二八:政治寡婦的故事	沈秀華	玉山社
台灣媳婦仔的生活世界	曾秋美	玉山社
阮的內心話:十位女性的生命白	楊雅慧	北縣文化
婆婆媽媽經	胡幼慧、周雅容	鼎言傳播
阿母的故事	江文瑜 編	元尊
尋找歷史中缺席的女人：女性自傳的主體性研究	陳玉玲	南華學院

伍、同志論述、同性戀運動

書　　　　名	作　　　　者	出版社
女兒圈：台灣女同志的性別.家庭與圈內生活	鄭美里	女書
我們是女同性戀	台大女同性戀研究社	碩人
我的兒子是同性戀	ROBB FORMAN DEW	月房子
醒悟的旅程	RACHEL POLLACK 等	開心陽光
看見同性戀	林賢修	開心陽光
當代同性戀歷史(一)	ERIC MARCUS	開心陽光
當王子遇上王子:認識當代同性	許佑生	皇冠

戀文化		
但愛無妨	許佑生	皇冠
同志神學	周華山	次文化堂
後殖民同志	周華山	香港同志
「衣櫃」性史	周華山 等	香港同志
同女出走	CHESHIRE CALHOUN	女書
同志枕邊書	張維 等	預防醫學
酷兒狂歡節:台灣當代 Queer 文學讀本	紀大偉 編	元尊
酷兒啓示錄:台灣當代 Queer 論述讀本	紀大偉 編	元尊
姊妹「戲」牆：女同志運動學	張娟芬	聯合文學

陸、藝術

書　　　　　名	作　　　　　者	出版社
女性電影理論	李臺芳	揚智
女性與影像：女性電影的多角度閱讀	游惠貞編	遠流
女性與電影：攝影機前後的女性	E.ANN.KAPLAN	遠流
女人在唱歌：部落與流行音樂裡的女性生命史	何穎怡	萬象
女性創作的力量	侯宜人等	探索
愛人,同志：情欲與創作的激盪	WHITNEY CHADWICK	允晨

女性,藝術與權力	LINDA　NOCHLIN	遠流
女性,藝術與社會	WHITNEY CHADWICK	遠流
女性裸體	L. Nead	遠流
超現實主義與女人	M.A.CAWS 等	遠流
化名奧林匹亞	EUNICE　LIPTON	遠流
穿越花朵:一個女性藝術家的奮鬥	JUDY CHICAGO	遠流
女性主義與藝術歷史 I	NORMA BROUDE 等	遠流
女性主義與藝術歷史 II	NORMA BROUDE 等	遠流
閨秀・時代・陳進	田麗卿	雄獅
女／藝／論：台灣女性藝術文化現象	林珮淳等	女書

柒、性騷擾與性暴力

書　　　　名	作　　　　者	出版社
來自卡羅萊納的私生女	DOROTHY ALLISON	女書
記憶空白:鋼琴師的童年.音樂與傷痕	L.KATHERINE CUTTING	胡桃木
暗夜倖存者	徐璐	平安
記得月亮活下來	梁玉芳 等	勵馨
性騷擾與性別歧視：職業女性困境剖析	C.A..MACKINNON	時報
狼人現形:遠離性騷擾與性暴力	陳若璋	性林
校園反性騷擾行動手冊	清大小紅帽工作群	張老師

家庭暴力防治與輔導手冊	陳若璋	張老師
兒童青少年性虐待防治與輔導手冊	陳若璋	張老師
愛我，請別傷害我:約會強暴的真相	蘇珊・謬森等	幼獅
這就是強暴	ROBIN WARSHAW	平安
約會暴力：從干預到教育，防範青少年虐待式的親密關係	BERRIE LEVY,M.S.W.	遠流
家庭暴力	RICHARD J.GELLES 等	揚智
保護生命:如何遠離家庭暴力	S.MURPHY-MILANO	台灣實業
婚姻暴力:理論分析與社會工作處置	周月清	巨流
我痛!走出婚姻暴力的陰影	湯靜蓮修女等	張老師
爲何男人憎恨女人	ADAM JUKES	正中
創傷與復原	JUDITH LEWIS ERMAN	時報

捌、身體／性／情慾

書　　　　名	作　　　　者	出版社
可以真實感受的愛：瑞典性教育教師手冊	E.CENTERWALL 編著	女書
愛要怎麼做：愛滋年代裡的女人性指南	CINDY PATTON	婦女新知
女人要帶刺：刺女的誕生	R.GREGORY	大塊
愛妳自己：性教育的逆向思考	CANDACE DE PUY 等	寂天
瘦身迷思	CHERI K.ERDMAN	雅音

重塑女體：美容手術的兩難	KATHY DAVIS	巨流
豪爽女人：女性主義與性解放	何春蕤	皇冠
性心情:治療與解放的新性學報告	何春蕤	張老師
呼喚台灣新女性：<<豪爽女人>>誰不爽?	何春蕤 編	元尊
女人要色：女性的色情刊物權利	WENDY McELROY	時報

玖、教育

書　　名	作　　者	出版社
博學的女人：結構主義和精英的再造	SARA DELAMONT	桂冠
兩性關係與教育	劉秀娟	揚智
兩性、文化與社會	謝臥龍 編	心理
女生愛男生：兩性平等教育	施寄青	商務
性//別校園：新世代的性別教育	中央大學	元尊

拾、社會學

書　　名	作　　者	出版社
走出媒體神話	孫秀蕙	唐山
女性與媒體再現：女性主義與社會建構論的觀點	林芳玫	巨流

女性主義觀點的社會學	PAMELA ABBOTT 等	巨流
三代同堂：迷思與陷阱	胡幼慧	巨流
質性研究：理論、方法及本土女性研究實例	胡幼慧編	巨流
兒童虐待：現象檢視與問題反思	余漢儀	巨流
托育服務：生態觀點的分析(增訂版)	馮燕	巨流
設計的歧視：「男造」環境的女性主義批判	L.WEISMAN	巨流
三個原始部落的性別與氣質	MARGARET MEAD	遠流
媳婦入門	胡台麗	時報
工作內涵與性別角色：國內大學女教師之工作生活素質研究及相關評論	徐宗國	稻鄉
性別學與婦女研究：華人社會的探索	張妙清 等	稻鄉
十二個上班小姐的故事	紀慧文	唐山
女性醫療社會學	劉仲冬	女書

拾壹、台灣婦女現狀與本土論述

書　　　　名	作　　　　者	出版社
兩性關係	陳皎眉 等	空中大學
現代社會與婦女權益	吳嘉麗 等	空中大學
台灣婦女處境白皮書：1995 年	女學會	時報
基層婦女	林美瑢	基層婦勞

傳銷使妳美夢成真?	古明君	書泉
婚姻生活的法律智慧	王如玄等	月旦
親密夫妻明算帳：夫妻財產雙贏策略	楊芳婉	永然
姊妹組織秘笈	婦女部 編	民進黨
回首來時路---她們參政的足跡（錄影帶）	婦女部	民進黨
彭婉如紀念全集：婉如火金姑（上）	彭婉如	女書
彭婉如紀念全集：婉如火金姑（下）	彭婉如	女書
彭婉如紀念全集：堅持走完婦運的路	胡淑雯等編	女書
女性‧國家‧照顧工作	劉毓秀 編	女書
性／別研究的新視野：第一屆四性研討會論文集（上）	何春蕤 編	元尊
性／別研究的新視野：第一屆四性研討會論文集（下）	何春蕤 編	元尊
性/別研究第 1、2 期(性工作：妓權觀點)	何春蕤 編	中央大學
性/別研究第 3、4 期(酷兒：理論與政治)	何春蕤 編	中央大學

拾貳、女性自覺

書　　　　名	作　　　　者	出版社
覺醒	KATE CHOPIN	女書
不再模範的母親	蘇芊玲	女書
我的母職實踐	蘇芊玲	女書
一個女人的感觸	王瑞香	女書
愛走就走	丘引	女書
回首青春	李元貞 等	女書
她鄉	C.PERKINS　GILMAN	女書
女性新心理學	JEAN BAKER MILLER	女書
女性心理學	BERNICE LOTT	五南
對抗生命衝擊的女人	M.FIELD BELENKY 等	遠流
女性迷思：女性自覺大躍進	BETTY　FRIEDAN	月旦
第二階段：追求兩性真平等	BETTY　FRIEDAN	月旦
生命之泉：高齡生涯大趨勢	BETTY　FRIEDAN	月旦
女太監	GERMAINE　GREER	正中
內在革命	GLORIA STEINEM	正中
行動革命	GLORIA STEINEM	正中
醜女與野獸:女性主義顛覆書寫	BARARA　G.WALKER	智庫
上帝也算命1：玩命與革命	施寄青 陳燁	張老師
上帝也算命2：女人桃花緣	施寄青 陳燁	張老師
上帝也算命3：完全算命手冊	施寄青	張老師
上帝也算命4：好命操作手冊	施寄青 陳燁	張老師
家有椒妻	曾綺華	太雅

誰來穿我織的美麗衣裳	利格拉樂‧阿烏	晨星
找尋空間的女人	畢恆達	張老師
女人權力	平路	聯合文學
愛情女人	平路	聯合文學
造反的演員？10位顛覆傳統角色的女人	楊語芸	台視文化
成為父母	RALPH LAROSSA	揚智
兩性關係：性別刻板化與角色	SUSAN A.BASOW	揚智
請聽女聲	高雄婦女新知協會	高雄新知

拾參、其他重要婦女／性別議題

書　　　名	作　　　者	出版社
台灣查甫人	王浩威	聯合文學
拯救奧菲莉亞	MARY PIPHER	平安
對抗女人的戰爭	MARILYN　FRENCH	時報
誰把女人踩在腳下	ROBIN MORGAN	方智
為何女人受男人擺佈	ROSALIND COWARD	書泉
誰背叛了女性主義：年輕女性對舊女性主義的挑戰	RENE DENFELD	智庫
一個女飛行家的失蹤：鄂哈特與現代女性主義的追尋	SUSAN WARE	麥田
女性的屈辱與勳章：一個德國女性主義者的觀點	ALICE SCHWARZER	商務
女書：世界唯一的女性文字	高銀仙 等	婦女新知

＊以上書單由女書店製作提供。

第二部份　教育部中小學性侵害防治教育暨兩性平等教育推薦書單

壹、性侵害的認識與防治

(一) 兩性關係

書　　　　名	作　　　　者	出版社
1.兩性關係與教育	劉秀娟	揚智
2.兩性關係	陳皎眉等	空中大學
3.兩性教育錄影帶系列※	訓委會	教育部
4.陽光百合(錄影帶)※	大好傳播	婦援會
5.男女親密對話:兩性如何進行成熟的語言溝通	D.TANNEN	遠流

（二）性侵害防治

書　　　　名	作　　　　者	出版社
1.寶貝，我愛妳	勵馨基金會	勵馨基金會
2.小珍和她們：聽說她是自願的 PART1(錄影帶)	勵馨基金會	勵馨基金會
3.小敏的故事：聽說她是自願的 PART2(錄影帶)	勵馨基金會	勵馨基金會
4.寶貝，我愛妳(錄影帶)	勵馨基金會	勵馨基金會
5.給她一片成長的土地	梁望惠 等	雅歌
6.雛妓防治問題面面觀	勵馨基金會	雅歌

書名	作者	出版社
7.狼人現形：遠離性騷擾與性暴力	陳若璋	性林
8.愛我，請別傷害我：約會強暴真相	蘇珊‧謬森	幼獅
9.這就是強暴	R.WARSHAW	平氏
10.家庭暴力	R.J.GELLES 等	揚智

（三）性侵害防治策略

書　　　　名	作　　　者	出版社
1.校園反性騷擾行動手冊	清大小紅帽	張老師
2.我是自己的好主人：勵馨兒童自我保護教材(國小版)	勵馨基金會	勵馨基金會
3 我是自己的好主人：勵馨兒童自我保護教材(國中版)	勵馨基金會	勵馨基金會
4.安全地帶：如何培養機警勇敢的孩子	P.STATMAN	創意力
5.兒童青少年性虐待防治與輔導手冊	陳若璋	張老師
6.保護孩子免於性騷擾	C.ADAMS 等	書泉
7.幽谷百合(錄影帶)※	婦援會	✕
8.女性防身必備手冊	L.RAFKIN	方智
9.婦女防暴手冊	陳曉開	性林
10.婦女防暴 ABC 錄影帶(文教版)	現代基金會	台視
11.家庭暴力防治與輔導手冊	陳若璋	張老師

貳、兩性平等教育

(一) 性別角色

書　　　　　名	作　　　者	出版社
1.不再模範的母親	蘇芊玲	女書
2.婆婆媽媽經	胡幼慧等	鼎言
3.三代同堂：迷思與陷阱	胡幼慧	巨流
4.基層婦女	林美瑢	基層婦女
5.台灣婦女處境白皮書：1995年	女學會	時報
6.女性主義	S.A.WATKINS	立緒
7.第二性(第一卷：形成期)	西蒙‧波娃	志文
8.第二性(第二卷：處境)	西蒙‧波娃	志文
9.第二性(第三卷：正當的主張與邁向解放)	西蒙‧波娃	志文
10.媒體的女人‧女人的媒體(下)	周月英等	碩人

(二) 刻板印象

書　　　　　名	作　　　者	出版社
1.醜女與野獸:女性主義顛覆書寫	B.G.WALKER	智庫
2.誰來穿我織的美麗衣裳	利格拉勒‧阿𡠅	晨星
3.找尋空間的女人	畢恆達	張老師
4.有言有語	江文瑜	女書
5.女性新心理學	J.BMILLER	女書
6.解讀瓊瑤愛情王國	林芳玫	時報

(三) 身體／情慾

書　　　　　名	作　　　者	出版社
1.愛要怎麼做:愛滋年代裡的女人性指南	C.PATTON	婦女新知
2.當身體開始唱歌	S.LANDOPHI	性林
3.為什麼他們不告訴你	何春蕤等	方智
4.豪爽女人:女性主義與性解放	何春蕤	皇冠

(四) 性傾向

書　　　　　名	作　　　者	出版社
1.醒悟的旅程	R.POLLACK 等	開心陽光
2.我的兒子是同性戀	R.F.DEW	月房子
3.女兒圈：台灣女同志的性別.家庭與圈內生活	鄭美里	女書

(五) 女性自覺

書　　　　　名	作　　　者	出版社
1.阿媽的故事	江文瑜編	玉山社
2.異情歲月：黃順興前妻回憶錄	邱瑞穗	日臻
3.化名奧林匹亞	E.LIPTON	遠流
4.愛因斯坦的太太：百年來女性的挫敗與建樹	A.GABOR	智庫
5.女性迷思：女性自覺大躍進	B.FRIEDAN	月旦
6.內在革命	G.STEINEM	正中

＊本計畫由蘇芊玲主持，余曉雯、陳祖輝、陳怡廷、張怡雯、鄭振章共同完成。

第三部份 「閱讀性別角色. 實踐兩性平等」推薦書單

A. 初級

書　　　　　名	作　　者	出版社
1.不再模範的母親	蘇芊玲	女書
2.回首青春	李元貞 等	女書
3.找尋空間的女人	畢恆達	張老師
4.阿媽的故事	江文瑜 編	玉山社
5.造反的演員？10 位顛覆傳統角色的女人	楊語芸	台視文化
6.女數學家列傳	彭婉如 等譯	九章
7.台灣查甫人	王浩威	聯合文學
8.女人權力	平路	聯合文學
9.愛情女人	平路	聯合文學
10.校園兩性關係	林燕卿	幼獅
11.走過童年傷痕	王浩威. 編	元尊
12.當身體開始唱歌	S.LANDOPHI	性林
13.女性主義	S.A.WATKINS	立緒
14.台灣婦女處境白皮書:1995 年	女學會	時報
15.彭婉如紀念全集:婉如火金姑(上)	彭婉如	女書
16.彭婉如紀念全集:婉如火金姑(下)	彭婉如	女書

B. 中級

書　　　　名	作　　　者	出版社
1.兩性關係	陳皎眉 等	空中大學
2.兒童青少年性虐待防治與輔導手冊	陳若璋	張老師
3.婚姻生活的法律智慧	王如玄等	月旦
4.父親的掌上明珠	MMURDOCK	新衛
5.我的兒子是同性戀	R.F.DEW	月房子
6.但愛無妨	許佑生	皇冠
7.全球愛滋攻防手冊	涂醒哲	性林
8.感官之旅	D.E ACKERMAN	時報
9.美國婦女史話:女性沉默與抗爭	C.HYMOWITZ 等	美璟
10.內在革命	GLORIA STEINEM	正中
11.女性迷思:女性自覺大躍進	BETTY FRIEDAN	月旦
12.有言有語	江文瑜	女書
13.可以真實感受的愛:瑞典性教育教師手冊	CENTERWAL 編著	女書
14.她鄉	C.P.GILMAN	女書
15.來自卡羅萊納的私生女	D.ALLISON	女書

C. 高級

書　　　　　名	作　　　　者	出版社
1.男女親密對話:兩性如何進行成熟的語言溝通	D.TANNEN	遠流
2.三個原始部落的性別與氣質	MARGARET MEAD	遠流
3.兩性、文化與社會	謝臥龍 編	心理
4.兩性關係與教育	劉秀娟	揚智
5.現代社會與婦女權益	吳嘉麗 等	空中大學
6.兒童虐待:現象檢視與問題反思	余漢儀	巨流
7.拯救奧菲莉亞	MARY PIPHER	平安
8.穿越花朵:一個女性藝術家的奮鬥	JUDY CHICAGO	遠流
9.豪爽女人:女性主義與性解放	何春蕤	皇冠
10.設計的歧視:「男造」環境的女性主義批判	L.K.WEISMAN	巨流
11.女性新心理學	J.B.MILLER	女書
12.女兒圈:台灣女同志的性別.家庭與圈內生活	鄭美里	女書
13.女性主義理論與流派	顧燕翎 編	女書
14.女性‧國家‧照顧工作	劉毓秀 編	女書
15.第二性(第一卷:形成期)	S.D.BEAUVOIR	志文
16.第二性(第二卷:處境)	S.D.BEAUVOIR	志文
17.第二性(第三卷:正當的主張與邁向解放)	S.D.BEAUVOIR	志文

＊本書單由女書店製作提供。

校園內的書香運動

陳 來 紅

校園內的書香運動

　　期待受訓學員能在日後服務的學校，成立教師、家長、學生或當地的讀書會。是此梯次〈師院應屆畢業生讀書會領導人培訓〉的宗旨。

　　凡事搞清楚「為什麼而做？」，更重要的是「究竟自己想不想做？」，先誠實到可以說服自己，接下來「究竟可以怎麼做？」這麼具備創造性的挑戰，就難不倒自己，只是時間與智慧問題。

　　閱讀其實是一種孤獨的美好。一盞燈下，一位作者以其一生的精華，與你對話。讀到共頻處即可超越古今國界之限，心有戚戚孤獨不再，鳴動於心澎湃得想與人分享，是自然而然的心情。有一群人找個時間一起來分享，並加以討論值得討論的觀點，那麼這就是人生的幸福。尤其是藉由別人的生命閱歷與視野的討論，相濡以沫的合作思考，有時可以凌越作者而海闊天空，書讀至此，美好也不足以形容。

　　做為一位推廣媽媽讀書會者，有時因緣際會隨性地觸發許多外緣，而觀察到這些媽媽以外的讀書會，竟然蓬勃發展得超乎想像而敬佩不已。常常深信「即使是一個人也有一個人的影響力」，再度獲得證明。儘管師範體系的出身常被詬病如何，可是筆者卻看到不少人，即使在自己忙碌的教學生涯中，依然可以創造出不可思議的奇蹟，不斷地默默中創造深遠的影響。台灣教育界迫切需要這股力量，你們五十位教師象徵了至少五十個夢想。

❖校長讀書會的故事❖

　　永和秀朗國小詹正信校長是筆者常一起打網球的球友，有次見了面聊起推廣讀書會的事，他說：「每次看到妳就想起我們這些校長通常會忙得沒時間看書，實在應該多看些書才對！」，要逼自己看書不易，組織讀書會，定期聚會討論是一種激勵方式。「對啊！像詹校長這麼資深的校長如果發起讀書會，一定可以帶動風潮，影響更多的校長加入，甚至這些校長可以在自己學校，推動教師讀書會。」一向認真治學的詹校長，說到做到。很快地召集了北縣不同鄉鎮的小學校長，成立了「活水讀書會」。

　　參加「活水讀書會」第一次的聚會，在秀朗國小的聚會也因打網球地利之便，又逢週末，因此在打球的空檔參加了他們的討論。剛開始他們以導讀的方式，然後輪流做心得報告。令筆者有點按捺不住到讓詹校長發現，蒙他邀請談了一點想法：「如果讀書會是用這種形式，複製了學校的舊式讀書方法，真的很可惜地浪費了校長們寶貴的生命。」，直言不諱是節省溝通的不二法門，面對年長的詹校長也無法偽言稱善，若不是用討論方式多麼可惜。

　　結果被授權主持了一小段時間，但是討論得非常熱絡。記得只討論了一個問題：注音符號大會考問題。當場的校長有人贊成教育局這麼做，因為這樣可以督促教師重視注音教學效果；有校長反對，他們認為教育局要尊重教師的教育自主性和信任專業，不該用考績逼迫教師認真。次年教育局即改授權各校自主舉辦討論過程，仍然可以觀察出校長們有所顧忌。例如：我不是反對政策……或我不是贊成政策……等話語來解釋個人的主張。身為主持人反問：好的政

策支持何妨？爛的政策反對何懼？究竟是解除戒嚴不久，也許大家心中疑慮仍存。校長如此，教育的民主解放眞的尚待加油。

由這樣政策討論中也引發會考的形式問題，印象深刻於當時菁桐國小黃菁校長的舉例：如果一位學生無法寫出ㄨ的音，但是他可以拿出烏龜的紙牌告訴你，ㄨ就是與烏龜的烏同音，請問他算不算會注音符號？每位孩子都用他獨特的方式學習，唯有細心的教育者能夠認同孩子的獨特性，同理他無法按步就班地以齊頭式的方法，對於這樣的孩子，我們給不給分呢？

新店中正國小楊進成校長係舊識，他與詹校長同時發起另外一個校長讀書會。楊校長一人參加二個成員不同的讀書會的認眞，讓很多校長們也躍躍欲試。他逢校長即推介校長讀書會的作風，也令一些不喜歡讀書的校長望之卻步，他苦笑於那些抗拒校長對他的畏懼。這令筆者想起一個故事：有位國外小學校長在暑假前與學生打賭，賭注是如果全校學生若能在暑假看完五千本書，他願在開學時被學生罰坐教室屋頂。全校學生樂壞了，因爲他們眞的很希望看到校長賭輸的模樣。

果然，開學的統計數字，讓這位幽默的校長乖乖地罰坐在教室屋頂，面對進入校門的學生，不斷點頭致意。激勵孩子以好玩有趣爲誘因，台灣的校長們值得三八一下，如果因此可以提升閱讀風氣的話，不妨多多想些好玩的點子吧！

記得，有次到板橋實踐國小與媽媽對談，巧遇調校至實踐的張素眞校長。才知道張校長除了參加楊校長那個讀書會外，也在校內推動了二個教師的讀書會。那一刻，心中充塞著感動，腦海中浮現的是一幅蒲公英種子飛揚的畫面，一個意念醞釀如播種，種子成熟

自然就會繁衍出去，誰做了多少努力無從計數(附表一)，種子落地再生是可期，重要的熱情即是沃土。

❖ 一位教師的影響 ❖

　　春風化雨社的社長楊秀如老師，在服務的竹崎國小，原來是功德會的收費者，每月義務將定額善款收集匯到組織。直到遇到中央研究院曾志朗院士和洪蘭教授夫婦，這些善款終於部份轉向，直接嘉惠眼前的學生，成立了「春風化雨社」，將善款買書在班級給學生看。有家長因這個沈靜的書香運動而感動，感動自己的孩子因閱讀而能定靜下來，功課也有顯足的進步，於是主動捐款給楊老師添書。

　　許昭雄校長見楊老師與同仁們那麼努力，也主動地詢問：「我可不可以也來捐款？」，一個校園內的書香運動的星星之火，因楊老師的熱情而點。做任何事其中的艱辛很難為外人道。(請看附錄文章即知)但是，意志與毅力是讓事情延續的重要條件，智慧更是行事順暢的不二法門。

　　不斷地討論、分享、資訊交流，讓楊老師找到「學生主動借書與閱讀」的方法——成立「童書俱樂部」似的書箱在校園之內。由於輪流閱讀而帶來的時間感，以及活潑的讀書趣味性，讓學生們享受在分享與相互刺激的快樂裡，開始持續性的借書與閱讀。在台灣普遍官能性刺激活動下成長的兒童而言，這種定靜能力的培養是非常不容易做到的事。

　　這個暑假楊秀如老師與一群筆者素昧平生的其他教師、家長、

學生在許昭雄校長開放的教育胸襟中，更進一步地使圖書室盡可能發揮功用，認真地學起電腦外，還拖著自己老公為學校設計一套簡便的圖書管理系統，讓三十個書箱分送到班級，每班有近二百本書輪讀的氛圍，教人感到教師的影響多麼可貴。由於她的執著，學校圖書室的書，成為主動親近學生，滋潤學生心靈的精神糧食。

❖文化氛圍與討論文化❖

學校是什麼氛圍即造就什麼氣質的學生，記得楊茂秀教授最愛提到花蓮中學校長的故事：

有什麼校長營造出什麼校風，有什麼教師營造出什麼班風。將教育的責任推給制度不良、資源不足，筆者認為基本上是不負責任的表現。就像家長將教養的責任，全往學校、社會推卸一樣，都是不負責任的作為。

一個班級或學校光是閱讀的文化氛圍，是不夠的。最好是能夠培養出「討論的文化」。討論究竟是什麼東西，毛毛蟲兒童哲學基金會的出版品中，大致上都是很適合討論的素材，其中楊茂秀教授所著的「討論手冊」即說得非常清楚。

因此，一位教師如果在推廣書香文化的同時，也能讓學生有機會成立「讀書會」，共同參與討論的話，對於兒童的思考，幫助更多。認知的途徑很多，透過閱讀是不錯的方式。但是若能討論起來，真正頂好。討論的好處在於過程中，有提問題、討論問題的程序。在這些程序中有不同的效應存在，例如提問題本身即包含了瞭解作品、自我思考的整理與表達。而討論問題則概括了參與學生個別的

思考與表達，澄清與瞭解各自的差異，進而統整自我的思考。這種水平式的思考所擴散出來的魅力，只有肯去做才能真正體會，什麼叫：合作思考？

筆者長年推廣媽媽讀書會，服務的對象鎖定媽媽，是在於現階段媽媽仍扮演著相當吃重的家庭教育角色。媽媽能夠自主閱讀成習，孩子不難形成。近年，爸爸們也急起直追不落媽媽後，汲汲於「紳士學苑」、「父母成長班」、參與「家長會」。但是，在教育的協力角色最重要的教師，校長設若缺乏動力，共同來推廣這樣的風氣。其實就像認真的教師沒有家長合作般的遺憾。

但願台東師院的這類創舉，可以漫延至所有師院，加強教師在這方面的認知。教師本身建立自主閱讀的習慣，為首要之事，接著帶動學生與家長一起，成就書香文化的氛圍，讓教育的三角關係都享受知識的喜悅，也可以討論出各自思想的精華。那麼認知不但是僅成為知識的倉庫，而是心靈改變的力量與改善生活的智慧來源。願各位老師能夠做為在孩子心田播種的力量，做為家長的我們，願與你們共同來打拼。加油！

如有經驗別忘了與我們分享，書香文化推廣協會非常期待不同教師在不同地方的不同經驗。謝謝你們！

校長讀書會及其推廣近況

校長讀書會名稱	學校名稱	教師	職員	社區人士	義工媽媽及家長	備　　註
活水讀書會	秀朗國小(召集人)	10餘人			25	
	國立台北師院					未連絡上
	興南國小	20			不超過20人	
	復興國小					尚未進行
	光華國小	1		20	6	※
	重陽國小					未進行※
	瑞柑國小				不超過10人	
	中正國小	16	40			此40人為教職員社區人士及義工媽媽之合數
	瓜山國小	15			正在推動中	全校教職員全員參與
	永福國小	9			12月將開始實施	
	老梅國小	16	2			
	柑林國小	12		15		
	中角國小					尚未進行
	北港國小	34				策劃中
	鼻頭國小	11			15	
	大鵬國小	17				
中正國小推動之校長讀書會	中正國小(召集人)	16	40			此40人為教職員社區人士及義工媽媽之合數
	實踐國小				30	
	板橋國中	40				兩個教師讀書會,各20人

	柑園國中	40			併入各分科之進修活動進行
	德音國小	10			家長讀書會正在策劃中
	漁光國小	12			
	三多國小	100多位			分年級聚會
	牡丹國小	12			家長讀書會將於明年推動
	民安國小	200			
	坪林國小				計劃下學期推動※
	瑞亭國小				曾經推動過家長及教師讀書會，但目前停辦
	直潭國小	10多位			併入週三下午的教師進修活動
	新埔國小			16	
	國北師院				未連絡上

註：打※者為新增資料，請查閱。如有漏失或不清楚之處，請來電告知。電話：(02)89910003。

親子讀書會的成立、運作、與發展

林 眞 美

親子讀書會的成立、運作、與發展

Ⅰ.先從日本的「家庭文庫運動」談起

　　日本的「家庭文庫」從六〇年代草創至今，已經有近四十年的歷史了。它是由民間發起的「親子讀書運動」之一環。一九六〇年，日本的兒童文學工作者椋十鳩，有感於戰後的日本兒童除了教科書、劣質的漫畫外，鮮少有機會閱讀其他的好書，於是，便發起了「親子二十分讀書」運動，要求大人每天最少陪小孩看二十分鐘的書。此運動得到了各地圖書館的配合，大人全力將當時的一些「惡書」----將經典文學作品予以簡約、改寫的粗糙版，以及將民間故事或傳記予以隨意竄改的書籍----逐出家中與館藏書架，並頻頻鼓勵親子親臨好書，及共享快樂的閱讀。結果，這樣的運動，不僅帶動了日後「家庭文庫」的發展，也扭轉了當時兒童把漫畫當成「主食」的情勢，並刺激了當時的圖書館員和出版者，使他們開始對自身的工作心生警惕。

　　就這樣，大人們開始站在文化、社會的角度，齊力為兒童的未來負責、打拼，並因而為日本戰後的「兒童文化」，打下了傲人的基石。

　　在「親子二十分讀書運動」的推波助瀾下，當時一些有經濟力的文化人(兒童文學工作者、作家…等)，為了「讓兒童身邊有好書，

並常與美好的繪本相遇」，遂紛紛加入了成立「家庭文庫」（家庭式圖書館）的行列。這些成員，幾乎都是於一九四七年～一九五五年間，在新制中學或新制高中裡受過戰後第一波「民主教育」洗禮的女性。當時，她們正處在撫育幼兒的階段，因為有感於社會百廢待舉，且又受到民主教育中「尊重個人價值、強調自主精神」的鼓舞，遂用實際行動，參與了社會的再造運動。

由於當時的圖書館設施貧乏，且功能極為不彰，加上出版社又滿是濫竽充數，所以，這些女性乃胼手胝足，靠著自己的力量，開始為兒童深耕出一塊屬於他們的閱讀園地。她們在很有限的條件下，一邊經營「家庭文庫」----提倡不說教、以尊重兒童為前提的親子共讀-----，一邊呼籲社會，要促使政府大力興建圖書館，要讓「圖書館的數量像郵筒一樣多」。另外，她們也帶動消費者，對當時的創作者、出版社、書店，發出疾呼，請他們廣為兒童開拓好書。……就這樣，她們十年有成。不僅各地的婦女風起雲湧，紛紛響應，而且，她們還因為彼此串連，終於在一向「男尊女卑」的日本社會，取得了可以響亮發言的機會，並進而在公共領域中，確立了女性的一席之地。

例如：由於她們的不斷請願，不僅加速了日本圖書館的建設（1961 年 639 間～1965 年 675 間～1970 年 772 間～1979 年 1239 間），也促使圖書館員專業化制度的確立及圖書館服務品質的提昇。而一九七〇年代初期，她們甚至還透過立法，讓政府每年編列固定預算，以協助民間推動文庫運動。此外，這些深具社會視野的女性，也都在七〇年代的消費者運動、反公害運動、自然保護運動……等市民運動中，同步發揮了她們的力量。

到了八〇年代，散播於日本社會各個角落的「家庭文庫」已逾四千。顯然，不論是就深度或廣度來說，它都已經在日本的社會留下了難以測度的影響。然而，自八〇年代起，因大環境的改變－－－－－社會穩定、保守主義抬頭、改革趨力消失、電視‧漫畫…等映像文化的興起、兒童的時間被升學與學習才藝瓜分、地方自治體制的漸行僵化…………－－，遂使得運動有了停滯不前的趨勢。

然而，即使是來參加的孩子變少了，整體的行動力變弱了，但是，目前還是有成千的「家庭文庫」在暗潮洶湧中，不為所挫地，持續經營。可見，儘管時代有所變遷，但這些「家庭文庫」陪孩子悠遊書間的初衷，卻依然未受動搖。

早年，是社會的「不進步」，讓「家庭文庫」有機可乘。有感於叱吒風雲的時代已過，現在，這些存活下來的「家庭文庫」主持人，反而能以更素樸之姿，為堅持回到閱讀原點、回到人與人的原點而努力。除此之外，他們也在尋求新的可能。或許，當大人、小孩間的界線變模糊了，資訊無國界了，「共享繪本」反而成了大人、小孩共享資訊的一個美麗起步。而對生活在「管理化」社會的大人和小孩而言，一個可以自由自在與人活絡感情的空間，已經是越來越少了。好在，「家庭文庫」所提供的那片「繪本花園」，正好可以讓年齡、身份不等的一群人，趁機打破日常的藩籬，一方面共享快樂的閱讀，一方面也有了伸展筋骨、活絡精神的機會。這樣的滿足，恐怕不是圖書館的完善設施或精彩的電視、電玩所能取代的。也因此，儘管現代社會充滿了各種誘因，日本的「家庭文庫」仍然得以本著沈穩的步伐，繼續攫獲人心，並像細水流長那樣，遍歷土地、流經世代。

　　我的日本朋友近藤伊津子，於一九七○年在家開辦了「布穀家庭文庫」。有二十三年之久，她讓社區附近的大人和小孩，每週一次，到她家借書、聽故事。甚至，她還因不同時序的不同成員的需求，而在其間另組過「媽媽讀書會」和「大孩子讀書會」。近藤伊津子除了利用自家的那塊小小空地，在為翻鬆文化土壤而努力外，也經常透過「家庭文庫」主持人的身份，積極地參與當時的社會改造。例如，其在社區組織共同購買的網絡便是一例。

　　如今，近藤伊津子已將「布穀家庭文庫」的棒子交給了年輕一代的婦女，但年逾六十的她，並未因此而「功成身退」。四、五年前，當東京的第一家「兒童安寧病房」成立時，伊津子便帶領著一群義工，在那裡成立了「繪本圖書室」，並經常前去為癌症末期病童說故事。另外，由於「家庭文庫」主持人長年與兒童、繪本為伍的經驗，深獲社會的認同和肯定，所以，當身為藥劑師的近藤伊津子卸下「家庭文庫」主持人的頭銜之後，旋即被駒澤短期大學延攬為「兒童文化」課程的講師，也因為有了這個難能可貴的機會，使她得以為散播繪本與文庫的種子，繼續發光發熱。

　　我從日本的「家庭文庫運動史」和近藤伊津子的「個人史」中，不僅有了諸多的學習，同時，也看到了「親子共讀繪本讀書會」的無限可能。

　　儘管時代在變，社會條件也時有消長，但只要大人「願意為兒童灌溉童年」的心不變，任何形式的「親子讀書會」，便都可以在「有書、有人、有空間」的「陽春」條件下，快意展開。而只要社會的文化、教育環境，還有任何的不足或缺失，那麼，相對的，「親子讀書會」所能施展的舞臺空間，就會更加地寬廣與多元。

　　所以說，「家庭文庫」或「小大讀書會」的發展精神是：它可以只是「讀書樂」，也可以是社區・社會文化發展的一部份；它可以只是一片大人和小孩休憩同樂的書香園地，也可以是人民實踐文化、教育理念的道場之一。

II.我的台灣經驗

　　我在留日期間，曾有半年之久，每週都去參與「布穀家庭文庫」的活動。當時，對甫來自台灣、尚無「社區意識」的我而言，在親眼看到日本民間如此在為小孩造福，並為文化紮根時，內心真是起了極大的震動。而基於對繪本和兒童的喜愛，我竟不知天高地厚地，在心底偷偷埋下一個心願-----我希望，有一天，我回到台灣，也能去做相同的事。

　　一九九二年六月，在近藤伊津子和多位友人的鼓勵下，我和住在新店花園新城的陳瑞炫攜手合作的「通泉草家庭文庫」，就在她家四、五坪大的客廳裡，熱熱鬧鬧地開張了。當時的我，雖然胸懷大志，卻苦於經驗不足，結果，一年半以後，我在台灣所做的，是第一個、也是唯一的「家庭文庫」，就宣告夭折。

　　在對這段挫敗做了深切的反省之後，一九九四年三月，我帶著將近兩百本的書，以及「大小讀書會」的新名稱和新理念，來到了民生社區友人簡玲觀的家中，準備另起爐灶。為了避免「重蹈覆轍」-----未事先釐清想法、建立共識，就匆匆上路-----，我花了將近兩個月的時間，利用每個週末，與一群來自八方（民生社區、永和、內湖、蘆洲…）、卻同樣對親子讀書會充滿興致的大人，侃侃而談。

首先，我把我的失敗經驗，和我對親子讀書會的省思，老老實實地告訴了她們。接著，我清楚而小心翼翼地，勾勒著我心中的那塊藍圖。我說，**這是一個「大大小小」齊聚一堂的讀書會，而來這裡的大人、小孩，都要打成一片，且是無分大小，可以「沒大沒小」的。至於讀書會的未來走向，則是應運「人」與「環境」而生，它可以是一株小草，也可以是一棵大樹，是「可大可小」的。**就這樣，我丟開了那曾經妄想要在台灣推動「家庭文庫運動」的「神話」，開始懂得回到的「人」與「環境」之中，輕鬆而踏實地，與這群大人、小孩，一同體驗共創「大小讀書會」的過程。而就在半年多以後，我們在一次大大小小的開會中，共同決定將「大小」二字改為「小大」，希望藉以提醒大人，要隨時放下身段，勿以「強」對「弱」，另外，也要對孩子在繪本與大人之間所做的穿針引線，心存感謝。

一年多以後，經營得有聲有色的「小大讀書會」，卻因為主持人的家庭因素，又要面臨停擺的命運了。雖然，有人表示願意提供家庭空間讓大家使用，但為了避免類似的故事再度重演，我遂決定不再借用家庭，而改以「全景社區廣播電台」所提供的一個地下室，作為我重新出發的另一塊「試金石」。

首先，我們透過電台，邀請聽眾加入。雖說，一開始的迴響頗為熱烈，而我們也著實共享了一段共讀繪本的快樂時光，但是，由於沒能真正帶動社區的居民投入，所以，在經過一段時日的浮沈之後，留下來的，竟都是一些有興趣，卻都是住家離遠的親子。結果，「全景小大」就在他們不敵距離、後繼無力的情況下，於一年多之後無疾而終。

經過了三次長達四年的「嘗試錯誤」之後，我在一九九七年，

終於「幡然醒悟」，決定不再以「空降」的方式，去與人共謀「小大」。我深深體悟到，「小大」的成敗關鍵，乃繫於參與的人，動機是否夠強、以及自主性是否夠高。所以，如果不是有人自發性地響應，並因著內在的趨力而覺得「非做不可」的話，即使別人在一旁很努力地拉拔、或搧風點火，「小大讀書會」都不可能自顯生機或自成氣候的。換句話說，不論是要紮根社區，或只是在成就一個溫暖的小團體，「小大讀書會」的主權，都應該回歸到每一位成員的手中才行。

　　就這樣，我退出了「小大讀書會」的修煉場域，並對自己的角色，做了大幅的調整。如今，我把自己定位成是隨意撒種的人，我利用機會，把關於「小大讀書會」的想法和做法告訴別人，之後，便是靜靜地等待，等待那些醞釀有成的人，自己開花、自己結果。……

III.小大讀書會的成立與運作

　　「小大讀書會」，顧名思義，是小孩、大人齊聚一堂的讀書會。我們的圖書，以老少咸宜的繪本為主，並藉由「另類閱讀」-----大人傳遞、小孩聆聽賞圖，讓小孩、大人得以共享快樂的閱讀經驗。

　　從最早的花園新城「通泉草家庭文庫」到現在的十二個「小大讀書會聯盟」，「小大讀書會」推展至今，已經有六年的歷史了。六年來，「小大」歷經了多次的失敗，然而，在屢仆屢起的過程中，「小大」也從中吸取了許多寶貴的經驗，並因而逐漸長成。

　　和其它的讀書會一樣，「小大讀書會」的成敗，往往繫於它的成員是否願意投入。當然，小孩的部份，根本無須操心，因為，他

們喜歡繪本、喜歡大人唸故事給他們聽,所以,只要有好的大人願意在小大讀書會中賣力演出,小孩就會跟著全心投入了。

　　問題總在「大人」的身上。推動「小大」,最要下功夫的,就是要讓大人理解「小大」的理念,以及鼓勵他們去經營一個有創造性的組織。在我的經驗當中,有自主性的大人,正是「小大讀書會」的成功關鍵。所以,「小大」在成立之初,通常都是「**由大而小**」的。換句話說,先讓一群有共識的大人自主地組織起來,然後,我們才會藉由一些暖身課程,讓他們認識繪本、釐清觀念,並進而有了上路的決心和勇氣。

　　等到「小大」真正開始運作時,「**由小而大**」就成了它的一個運作精神了。畢竟,沒有孩子的帶領,大人可能無福享受共讀繪本的樂趣,而孩子與書,都是「小大讀書會」中舉足輕重的角色,大人萬萬不可喧賓奪主,讓孩子在裡面只能唯命是從。大人在讀書會中扮演的,就好像是兒童圖書館館員的角色,他必須努力經營一個快樂的閱讀環境,並負責把好書介紹給孩子們。有了這樣的努力,大人也就能從小孩的身上得到相對的成長了。

　　「大大小小」、「沒大沒小」、「可大可小」、「由大而小」、「由小而大」…的「小大讀書會」,可以說還在學步摸索的階段。我們自許要像變形蟲那樣,因應不同的成員、不同的環境,不斷地自我修正。而且,還要在運作過程中,不斷地提昇成員之間的共識與合作。

　　我們相信,大人只要有了上述的心意,就都能夠發展出兼具自由及開創性的活動內容來。目前,十二個「小大讀書會」正分頭努力,以發展出各自的特色,並延續我們對「小孩‧書‧大人」的共同理念。例如:新竹小大是由一群清華大學的學生,以「**路邊攤**」

的方式，利用假日，在校園裡爲遊客說故事。而花蓮小大開始嘗試要走入原住民的社區。內湖小大則在社區以說故事秀的方式籌募書款，並藉機讓更多的鄰居認識他們。新莊瓊林小大也曾以戲劇的方式，由一群深具草根性的媽媽，爲社區的大小孩表演數則故事。台中儒林小大則開始跨出社區，在中部地區扮演起撒種、推動的角色。……此外，「八方小大」也從去年年底開始，決定隨著春、夏、秋、冬的降臨，擇地會師。畢竟，對這群踽踽而行的大人而言，每隔一段時間的經驗分享與相互打氣，也是他們在推動「小大讀書會」時不可或缺的「強心針」。

談兒童讀書會

林　意　雪

談兒童讀書會

兒童讀書會的目的

　　為班上的學生組織一個兒童讀書會，聽起來像是挺吸引人的活動。但是我們還是必須回到最原初的問題：為什麼兒童需要讀書會？

　　如果有老師要為班上的孩子組織一個讀書會，大部份的學生家長應該都會舉雙手贊成。因為讀書的好處幾乎不用刻意強調，就能得到大多數人的認同。但是老師可能還是會面臨到一些困難，例如材料的選購及進行的方式等。因為一般談到閱讀課外書，在學校裏最常見的方式就是讓孩子自行選書，並撰寫讀書報告。但是要讓孩子愛上課外閱讀，並且能養成閱讀的習慣，可能就不是這種簡單的活動所能達成的。因此兒童讀書會最重要的目的，就是讓老師有機會介紹孩子看一些好看的書，而且運用同儕分享、討論及好玩的活動，讓孩子體會閱讀的樂趣，從而培養他能一生受用無窮的閱讀習慣。

　　讓孩子一起讀書，最重要的便在這種分享進而內化成習慣的意義。因為剛開始時，孩子未必會有主動閱讀或思考的動力，但是一旦有機會和同學及朋友一同分享時，便容易產生思考的激盪，為閱讀創造新的意義。

　　兒童讀書會的目的，就在以不同的方式引領孩子進到文學這個豐富的領域。

　　當然，老師本身也必須了解這個目的的重要性，讀書會才能為

孩子創造出不同的意義來：

　　因爲在我們學校的課程中，幾乎整天都在閱讀書籍，只是，這些書籍都是固定的材料--教科書；至於教科書之外的世界，我們幾乎很少有機會引領孩子進入其中，更何況是文學這個特別豐富的領域。如果成立了讀書會之後，仍跳脫不了原本過於強調智性理解、啓示等目的性的模式，那麼，兒童讀書會大概就很難達成前面所提到的那些目的了。

選材及課前閱讀

　　讀書會首先面臨到的問題便是材料的選擇。選材會牽涉到一本書要使用多久的問題，一個月使用一本，一學期一本或是一星期讀一本；是要先讓孩子在家中閱讀完畢後再進行讀書會，還是上課時再一起共讀？是要一次討論完，還是要分幾次討論？這些問題都是選材時需要先考慮的。因爲如果班上大部份的孩子原本就缺乏閱讀課外讀物的習慣，那麼一開始時就不太適合把材料當作課前作業來閱讀，因爲完成閱讀的機率會相當地低。而如果是要在上課時間才進行閱讀的話，選擇的書籍就最好是字數較少的書籍，或是一些短篇故事的合集，如此一來，便可以利用上課的時間，讓孩子就選定的短篇故事輪流唸讀。但隨著孩子對閱讀逐漸產生興趣，教師便可加深材料的長度及深度，讓孩子接觸多樣化的書籍，甚至可以讓孩子在家中讀完後再進行讀書會。

　　而爲了能引起孩子的興趣，一開始使用的第一本書就顯得相當重要。根據筆者的觀察，大部份的孩子其實很少有機會讀到真正好

看的課外書，這當然是目前國內客觀環境不良的緣故--包括書店無法陳列足夠的書籍供大人與兒童選擇、選書資訊缺乏以及圖書館不足等等的問題；但事實上，一旦孩子有機會看到精彩好看的書，通常也會像看到漫畫書或卡通一樣地著迷。在這篇文章的最後附有一些建議的書籍，教師可以選擇合適的做為孩子的入門書。

　　選定材料之後，還有一個更為棘手的問題要解決：孩子要用的書從哪裏來？教師可以儘可能地遊說每位家長為孩子購買上課要用的書籍，並由家長自行決定是否購買；但是對於不願意購書的家長，又該怎麼辦呢？當然，教師不必硬性規定或強制每一位家長都要購買，但是也要考慮一下，如何照顧那些家中沒有購書預算的孩子。建議教師可以選擇自己將不足的書補齊，雖然是一筆額外的開支，但是其實老師每年都還是有機會再使用這些書，花一些錢投資也是值得的。當然，如果一個學期的讀書會需要用到四、五本不同的書，累積下來的買書錢也相當可觀。這時不妨聯合其他有興趣經營讀書會的老師，每個人購買一種書，使用完畢再做交換。如果有三、四位老師一同合作經營，那麼一個學期下來，每位老師只花了一筆圖書預算，卻能有三、四本不同的書籍可以用來進行讀書會。如此一來，不但可以互相支援書籍，還可以互相交換經驗，使讀書會經營得更順利。

　　或者，遊說學校圖書館購買這些書籍，將它們變成每一位教師都可以運用的教學資源，也是一個管道。

兒童讀書會進行的方式

　　讀書會到底如何進行，又要怎樣安排環境呢？以下分成五個部份來介紹。

一、環境的安排

　　大部份教室內的桌椅都採直線排列的方式，每個學生都面對著講台。但是這種排列方法不容易讓孩子進行討論，一方面因為發言的人無法自然地面對其他的孩子，另外一方面孩子也看不到彼此的反應與表情。因此，在進行讀書會時，應該儘可能讓孩子坐成一個圓圈，便於他們討論與分組活動。如果教室內的座位安排有困難，也可以排成ㄇ字形或馬蹄形，或尋找教室之外的場地，例如圖書館或地板教室，使孩子能以較不拘謹的方式享受閱讀與討論的活動。最重要的是，孩子可以面對面地談話。

　　當然，若是班上人數太多，孩子發言的機會也會相對減少。而為了讓孩子能在讀書會中暢所欲言，教師不妨找一位其他班級的老師相互分工支援，或是請求家長的協助，將孩子分成兩組來進行讀書會。

二、共同唸讀（共讀）

　　讀書會初期的經營，正如前文中所述，可能要從現場的共讀開始著手。教師在事前選定一定範圍的內容之後（可能是一小篇故事或是數頁的篇幅），在上課時請孩子輪流分段唸讀。雖然可能有部份的孩子已經在家中事先看過，但是這個共讀的步驟仍有其必要性，因為如此一來，才能讓每個孩子都熟悉這次要進行的材料內容。

三、暖身活動

　　暖身活動通常是緊跟在共讀之後。偶爾可以根據需要，讓孩子在唸讀之前先進行一個暖身活動，使他們能對稍後的閱讀內容產生興趣。暖身活動的目的基本上是為了讓孩子能藉由一些簡單有趣的活動，對於等一下要討論的這些材料的內容更加熟悉。例如，教師可以講一些與這篇文章類似的故事來引發孩子對它的興趣，或是安排一個排列順序的遊戲，使孩子更清楚書中主角的旅行路線等等。當然暖身活動不必佔去太多的時間，而且可以視需求而定，不必每次都進行。例如，越複雜的內容越需要暖身活動，以便使每個孩子都有機會對材料稍作溫習。

四、討論

　　討論是讀書會中最重要的一部份。不論在讀書會中使用何種文學素材，最重要的是它們可以引發孩子的思考，而如何讓孩子將自己在閱讀時原本即有的、單獨的、個人的思考變成「合作的思考」，靠的便是討論所激發的思考分享與衝擊。教師在教授一般的科目時，特別像生活與倫理或是社會等人文學科，常常便會拋出一些問題，讓孩子分組進行討論，使他們可以整理歸納出不同的意見，並且在互相的提醒及幫助之下，逐漸建構一些倫理及社會觀。不過在這裏我們所強調的討論，則是希望能有更為主動的、不受主題侷限的討論。

　　舉個簡單的例子，在「生活與倫理」課中談到有關「誠實」的

主題時，我們都必須扣緊主題，將孩子引到討論誠實的意義及重要性上頭去。但是在文學作品中，就不需要設定一個討論的方向或是目的。讀「再見天人菊」，可以討論友誼，也可以討論土地、童年及性格，甚至可以討論作者是如何塑造出不同的人物個性來的。也就是說，它可以依據孩子在閱讀時印象深刻或感興趣的情節來發展討論。這樣的討論，目的不在達到某一個特定主題的教學目標，而在於使孩子能將自己的思考焦點表達出來，然後與其他的孩子交換看法並深入探究。在這樣的情況下，孩子必須學習如何清晰表達自己的思考，並能傾聽、尊重別人的意見。這些能力會在讀書會中不斷地練習，使孩子在學會欣賞與閱讀的同時，也培養了民主的態度與思考的能力。

五、延伸活動

在討論之後，是否需要進行一些額外的延伸活動？筆者的建議是，視材料而定；有些書籍的內容或性質非常適合加入延伸活動，但有時候也要視孩子的反應而定。活動的目的是為了讓孩子能以不同的方式來參與讀書會，因為在討論進行的過程中，不見得每個孩子都有機會或有意願主動發言。而活動的另一個目的，是為了讓孩子能藉由活動來認識書的不同面貌，並能發現和同學一起看書的樂趣。而有些書籍若是內容太深，孩子無法獨力完成閱讀的話，就必須藉著活動來引發孩子看書的動機，或是協助他們完成閱讀工作。

延伸活動的種類，是從所閱讀的書籍延伸出來，包括了以美勞、語文、創作、戲劇、影片欣賞或是其他如音樂等方式進行的活動。例如閱讀「阿公的八角風箏」可以用製作風箏來做為延伸活動，閱

讀「一隻豬在網路上」可以讓孩子為故事編寫一個結局，閱讀「鏡花緣」可以分組做戲劇表演，閱讀「怪桃歷險記」可以欣賞「飛天巨桃歷險記」做為延伸活動…。有時在進行過延伸活動之後，能激發孩子對書籍的不同觀點及體驗，反而能引起更多的思考與討論。

討論及延伸活動的設計

　　不論是討論或是延伸活動，都必須在事前做好準備。最重要的是，教師對材料要有足夠的熟悉程度，準備出來的討論或活動才能切合該本文學作品的精神。如同我們在先前強調的，讀書會讀的既然是平時孩子可能較少機會接觸到的文學類書籍，那麼和理性或智性的分析比較起來，如何讓孩子從文學中獲得感動與感受，便是更為重要的一個環節。教師是否感受到這本書帶來的力量？如果有，如何讓孩子注意到那些情節？如何讓孩子也能分享到這種閱讀所帶來的獨特經驗？在設計討論及延伸活動時，不妨將重點放在這邊，仔細品味，然後將那些自己覺得感動或是特殊的地方變成可供討論及活動的點，由此發展一系列的討論問題或延伸活動。

　　除了教師在事前準備好討論計劃及延伸活動之外，也可以讓孩子有主動發問、討論他們自己提出的問題的機會。因為書籍在讀書會中是一個媒介而已，如果能引發他們主動地去思考問題，那麼書的功用就進展到另一個層次了。

有關教學目標及評量

　　如果老師將讀書會選在閱讀課等正式的課程中進行，那麼勢必

就會面臨評量的問題。要怎麼評量孩子在兒童讀書會中的表現呢？評量的準則最好不要以孩子看書的「量」、主動找書來看的習慣等等這些，與他們長期的閱讀環境相關性高的評量準則。因為如果孩子原本的環境就是屬於比較有機會親近書籍的環境，那麼對那些環境條件較差的孩子來說，當然不是一種公平的評量標準。因此，教師必須回到兒童讀書會的目的去思考評量的問題。成立兒童讀書會，是為了讓原本不愛看書的孩子對書籍產生興趣，讓原本就喜歡看書的孩子養成與他人分享和合作的習慣。如果以這樣的目的來看，評量的標準就必須視孩子原本的基礎點來訂定不同的判準。於是，教師細微的觀察就變成了重要的工作。教師必須從孩子的發言、參與、以及其他生活上的表現，來評定孩子的進步程度，並以此做為評量標準之一。評量還可以包括作品、閱讀能力進步的程度、在讀書會中的學習是否轉移到其他科目的學習等等。

結　語

　　前一陣子，曾經在無意間讀到一位中國父親描寫他眼中的美國教育的文章。他的孩子十歲時開始接受美國學校的教育。起初做父親的極不能理解美國學校的做法，例如，上課時間太短，孩子花在遊玩的時間過多等等。他回想起過去在故鄉時，孩子在學校裏花費了許多學習的時間，也在放學後耗費很多心力完成作業，與在美國的情況簡直無法相比。這位父親不禁開始後悔帶孩子來美國求學，深怕就此耽誤了孩子。稍後，他第一次看到五年級的孩子從圖書館抱回一大堆的書，為的是要完成一篇的作業：「中國的昨天和今天」

時，他心裏仍然充滿著疑惑。因為在他的理解之中，這個題目大到博士論文都寫不完，美國的老師到底要孩子寫出什麼東西？而孩子在六年級時上到有關二次大戰的課程，他的作業要回答的題目竟然是，「你認為誰對這場戰爭有責任？」、「你認為納粹失敗的原因在哪裏？」、「你如果你是杜魯門總統的高級顧問，你對投放原子彈有什麼意見？」、「你認為今天要避免戰爭最好的方法是什麼？」。這位父親從一開始對那種沒有教科書、讓孩子不知天高地厚地去評論各種事物的教育方式，頗不能苟同。但是後來他觀察到的結果是：孩子不但快樂地遊戲，還學會了查資料式的主動學習、並從其中培養出自己對事情的看法，養成了對歷史、文化及世界的關懷態度…。而做父親的再次對照自己在同年齡時的學習活動，所能做的不過盡是背誦而已；即使書中所說的事情迂腐不已，為了通過考試，也只能硬是背記下來。於是，他下了一個結論：他從前所受的教育使得他在追求知識的過程當中，不過是不斷地在重複前人的結論而已，自己的思考是從來不被重視的；既然教育者不重視，自然地自己也越來越不會去思考任何事物。而「沒有自己的思考，就難有新的創造」，他最後下了這樣一個結論。

　　要破解類似這樣教育思維與教學習性的死結，身為一位教師或家長，當然無法在一夜之間做出巨大的改變。但是重要的課題是，在現有的環境底下，教師，或是一位即將為人師表的未來教師，如何能清楚地了解自己及教育的困境，並願意在有限的資源下，在孩子身上，慢慢播下這些獨立思考的種子。我想，最好的起點，應該就是為孩子建立一個讀書會，讓他們由閱讀及討論當中，建立反省及主動理解與探索的習慣。

　　兒童和成人的讀書會目的都在使讀書成為一種合作、分享及思考交流的管道。成人讀書會的風行與基礎，其實都為兒童讀書會奠定了一定的基礎。一位經營讀書會多年的媽媽就提到，她的孩子常常陪媽媽去參加讀書會，看著她們聚會、讀書與成長，時間久了，有一天竟跟媽媽說，你們大人都有讀書會，為什麼我們沒有？這群愛讀書的媽媽，於是為兒童建立了良好的典範：那就是，成人若能具備良好的討論習慣，以及對閱讀的習慣及喜好，號召和經營兒童讀書會就必然成為一件輕而易舉的事。

兒童讀書會入門書籍參考書目

低年級				
編號	書　　　　名	作　　者	出版社	備　　註
1.	小老虎和小熊	亞諾士	上誼	
2.	赤腳國王	曹俊彥	信誼	圖畫書
3.	青蛙與蟾蜍	洛貝爾	信誼	
4.	夏日海灣	林良譯	國語日報	圖畫書
5.	拉拉與我	迪米特伊求	東方	
6.	老鼠爸爸說故事	楊茂秀譯	遠流	
7.	大巨人約翰	洛貝爾	遠流	圖畫書
8.	我變成一隻噴火龍了	賴馬	國語日報	圖畫書
9.	黑白村莊	劉伯樂	信誼	圖畫書
10.	讓路給小鴨子	畢樸譯	國語日報	圖畫書
11.	小房子	芭頓	遠流	圖畫書
12.	祝你生日快樂	方素珍	國語日報	圖畫書
13.	貓頭鷹在家	洛貝爾	遠流	

14.	哪個錯找哪個	王宣一	遠流	圖畫書
15.	好一個餿主意	琦君譯	遠流	圖畫書
16.	夢幻大飛行	大衛威斯納	遠流	圖畫書
17.	哈利的花毛衣	林真美譯	遠流	圖畫書
18.	愛心樹	希爾佛斯坦	玉山社	圖畫書
19.	被遺忘的森林	安霍特	大樹文化	圖畫書
20.	花格象艾瑪	McKee	人類文化	圖畫書

中年級				
編號	書　　　名	作　　者	出版社	備　註
1.	不怕鬼的書生	鄒敦怜	小兵	
2.	公主與妖魔	江恩娜改寫	小魯	
3.	尖嘴路弟	Uwe Timm	允晨	
4.	童話節	武玉桂	天衛	短篇合集
5.	落鼻祖師	余遠炫	天衛	
6.	上學的獅子	羅德道爾	天衛	短篇合集
7.	台灣小兵造飛機	周姚萍	天衛	
8.	外婆的飛機	佐藤悟	文經	
9.	淘氣的尼古拉(系列)	桑貝葛西尼	晨星	短篇合集
10.	山羊巫師的魔藥	王家珍	民生報	短篇合集
11.	哼哈二將	周銳	民生報	短篇合集
12.	不會騎自行車的自行車師傅	桑貝葛西尼	玉山社	
13.	失落的一角	希爾佛斯坦	自立晚報	
14.	巧克力工廠的秘密	羅德道爾	志文	
15.	杜立德醫生非洲歷險記	休羅夫登	志文	

16.	怪桃歷險記	羅德道爾	志文	
17.	烏龜的婚禮	吉瑞杜樂	東方	
18.	多生與多莉	李美玲	皇冠	
19.	高樓上的小捕手	林世仁	國語日報	
20.	布袋戲	謝武彰	聯經	

高年級				
編號	書　　　名	作　　　者	出版社	備註
1.	少年小樹之歌	卡特	小知堂	
2.	生死平衡		小魯	
3.	野地獵歌	威爾森	中唐志業	
4.	少年噶瑪蘭	李潼	天衛	
5.	電腦天王比爾蓋茲的少年時光		文經	
6.	瑪亞的第一朵玫瑰	柯辛恩	幼獅	
7.	阿公的八角風箏		民生報	
8.	怪物童話	張家驊	民生報	
9.	大海螺它說	卜京	民生報	
10.	複製瞌睡羊	管家琪	民生報	
11.	我是白痴	王淑芬	民生報	
12.	美麗眼睛看世界	桂文亞	民生報	
13.	阿公的八角風箏	馮輝岳	民生報	
14.	小矮人之謎	王家祥	玉山社	
15.	一隻向後開槍的獅子	希爾佛斯坦	玉山社	
16.	再見天人菊	李潼	守護神	
17.	女巫	羅德道爾	志文	
18.	魔法墜子	奈比士特	東方	

19.	昆蟲記(8)法布爾傳奇的一生		東方	
20.	奧迪賽奇航記	張文哲	時報	
21.	我不是烏鴉	洪翠娥譯	格林	
22.	說不完的故事	M安迪	國際少年村	
23.	山中歲月	Criaghead	智茂	
24.	記憶受領員	露意絲勞里	智茂	
25.	想念五月	賴藍特	雅聯	
26.	風鳥皮諾查		遠流	

■ 其他新書資訊可參考聯合報每週一的讀書人、中國時報每週四的「開卷版」，以及國語日報與民生報每四個月一次的「好書大家讀」評選活動所推薦的書單。

從參加讀書會走向社會服務

呂　錦　軍

從參加讀書會走向社會服務

　　回首個人婚後十六年來的歷程，大略可以分成三個階段，前一年多繼續踏出校門以來的護理工作，生活重心仍擺在工作上。其後辭卸工作安份地在家扮演純家庭主婦的角色，在這段專心相夫教子操持家務的十年多歲月裡，次男和長女陸續出生。吾家的物質生活由清苦而漸次改善，日子過得還算相當平順，這段時期的我可謂是足常樂，覺得自己很幸福；畢竟對一個女人而言，還有什麼比有個能夠全心信賴的丈夫和健康乖巧的兒女更值得令人慶幸的呢？但是大約四年前，我開始重新審視自己的人生，心理也開始起了疑惑，以往的生活方式是否太過保守庸碌？日子難道不能過得更知性、更豐實嗎？心頭疑惑既起，想突破單調生活現狀的意念乃日趨強烈。

　　記得是國八十四年二月下旬的某一天，偶然在收音機上聽到主婦聯盟創辦人之一的陳來紅女士主持的節目，頗有深得我心之感，乃利用下節目之餘電詢她推動成立的袋鼠媽媽讀書會的運作情形，並詢及有否可能參加節目中所介紹的社區婦女人材班。受到來紅姊的激勵和引介，在那一年中，我陸續參加了台北縣內舉辦的多項婦女培訓活動，包括：「婦女人材」、「文化義工」、「主婦聯盟綠人」、「父母成長學苑」等。其中為期四個月，每週二次的婦女人材訓練班，讓我有幸結識了不少來自各鄉鎮的婦女朋友，同時也對各類婦女、教育、環保和社運等社團的性質及可用資源有了概括性認識。在這期間並觀摩了永和袋鼠媽媽和汐止伯爵兩個讀書會的活動情形。

　　有感於參加讀書會，將大有助於自己在觀念和思考上的成長與
進步，又為了避免遠地奔波之苦，乃興起了在自家附近籌組婦女讀
書會的想法。然而如何呼朋引伴招來會員，確也讓我猶疑困頓了一
陣子。我雖是土生土長於樹林山佳，但是曾經有五年期間不在此處
生活，加上社會、環境變遷，外來人口雖不算少，但少有認識者，
同輩舊識若不是移居外地，就多是忙於生計難得空閒。萬事起頭難，
為了實現自己成立婦女讀會的想法，我開始鼓起勇氣利用電話，或
甚至於到菜市場之類公共場所主動出擊，向一些陌生的婦女朋友，
直接探詢是否有參加的意願。多半的回答是「很好」或「想法不錯」，
但難免要再補上「須照顧小孩」、「家裡有老人家須要奉待」、「須要
做加工」、「須要看店」、「歹勢」……等無法參加的理由，有的甚至
於還直言「沒有興趣」或「年紀已老大不小了還唸什麼書？」。她
們的回答讓人十足感受到婦女朋友們的無奈及不具自主性。儘管多
半是令人氣餒的回答，持續努力的結果，終能找得九位有緣同伴，
和我共同成立山佳讀書會。

　　山佳讀書會從八十四年五月成立以後，多以吾家客廳為聚會場
所，例行聚會除了寒暑假期間外，以每週一次為原則，每次聚會時
間二小時。大夥在聚會中首先利用一點時間閒話家常，互相傾吐一
週來各自經驗的愉快和不悅，有時也共同挑選出當週發生的一、二
件時事，進行討論剖析，遇到大家特別感興趣的時事話題，往往因
為討論氣氛太過熱烈而欲罷不能，致使原本排定的書目討論被迫順
延一週。

　　山佳讀書會草創之時，成員都有茫然不知從何下手的感覺，我

乃提供先前獲自研習班的書類資料，和自行從報章雜誌剪集到的文章報導，作爲最初幾次聚會共同研讀和討論的素材。其後讀書會的運作漸趨順暢，大家也開始能各自主動提出自己認爲值得探討的題材。透過共讀、對話和合作思考，會員們無不感受到莫大的樂趣，並深覺獲益良多。輪值主持人的方式，讓會員們能逐漸克服先天內向和害羞的心理，並順勢培養出表達自我意願的勇氣和信心。可惜大家各有所忙，好不容易持續三年的讀書會例行聚會，已從今年三月起暫時停擺了下來。唯在讀書會實際運作的三年多裡，我們共讀和討論過的書籍類別還眞是不少，包括：生活教育、心理、政治、法律、環保、營養與健逮、兩性關係、勵志小品、散文和形形色色的小說。我們也曾經利用幾次聚會時間進行電影、音樂、繪畫等方面的觀賞和評析。

　　我們的思考因參加讀書會而逐漸活終起來，也開始把關心的觸角，從自我和家庭伸展向社會環境，並思索能否爲地方做一些有意義的事情。八十四年十一月，我們山佳讀書會，透過來紅姊和其他熱心人士的奔走與幹旋，終能說服樹林鎮鎮長廖本煙先生，編列一筆文化預算，在鎮立圖書館開辦「書香滿樹林——故事媽媽」培訓課程，這可是全臺首創由公家經費支持的故事媽鴟培訓活動喔！該項活動的師資是由毛毛蟲兒童哲學基金會負責提供，目的是爲了教導學員說故事的理念與技巧，希望受訓學員能於結業後奉獻所學，透過互動的說故事方式，讓社區內孩童能在輕鬆快樂的氣氛中，達成有效的學習，並養成喜歡閱讀的習慣。

　　樹林鎮的故事媽媽培訓活動，一共辦過二個初階班和一個進階

班，招收的學員合計不下百人。學員大都於結業後，迅即投入各自所屬社區內的國小、幼稚園或托兒所一展所學，有些媽媽學員甚至於還曾經開放自家客廳，招來附近小孩義務爲他們說故事呢！經由實地驗證所學，效果一般而言是相當不錯；唯有些老師想法比較傳統，爲恐班級秩序失控，氣氛太過熱絡吵雜，因此對於故事媽媽的義務幫忙，並不是很領情，有的甚至於還採取排拒的態度。其實活潑、純眞而喧雜的環境，豈不比沈寂乖巧但死板的氛圍，更適合孩童的成長？

樹林鎭首創的這種一舉兩得，嘉惠地方婦女和小孩的故事媽媽培訓課程，很快的引起了台北縣內其他鄉鎭市婦女的羨慕與興趣，起而效尤開辦起類似研習課程者包括：土城、新莊、板橋、新店、三重、中和等，甚至台北市和宜蘭亦已陸續開辦過這類研習活動。

「故事媽媽」培訓活動，目前仍是風起雲湧，在各地刻正如火如荼的推動中，其中在新竹和泰山兩地舉辦的尚且還是由中央文建會出資主辦的喔！回首該類活動的發展脈絡，我們山佳讀書會雖不敢居首功，但可以說相當程度地扮演了火車頭的角色。

除了推動「故事媽媽」服務的成功經驗，山佳讀書會在環保理念的宣導及推廣上也作過一番努力。

爲了提高社區婦女環保意識，並瞭解珍惜自然環境的重要性，山佳讀書會曾經透過台北縣書香文化推廣協會，向縣政府社會局爭取得「婦女學苑」之一項目下的二筆預算補助，陸續於八十五年四月和九月間，在樹林鎭育德國小，開辦了「婦女環保教室」和「山佳自然步道規劃及綠人培訓」兩門課程，「台北縣婦女學苑」包括

的課程類別繁多，我們所策劃的這兩門課程，都是其中僅有的超脫於造福個人，而比較側重於公益問題者。

「婦女環保教室」的一系列課程，讓我們對台灣環境遭受污染和破壞的惡劣現況，有了很深的體認，也意識到從自身做起，力行隨手做環保的重要性，當然我們更須攜手合作，將所習得的環保知識化為力量，以達到逐步改善環境品質的目標。

至於「山佳自然步道規劃及綠人培訓」課程，已引領出一批領內婦女朋友，觀賞大自然草木的興趣，對於依山傍水風景怡人的家鄉，也增添了一份憐愛。限於所學尚有所不足，今後我們有必要繼續努力充實自己，才能成為真正夠格的「綠人」，如此一來將可成為開放教育下，親師合作的最佳伙伴，也可引領更多鄉親朋友，喚起他們對自己周遭，甚至於全台灣大自然環境的共同關懷與珍惜。令人感到既無奈又氣餒的是，我們認為最適合於規劃，作為山佳自然步道的沿線山壁，在一年多前卻已經為又高又厚的擋土牆所取代；明明是安全性頗高，並無土質流失疑慮的悠美自然環境，卻硬要以人為力量予以破壞，再築以擋土牆保護。這是政府浪費公帑，以建設之名行環境破壞之實的一個活生生的例子。如何避免類似的不當破壞環境事件再次發生，是我們有心做環保的人，必須嚴肅面對和深沈省思的一大課題。

在戒嚴時期，被視為低俗、沒水準而倍受打壓的布袋戲和歌仔戲等本土戲曲，曾經是先民們流血、流汗開墾荒地，把台灣從遍地荊棘，帶到現代文明社會過程中的精神糧食，其中含有的民俗戲曲和歌謠，更是台灣文化的一大重要根源。解嚴以後，經由許多有心

人士的奔走呼籲，布袋戲和歌仔戲雖都已鹹魚翻身，而被肯定為是台灣文化中極為珍貴的一部份；但是如果無法積極有效的加以推廣，其恐怕仍難擺脫日趨式微的宿命。為此山佳讀書會，曾經於去年十一月，舉辦過「兒童布袋戲詩歌班」課程，我們期盼下一代能透過對布袋戲角色的認知、布袋戲偶的操作研習，以及民俗歌謠和台語古詩的吟唱，而能領略並汲取到傳統文化的若干精髓。參加本研習班的兒童，因為研習時間有限，當然難以對課程內容有很深刻的體會，但是他們的學習和玩賞興趣毫無疑問已被誘發出，這一群國家幼苗當中，或許有些未來竟因此而成為發揚本土文化的急先鋒也說不定呢！

現代婦女，切莫只以扮演好賢妻良母的角色為滿足，為了充實自我，擴大生活圈，實宜積極參加讀書會或其他能促使自己成長的團體。如行有餘力何妨積極考慮投入志工行列，為打造一個更優質與良善的社會而努力。

兒童讀書會 DIY

陳 美 雲

兒童讀書會 DIY

壹、前　言

　　在這資訊爆炸的時代裡，資訊掌握量的多寡，成為勝敗的關鍵；資訊蒐集，更是成功者背後看不見的經營。而「閱讀」則是蒐集、貯存資訊最基本而踏實的方法。因此，閱讀習慣宜從小養成，最好是在孩子們功課壓力還不很大的國小階段，甚至幼稚園時期，就做閱讀指導，建立強固的閱讀習慣，使閱讀成為能帶給他快樂和滿足的一種基本休閒活動。如此，可幫助孩子走上閱讀的康莊大道，打好學習的基礎，因應資訊爆炸的時代來臨。

貳、設計理念與理論基礎

　　目前美國的閱讀教育界盛行兩種觀點，一種是以認知心理學的訊息處理論為基本假定，強調解碼(code-emphasis)的重要，稱為語音法取向(phonics approach)；另一種則以認知心理學的建構論為基礎所提出的全語言取向(the whole language approach)。全語言主張閱讀過程所需的解碼技巧，應由學生自行發現，應掌握獲取意義的途徑主導權，不應受到純粹階段發展論的限制；因此學生可以自由選擇閱讀材料。全語言論者認為提供對學生有意義的閱讀材料，比指導技巧更重要，而且允許學生安心地對閱讀材料做預測，不必擔心出錯，並運用全部的生活經驗互動學習。語音法論者對全語言的

觀點提出的辯駁有兩項：(一)怎能確保學生能有效、成功地自我發展解碼技巧，走出文字符號的謎宮(二)即使解碼成功，若不具備相關知識，要讀懂也有困難。因此，兒童讀書會運作中所特別著重發展的「討論」能力，並透過合作思考形成一個探究團體的作法；也許提供一個解決問題的具體途徑。

　　另一種與讀書會有關的理論是涉及閱讀意義的提取與詮釋、批評之類的問題。閱讀的焦點應放在作者的意向，作品的分析，還是讀者的反應？理解與詮釋有沒有客觀標準？許多讀書會的運作逐漸朝向強調讀者本身如何看待閱讀，並尊重讀者把個人經驗放進閱讀歷程而後湧現的反應與評價，尋求對個人獨特的意義與價值。其實兒童讀書會這樣一個探究團體，尊重每一位成員的個別經驗，並鼓勵以其個人的經驗特質把意義在放進去；得到的回饋不僅有自身的反省，還有透過討論歷程，可能感受到的觀點交互激盪的智性滿足。

　　再者，我們可以用六個問題(6W)來探討讀書會的內涵，並思考以下幾個方面的問題：

- WHY：為什麼而讀書？
- WHAT：讀什麼書？做些什麼活動？
- HOW：如何讀書？如何進行活動？
- WHO：誰來讀？和誰一起讀？
- WHERE：在什麼地方聚會？
- WHEN：何時讀？多久聚會一次？

　　在進行兒童讀書會時，介紹孩子閱讀優良文學作品，是希望孩子經由與同儕討論及延伸活動的歷程中，不但能深入了解書的內涵；更重要的是，能發展自己閱讀的觀點及視野。而討論也不只是

開口說話而已，**實際上是在整理自己的舊經驗，聆聽別人的意見，**反省眾多的價值觀，以及做推理、檢證、判斷等思考活動。在過程中，孩子學會如何發問，與如何解決問題；更重要的是，了解別人如何思考，並且學會為自己思考。

參、素材挑選

　　當前，國內有關好書（或優良讀物）的評選活動，雖有政府行政院新聞局和兩大報的【讀書人】專刊、【開卷】版每年均舉辦一次相關活動，但以「少年兒童讀物」為評選主體的，似乎只有兒童文學學會和民生報、國語日報、幼獅少年月刊所聯合主辦的「好書大家讀」，才是最具全面性、專業性而又嚴謹的「少年兒童讀物」的評選（林煥彰，民 86）。因此，在浩瀚書海當中，無疑是最佳的選書指南。

　　其次，就閱讀素材的性質而言，大約可分為如下幾類：

一、單篇故事：如，口述故事、報章雜誌上的故事。將一個自己聽過的故事轉述給學生聽，然後再進行提問及討論；或是從國語日報的文藝版、民生報週末的兒童特刊中，選取自己認為值得分享的故事，影印給學生，請學生輪流唸讀後再進行提問討論活動。

二、故事繪本：以故事繪本為素材時，教師可以把書帶來，當場逐頁唸讀書上的文字，同時讓學生觀賞書中圖片；然後，再以繪本的內容、圖片作為討論的材料。

三、長篇故事書：長篇故事的敘述手法和短篇的不同，多閱讀這類
　　　　　　　　作品，可以有不同的收穫。而在討論之前，學
　　　　　　　　生必須先購買並閱讀過這本書，以方便討論之
　　　　　　　　進行。
四、主題閱讀：就是把相類似的故事或書籍一起搭配，作為討論的
　　　　　　　主題，例如：找一些以「豬」為主角的故事，然
　　　　　　　後討論這些故事中對豬的描述方式有何不同。採
　　　　　　　取此種素材時，可事先宣佈主題，請大家回去找
　　　　　　　相關的故事、書籍閱讀，之後再針對主題進行討
　　　　　　　論；或是找一個大家熟悉的主題，當場進行討論
　　　　　　　亦可。主題閱讀的次數可以延續幾次，因為材料
　　　　　　　牽涉較廣，不要急著在一次的讀書會中討論完（改
　　　　　　　寫自：林意雪，民 87）。

肆、實施方式【以中央圖書館民生分館為例】

　　兒童讀書會以年級分為中、高二個組，每隔兩周聚會一次，每
次兩小時。由於考慮到討論內容的深度與學生發言的機會，我們採
取小團體的方式，每組人數大約維持在十至十五人，期使議題能得
到深入討論，學生也能充分發言。

　　進行方式大致分為兩個時段：第一個小時以討論主題書內容為
主，讓學生就書中內容提出問題、並加以討論；第二個小時則進行
與主題有關的延伸活動，例如：演劇、繪畫、創意寫作、感官活動、
摺疊圖畫書製作等，期能透過活動使學生更深入題材。

伍、教學策略

一、相關延伸活動：

1.角色扮演：從討論故事內容、分配角色、決定道具(替代品)、
　　　　　　演出故事(情節不變，但對話內容可稍加改變)。

2.創意寫作：含看圖編故事、改寫故事、改編故事結局、寫一
　　　　　　篇與主題書有關的文章等，以增進兒童的讀寫能
　　　　　　力。

3.繪畫活動：含利用海報介紹主題書、設計與主題有關的卡片、
　　　　　　畫出印象最深刻的情節等，學習運用非語文的方
　　　　　　式來傳遞語文的訊息，運用具體的方式來呈現抽
　　　　　　象的概念 (如：畫心情、畫夢等)。

4.分享活動：請兒童發表成果並做口頭報告，例如：說自編的
　　　　　　故事，是許多能力的綜合表現，含兒童思考的邏
　　　　　　輯、對故事架構的理解、創造與想像力、語言表
　　　　　　達的能力等，都在說故事的活動中展現出來。

5.感官活動：一些與感官有關的主題，可透過感官遊戲，如：
　　　　　　實物操作、隔袋摸物、照相機遊戲、聽錄音帶、
　　　　　　看錄影帶等活動方式，讓兒童運用多重感官來探
　　　　　　索主題，親身體驗個中滋味。

6.摺疊圖畫書：指導兒童製作簡易摺疊圖畫書，並用於創意寫
　　　　　　作，讓兒童擁有自製的故事書，不但可提高學
　　　　　　習的趣味性，也可提高個人的成就感。

7.其它：亦可視主題書的內容，進行剪貼、生活經驗分享、或

　　演劇猜謎等活動。

二、故事類文章的分析：

　　Rumelhart（1975）＆ Thorndyke（1977）是首先提出我們可以用「故事結構法」來表示故事組織的學者。Thorndyke 的故事結構法包括下列一些原則：

　　1.故事是由背景（setting）、主題（theme）、情節（plot）和結局（resolution）來構成。

　　2.背景包括人物、地點和時間。

　　3.主題是由目標（goal）所構成。

　　4.情節包括一些插曲(episode)。

　　5.結局是由事件(event)和狀況(state) 所構成。

　　6.插曲是由一些事件和一些狀況所構成。〔參見：蔡銘津，民 85〕

　　因此，我們在分析、討論故事內容時，可以參考上述原則，引導兒童從故事的背景、主題、情節、結局等不同角度來切入，進行主題書的探討。

陸、教學實例舉隅

<實例一>中年級

　(一)主題書：

　　　書　名：布袋戲

　　　作　者：謝武彰

　　　出版社：天衛文化圖書

(二)本書特色：

　　本書是由二十二篇散文構成三段主題，分別是「阿媽的故事」
~為作者老祖母的悲喜插曲；「布袋戲」~描述農村的生活點滴；「補
蛇記」~作者撿選的童年片斷，饒富趣味。作者用真切與誠意，寫
出三十年前的台灣及可貴的童年。透過作者溫馨和純樸的寫作風
格，彷彿讓時光回轉，打動讀者的心，更能使現在的孩子對從前的
生活留下深刻印象。與眼前生活相對照，我們可以比較出「現在」
和「從前」，「貧窮」和「富裕」，「得到」和「失去」的生活智慧來。

(三)活動設計：

　　1.提問討論：

　　　　(1)請學生說一說自己的名字(含乳名、綽號、英文名……等)，
　　　　　　並討論這些名字的由來、意義及下列問題：〔＜番薯小記
　　　　　　＞之暖身活動〕

　　　　●為什麼番薯和我們的關係密切？

　　　　●還有哪些事物，經常出現在我們的生活中，並和我們關
　　　　　係密切？

　　　　(2)將學生分組(每組二~三人)，並請各組挑選自己最感興趣
　　　　　　的章節，進行討論。

　　　　(3)請各組學生輪流報告討論的結果，其餘同學可提出問題來
　　　　　　共同討論。

　　2.延伸活動：繪畫活動

　　　　(1)請各組學生挑選自己喜歡的主題(習俗或節慶)，並利用圖
　　　　　　畫方式呈現該習俗或節慶的過去、現在、未來景象，亦

可附加文字說明。

　(2)分享各組成果。

<實例二>高年級

　(一)主題書：

　　　書　　名：記憶受領員

　　　作　　者：露意絲·勞里

　　　出版社：智茂圖書公司

　(二)本書特色：

　　　這是一本科幻小說，書中導讀對內容有很清楚的一段概述：「（記憶受領員）的時間設在不可知的將來，地點則是一個彷如烏托邦的社區。社會安然有秩序、沒有罪惡、沒有戰爭、人人分工合作、幼有所養、老有所終。在這似乎一切完美的境界裡，每個孩子到了十二歲，便要由社區長老指定給他們一個終身職掌。書中主角喬納斯得到的任務是最受尊敬的『受領員』，也就是將來傳授者的前身，全村唯有他能擁有對過去歷史的記憶，也只有他會有足夠的經驗、智慧來提供人們正確的建議。

　　　可是，在從傳授者身上接受記憶時，喬納斯才發現：原來世上曾有迷人的色彩、動人的音樂、也有過可怕的戰爭、痛心的生離死別……。對過去了解的越多，喬納斯越無法接受眼前這一個雖平靜卻沒有愛的環境。為了將對過去的記憶分送給大家，他唯一能做的便是逃走。因為傳授者曾告訴他，只有他離開了，他所接受的記憶，才會送回所有村人身上。為了讓人們重享從前多彩多變的生活，他

冒著生命危險，離開了熟悉、安全卻冷然的社區。他逃到哪裡？究竟是成功了，還是失敗了？故事結局並沒有一個清楚的交代，作者將答案留給了讀者，讓大家自己去填寫與延伸。」

　　書的魅力即在於作者所鋪陳出來的故事架構，具有令人反省自身生活的強大動力，讀者在讀完本書之後，不自禁的會從另一種角度，重新來看待習以為常的日子，並從中發掘新意。

(三)活動設計：

　　1.提問討論：

　　　　(1)請學生概述本文大意，並將自己在閱讀過程之中，所產生的問題及想法提出來，教師將之記錄在黑板上(問題及提問者姓名)。

　　　　(2)師生共同就黑板的問題，加以分類，並逐一進行討論。

　　2.延伸活動：創作理想國

　　　　(1)教師將學生分為數組，每組發給全開圖畫紙一張、彩色紙一疊。

　　　　(2)請每組學生自行討論、設計出一個心目中的理想國，並將之呈現於圖畫紙上，含：理想國藍圖模型、規範或律則等。

　　　　(3)請各組學生逐一展示並介紹自己創造出來的「理想國」，別組學生可針對報告提出問題來討論。

<實例三>高年級

　　(一)主題書：

書　名：說不完的故事
作　者：M. 安迪　　　　　譯者：廖世德
出版社：國際少年村

(二)本書特色：

　　這是一本"故事串連著故事"的書，內容敘述閱讀者如何進入
故事中，以及引導故事發展出的新劇情；以內容敘述暗示，故事自
有它連綿不絕、無法羈握的想像空間。故事中的主角培斯提安，是
個非常喜歡看故事書的小男孩。有一天，他在書店發現了一本書：
[說不完的故事]，便情不自禁的被迷住了。而當他看到書中的幻想
王國面臨崩解時，便不自覺的進入故事、涉足其中，成為故事的一
部分，甚至於主導劇情的發展。然而，當他沉溺於故事開創者的同
時，他屬於人類的記憶卻越來越淡化，甚至差點讓他身陷虛無、無
法自拔。最後，幸虧他的書中好友營救了他，讓他終於回到人間，
並以更積極健康的態度，去面對自己的生活。全書藉由高潮迭起的
冒險行動，串連出神奇的想像世界，書中處處驚奇不斷，令人印象
深刻，愛不釋手。

(三)活動設計：

　1.提問討論：

　　(1)請學員概述本書大意，並將自己在閱讀過程中，所產生的
　　　　問題及想法提出來，教師將之記錄在黑板上，再進行分
　　　　類及討論。

　　(2)請學員輪流幫故事中的孩童女王"月童"取新名字，思考

並分享如果進入故事，最想進入哪一個片斷？會希望自
己扮演什麼樣的角色？

2.延伸活動：幻想國遊戲

(1)請學員發揮想像力，創造出一個幻想的人物和情境，並在
圖畫紙上寫(畫)出該人物和情境的名稱、特色、優缺點、
所在場景……。

(2)教師將學員所創作的作品，隨意張貼在牆壁上。

(3)請每位學員欣賞牆壁上的作品，然後選擇二～三個人物或
情境，以自己當主角，寫下自己進入該幻想國的遭遇。

柒、結　語

讀書是蒐集資訊最基本的方法，但如果只讀書而不思考，終會
像常騎馬的人忘了如何行走，這是叔本華的比喻。可見，想要從書
中得到益處，除了「讀」以外，還要主動的去「想」。沒有經過自
己思想的東西，是無法成為日後可應用的資源。而思考貴在提出疑
問，如胡適之所說的「在不疑處有疑」；或是站在相反的立場去思
考。唯有培養孩子自我學習，尋求合適自己的學習風格並挑選符合
自己興趣與需要的材料為基礎，採取反省思考來重整自己的知識與
經驗；對此，讀書會提供了一個良好的示範，使從中產生的網狀學
習，幫助孩子迎向二十一世紀的未來。

捌、參考書目

1. 馮季眉主編（民 86）：1996 年兒童讀物、少年讀物 好書指

南。台北市：健行文化出版事業有限公司。

2. 林意雪（民 87）：童書讀書會的形式與討論。<u>毛毛蟲通訊</u>，<u>102 期</u>。台北市：毛毛蟲兒童哲學基金會。

3. 招貝華譯（民 84）（露意絲‧勞里原著）：<u>記憶受領員</u>（<u>THE GIVER</u>）。台北市：智茂圖書公司。

4. 廖世德譯（民 84）（M.安迪原著）：<u>說不完的故事</u>。台北市：國際少年村。

5. 謝武彰（民 82）：<u>布袋戲</u>。台北市：天衛文化圖書有限公司。

6. 蔡銘津（民 85）：增進學童閱讀理解的認知結構模式。<u>資優教育季刊</u>，<u>61 期</u>，19-24。

猜謎遊戲－對話－討論
－古文經典用於兒童讀書會的嘗試與運作

劉 匡 時

猜謎遊戲－對話－討論
──古文經典用於兒童讀書會的嘗試與運作

壹、前言

　　以往教育中對古文經典的推廣，常是政策性的、視爲語文養成教育的一環、語文素養的指標，或列爲教科書階段性的補充教材，冠以國學常識之名。也有許多人認爲閱讀古文首先會碰上文字解碼的困頓，加上價值信念、生活經驗「今」非「昔」比，純然僅是復古的表現；況且當代經典不乏「新」有「舊」融、以「新」詮「舊」，因此對兒童的古文經典讀書會大多持保留態度。其實讀書會是一個探究團體，除了成員心靈、智性的開放，也應有閱讀題材、討論問題與程序的開放；除非這個讀書會有其特定宗旨、目標，而給予讀物選擇限制的，否則大可不必因爲是兒童讀書會，就把古文排拒在外。

　　而且文學是一種社會文化構作的反應，這種反應和人們的溝通方式，以及每日應用文學來當作媒介的活動有高度相關。使用的語言、文字都與人們彼此間的溝通方式、社會文化背景、思考模式共同聯結成一個龐大的文化網絡。以兒童讀書會形式來閱讀古文經典，這與使用通行的白話文所書寫成（不論是本土或翻譯）的劇本、

小說、故事、繪本…等素材固然大不相同；尤其帶領者與成員們，可能都對那個文化網絡感到很陌生，即使找了一個公認是權威的白話譯本，仍會感到不安。反過來說，陌生的文化網絡也可能使人產生好奇、興趣，運作得當，或許蘊含更多的可能性、更廣闊的討論與探究空間。

貳、設計理念與理論基礎

　　有兩類文學批評理論與古文經典的詮釋有關：一類強調詮釋有其客觀性，肯定作者的創造與文字的權威性；另一類主張詮釋是主觀性的，肯定讀者「再創造」與反應的權威地位〈註 1〉(陳燕谷譯，民 83)。前者像是解謎，後者好比創作。有部分兒童讀書會的運作、形式、討論，已經漸漸地由前者趨向後者：由分析作者寫作的目的、作品的結構與章法、修辭技巧、風格特徵，甚至於追溯作者的寫作史…等；轉而把焦點放在讀者對作品的直觀印象、個人經驗的感通呼應，自由詮釋、尋找對自己特有的意義上。Lipman 等人(1980)也認為閱讀討論一本書時，作者無法把意義傳達給讀者，但是讀者可透過參與和對話的過程，為自己找出意義。古文讀書會因為使用的是成員並不熟悉的語文系統，甚至相同文字的用法與內涵互有改變的情形；所以意義的提取不是直接的，而在稍有理解之後產生，似乎在上述兩類型之間擺盪。既不像解謎，又不像創作，倒像是在玩遊戲——一個有規則可循，卻能盡興的遊戲。

　　若我們把古文轉換成白話文字的過程當成是解碼，則閱讀古文好比是猜謎遊戲。美國閱讀教育兩大取向之一的「全語言」論者〈註

2 〉Goodman(1970)曾說:「閱讀是一種心理語言的猜謎遊戲(a psycholinguistic guessing game)」,全語言論者認為幫助兒童閱讀至少應注意兩點:(1)閱讀材料需對兒童有意義,或有潛能來理解。(2)應讓兒童安心地對閱讀材料做預測,即使錯誤也無妨(曾世杰,民 85)。全語言論者並且強調:因為個別的先備經驗及興趣不同,兒童可以自由選擇讀本,使全語言重視的「意義」彰顯出來;閱讀就像口語可以自然習得,閱讀所需的基本解碼技巧,應留待兒童自行發現,教師不給予特別教導;兒童應掌握獲取意義的途徑主導權,不應受到純粹階段發展論的限制。然而仍有部分學者對此提出質疑:(1)兒童經常不能自行發現解碼技巧,(2)解碼雖然沒有問題,但是因為不具備與閱讀材料的相關知識,仍無法讀懂。對此,讀書會所重視的合作、討論的態度與能力也就更加重要了。

維高斯基提出了「最近發展區」的概念〈註 3〉並主張個體間的合作關係,是彼此分享經驗的歷程,個體的發展就在分享歷程中進行。在合作過程中,不僅雙方的知識、技巧因交流而增強(促進最近發展區的發展);也能再次反省、整理,重新應用已具備的思考與能力(提升實際發展水準)(陳鴻銘,民 80)。維高斯基的發展理論引導後來的研究者去檢視學習與認知系統的改變:Palincsar(1986)也認為對話互動扮演了引發個體潛能、促進高層認知發展及內化遷移的支持性角色。McNaee(1990)進一步提出,思考的改變是一種分享團體歷程的功能,而不僅僅是個體思考如何思考的交互作用而已。而Resnick(1991)以社會分享認知的觀點提出了情境學習的主張,重視個體在社會認知脈絡中與他人合作互動來建構發展屬於自身知識的學習歷程。(許家驊,民 87)

　　在此所談的古文經典讀書會是一個與作品對話且成員合作討論的探究團體。這裡的「對話」可以理解爲一種閱讀的轉義（植根於文本，且強調讀者的反應、接受與判斷）。「探究團體」是基於合作原則組成，因爲合作有助於人的思維活動：探究的過程中，以對話的討論方式進行（在此對話並不是「蘇格拉底式的對話」〈註 4〉而是智性與程序都開放了的交談方式），大家彼此尊重、共同思考問題、解決問題，最後學生能整合自己的先備知識，建立新的信念。消除困惑的同時，學生也學會了自己學習，並爲自己思考；進一步能學會尊重合作、容忍差異。這種動態的學習過程會讓兒童逐漸內化爲自己的思考習慣，從一個依賴的讀者，逐漸變成一個能自我控制閱讀歷程、自我修正成長的讀者。

參、讀本挑選原則與考量

　　古文經典通常採取三類呈現形式：一類是只標上注音(或再加上註解)的讀經本；第二類是注音外又附加白話翻譯內容；第三類是省略原本的古文，直接呈現白話翻譯內容，甚至連內容部分都進一步改寫過。低、中年級組可以採取第三類讀本爲主，第二類爲輔；高年級組可以採取第一類讀本爲主，第二類爲輔。低、中年級組以採取白話文書寫的故事爲主，以免立即陷入閱讀解碼的問題；高年級組則可以嘗試直接閱讀古文，允許大膽地猜測文意。至於古文白話對照的讀本，因考慮高年級組成員會過度依賴，或在文章脈絡中直接找線索時會受到干擾，只作爲參考用途。

　　讀本的選擇在初期可先由帶領人指定或推薦，等成員們有些許

古文閱讀經驗，或者等到讀書會的運作比較成熟後，再由成員共同推薦、評選、決定。如果讀書會的宗旨或目標並沒有鎖定某一類古文經典（如唐詩宋詞）或專門討論某個讀本，則可以多採用來自不同讀本的單篇內容。以往有些古文讀書會採用同一個古文的不同白話譯本，作為版本對照，探討文字的轉換形式；但是這裡所談的讀書會比較重視思考性的討論，所以僅是將古文作為討論的引子，不需刻意涉及文字形式的部分。通常成員對愈早期的文章愈陌生，先秦比兩漢、兩漢比宋明在文字上的隔閡多一些；但是有相當多的早期古文，其實意義很有趣，因為它們發揮各自的創意、討論的觀點也毫不受限。反倒愈接近現代的古文，或受到形式主義的薰染，或者議論重於討論，反倒不太適用。

有幾個原則可以作為內容挑選的參考：(1)思考性：蘊含豐富的思考空間、許多可供討論的概念鋪陳或交錯其中。(2)新奇性：呈現豐富的想像力或與現代生活模式有較大差異可供對照。(3)主題閱讀：把相類似的內容延續數次出現，或同時在一次討論中搭配呈現。(4)代表性：屬於某一類題材的經典作品，或在歷史脈絡中具有轉折、關鍵地位的作品。(5)順序性：符合歷史的、主題的邏輯發展順序。(6)依據帶領者個人喜好所選擇的內容，或許有助於討論。(7)來自成員或其他讀書會的推薦書單。

肆、討論進行的步驟、方式與策略

古文讀書會多數採用不同類的單篇古文為材料，而且每次僅討論一篇，對於單篇過長的古文，則可以選取其中一、兩段討論；即

使只討論某個讀本，也不一定要按讀本的篇章順序實施。低、中年級組可以每週實施一次，每次一小時；高年級組也可相同，或者每兩週一次，每次兩小時。進行的方式大約分成兩段：前一時段以「討論古文」為主，讓成員就內容提出問題、釐清問題（通常與問題分類的策略合併實施），並加以討論。後面的時段則設計與討論的概念、內容有關的「延伸活動」，例如：角色扮演、即興演劇、彩繪拼貼、創意編寫、分享活動、遊戲…等。

討論的大致的步驟是：共同閱讀文章的一段情節（低年級可由帶領人像講故事般讀給成員們聽），由成員們找出要討論的問題（包括感到有疑問的細節、弄不清楚的語句、不同的觀點或評論…），把問題寫下來，並請成員指認有沒有誤寫；藉著詢問要求釐清自己究竟想問什麼，然後才是解釋與討論。值得注意的是，對低年級的述說故事應採取「插嘴式」的說故事方式：也就是一邊敘說，一邊邀請成員共同建構故事的細節與發展。一方面成員在無對錯的壓力下，盡情分享經驗、發揮創意、豐富故事，另一方面也為爾後的討論提供練習的機會、能力的準備。

提問題的形式可以多方嘗試：個別提問、或由小組提問根據概念來提問；由帶領者、或由提問人抄寫問題、還是寫在紙上而後公布；先寫問題再分類、或先提出主要概念再根據概念來提問。就分類而言，常見成員對問題採取：範疇的分類（都屬於…的問題）、關聯的分類（與…有關的問題）Nealey & Nist 也補充三種不同理解類型的問題：(1)文中明示的問題（文章中直接提到的部分）(2)文中隱含的問題（文章中隱約提到，但需經過進一步推論的部分）(3)涉及個人經驗的隱含問題（讀者自行聯想產生的部分）。每一個提出

的問題都可以參考上述類型，由成員們進行分類，然後可以選定某一類來討論。

討論的兩大主軸是：反覆釐清自己想問或說什麼，並持續與他人有意義的對話。在討論中，帶領人扮演的角色是維持討論程序的開放；並鼓勵成員的觀點相互激盪，拾取對話中的片段來鑲嵌、構作自己的觀點，達到一種智性的開放。帶領者也需適時運用「連」（把不同的意見串連產生關係）、「斷」（意見表達清楚後可適時打斷）、「點」（凸顯被忽略的重要觀點）的技巧來介入討論，但不主導討論。

伍、教學設計實例

許多古文經典都是兒童讀書會常用來討論的材料：山海經、論語、孟子、莊子、列子、韓非子、史記、呂氏春秋、戰國策、世說新語、鏡花緣…等。可以依需要從中挑選使用。在此試舉一些實例：
實例一：

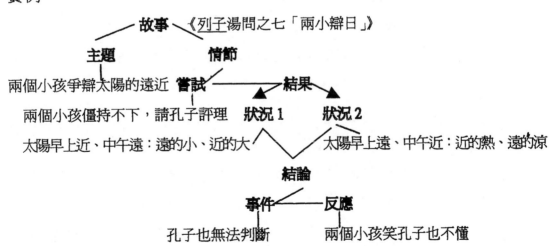

【內容特色】

「兩小辯日」這個故事是一個思考實驗的典例：兩個小孩各自提出判準，並且咬住判準，分合挪移觀念；有趣的是，在判準不同的情況，各自對應的解釋也都看似正確，並且符合我們所相信的經驗法則（近大、遠小與近熱、遠涼），然而這兩個解釋卻正好相反。另外在世說新語夙慧之三「長安遠不遠」，有一則相似的思考實驗，同樣與太陽遠近有關，也可以和本篇文章合併討論。與前一篇「兩小辯日」的不同處在於：「長安遠不遠」裡的晉明帝分別使用「客觀推論」與「主觀情感」兩個判準來說明太陽的遠近；而前面兩個小孩都使用「物理性質」來作判斷。帶領者可先行製作結構分析圖（如上頁圖），便於做課前準備及討論筆記的藍圖。

【活動設計】

(A)提問討論：

(1)成員嘗試猜測文意，自行記下問題。

(2)請某位成員嘗試翻譯，同儕共同協助、補充；遇到有爭議的部分，可以直接討論各種詮釋的可能性。

(3)成員提出問題，帶領者將之姓名寫在黑板上。並適時釐清、炒作分類。

(4)選定問題、逐項討論。

(B)思考實驗：「正反國」

(1)設想一個奇特的國度，各種正反對立的現象可以同時存在。每位成員可以選定一至三種正反現象來描寫，但須附上說明，給予一個合理的解釋。例如：「熱縮冷脹」

所以太陽看起來遠（小）卻熱（近）。

(2)也可以組為單位，繪製或拼貼一個正反國，原則同上。

(3)分享或展示自己的正反國。提出解釋的同時，同儕也
共同協助怎麼幫他(她)自圓其說，例如：改變一種規則，
使兩種相反的現象並存。

【參考使用】一、世說新語夙慧之三「長安遠不遠」：

年幼的晉明帝坐在晉元帝膝上。有人從長安回來，元帝便
詢問有關洛陽的消息，邊聽邊流淚。明帝問說：「你為什麼哭
呢？」元帝便把渡江的事說了。

然後元帝故意問他說：「你知道長安和太陽哪一個比較
遠？」明帝回答：「太陽遠啊！只聽說有人從長安來，卻沒聽
過有人從太陽那邊來，所以就可以知道了。」元帝感到很驚
訝。

第二天大宴群臣賓客時，元帝又把昨天的事說一遍，於是
故意再問明帝。不料這次明帝竟回答：「太陽近哪！」元帝大
驚，趕緊問他：「你怎麼和昨天說的不一樣呢？」明帝說：「我
抬頭就看得見太陽，卻看不見長安哪！」

二、先有雞還是先有蛋：

先有雞→雞生下蛋。先有一隻動物被稱(命名)為「雞」，
牠下「蛋」。

先有蛋→蛋生出雞。依照細胞發生學的觀點，先有單細胞
(蛋)，才有多細胞(雞)。

實例二：

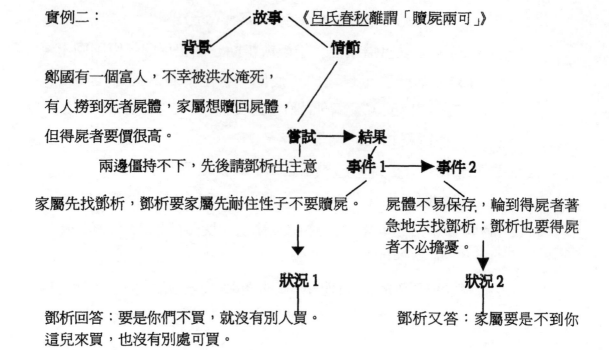

故事　《呂氏春秋離謂「贖屍兩可」》

背景　　　　情節

鄭國有一個富人，不幸被洪水淹死，
有人撈到死者屍體，家屬想贖回屍體，
但得屍者要價很高。

嘗試 ━━▶ 結果

兩邊僵持不下，先後請鄧析出主意　　事件1 ━━▶ 事件2

家屬先找鄧析，鄧析要家屬先耐住性子不要贖屍。　　屍體不易保存，輪到得屍者著急地去找鄧析；鄧析也要得屍者不必擔憂。

狀況1　　　　　　　　　　狀況2

鄧析回答：要是你們不買，就沒有別人買。
這兒來買，也沒有別處可買。　　　　　鄧析又答：家屬要是不到你這兒來買，也沒有別處可買。

【內容特色】

　　「兩可贖屍」這個故事提到鄧析用「兩可」式的答辯，回覆利益相反雙方的諮詢。「兩可」其中一種含義是兩邊都可以，也就是這邊取一點、那邊取一點，折衷主義式的詭辯。曾經有個小故事是這樣說的：有個慧黠的小孩想要為難村裡的智者，他用雙手把一隻鳥握住，藏在身後；然後問智者，這是隻活鳥或是死鳥？小孩心裡暗想：如果智者回答活鳥，他就把鳥掐成了死鳥；如果智者回答是死鳥，他就立刻鬆手讓鳥當面飛走…。智者看著小孩，略想了一下，回答：「鳥的死活就在你的雙手之間！」這故事似乎對於嘗試破解「兩可」的僵局，提供一個新的思考面向。

【活動設計】

(A)暖身活動：完成故事

　　(1)先請一位成員嘗試翻譯，再由同儕共同協助、補充文義，
　　初步獲得理解。

　　　(2)以個人或小組為單位，自由採取有力於家屬或得屍者、
　　　鄧析甚至不偏向任何一邊的角度，編寫故事結局。另一
　　　種方式是指定各組採取的立場，使這四種情形都能被考
　　　慮為故事的發展方向。

　　　(3)各組發表不同的故事結局。

(B)提問討論：

　　成員共同針對原本的故事情境及各組新編的故事發展，自由提
　　問或抒發感想。將提問者的意見逐條記名寫在黑板上，並選
　　定問題、深入討論。

　　(C)延伸活動：

　　　(1)以三至五人為一組，參考討論過的故事片段、一個場景，
　　　編排成劇。

　　　(2)各組若不選擇演劇，亦可利用書面紙，採取漫畫或圖畫
　　　書的呈現方式。

　　　(3)各組輪流分享成果。

陸、注意事項

　　一、異質的、混齡的讀書會，因為經驗的多樣性，對討論也有
幫助。所以低、中年級可混組，中、高年級亦可併組實施。

二、閱讀或翻譯，見到有的字，如果按字面上的意義講不通時，就要考慮這個字是否為通假字〈註 5〉。但是帶領者也不必急著說明，允許成員猜測，保留各種解釋的可能性；並鼓勵成員對各種可能的猜測，提出假設、自圓其說。倘若由此衍生的討論只在字義、定義上僵持，帶領者可適時說明、澄清。如果討論的層面很豐富、有趣，「標準答案」的介入，反而無益於討論。

三、決定討論哪一類題目時，偶爾也會讓帶領人產生困擾。不要只採取投票表決的作法，應多嘗試不同的方式（平日較少發言者、還沒有提問的成員，都可邀請他(她)們表達意願；但切忌別造成對沈默者的壓力）。

四、尊重同伴是合作思考的重要條件。在合作思考的過程中，應該讓參與討論的成員瞭解，即使別人的觀點我不感興趣，也不要消極抵制或輕易中止討論的進行，否則可能會失去獲得新觀念的機會；相對地，即使同伴不感興趣，也不要輕易放棄自己的主張。〈註 6〉(陳鴻銘，民 80)

五、帶領人也是討論成員的一份子，自然有權表達個人意見，只是不應企圖掌握討論主導權；討論時想要做到價值中立，只怕不可能也不必要（試問，不帶個人色彩的「客觀」如何達成？）。討論過程中也不要故作開放超然狀，或暗示、或用舉例，讓人感到若有似無對觀點的褒貶。

六、此外，說故事的時機不要只選擇在兒童犯過錯時，以免淪為懲罰或說教的手段。很多學生抱怨每次他(她)們只要犯了錯，老師就會說一個故事，然後若無其事的問：「…你(妳)們覺得呢？」令他(她)們倒足胃口。

　　七、帶領人的自我成長也應列入考量。一些具體的方法是與其他讀書會或成長團體相互交流；即使來自性質、類型不同的讀書會帶領人，也可以共組讀書會激勵成長。尤其是討論走向的記錄更有助於自我成長。

柒、評鑑

　　Sharp(1990)提出十七項認知特徵，可作為兒童是否良好地參與探究團體的行為指標：(1)詢問相關的問題(2)避免籠統地歸納(3)要求提出支持的證據或理由(4)發展當作解釋的假設(5)能辨識討論脈絡間的差異(6)能延伸同伴的想法(7)接受合理的批評(8)樂於瞭解更多不同的觀點(9)尊重他人與他人的權利(10)適時提供恰當的類比(11)試圖澄清看似恰當的定義與概念(12)汲取相關的區辨與聯繫(13)以令人信服的理由，支持所提出的主張(14)能提供實例與反例(15)尋找潛在的假定(16)展現有效的推理(17)提供恰當的判準。這些指標不僅可以用來檢視讀書會討論的成熟度，另一項重要的意義是可以幫助帶領者反省自己的帶領風格。

　　有些帶領者或許認為製作一套完整的檢核表，使用作為每次討論成果的指標；然後以記錄全學期讀書會的發展史，似乎就已足夠。然而我們不禁要問：「這種將個體的單項能力自環境脈絡中分離出來的評量模式，是否真的可以讓我們對這項能力看得更清楚？」或者「能力的評量是否應同時考慮在環境脈絡中產生的變異，而納入環境脈絡的影響因素？」在此我們建議：**一次只需檢核幾個項目即可，真正需要的是關鍵的問題（**偶發切入的重要問題，卻不一定被

凸顯而討論到）**及討論走向的記錄！**

捌、結語

　　一九九五年底，聯合國教科文組織發表一份「迎向二十一世紀的教育」,而其中現任主席 J.Delors 發表的「教育：必要的理想國」再次強調規劃學習型社會以開展終身教育的必要；並指出學習型社會建立在四大支柱上：學習如何相處，學習求知，學習實踐，學習自我實現。讀書會正是符合四項目標的一種具體措施，也能緩和知識領域擴張與人類理解力有限的緊張關係。況且訊息的來源豐富、隨處可得，網狀式、互動式學習也勢必取代以往的單線式、傳導式學習；學生透過讀書會的自我學習、合作思考，並在閱讀古文中開拓獨特的思考場景、討論空間，也是一種新的嘗試。

玖、註釋或附錄

〈註 1〉前者代表人物如 E.D.Hirsch 認為；詮釋必須強調重構作者的意圖與態度，這樣才能指導與規範對文本之意義的解釋。後者如 N.N.Holland 強調：一切閱讀都只能是讀者的複製；又 S.Fish 提出：讀者的認識活動決定一切─我們「撰寫」我們所解讀的文本。另外有 W.Iser 指出一種新的讀者與作品的「對話」關係：既植根於文本（生產美學─讀者與作者參與生產），又強調讀者的反應（反應理論）、接受與判斷（接受美學）；似乎補強了上述兩類觀點。

〈註 2〉此兩大取向是全語言取向(whole language approach)及語音法
取向(phonics approach)（或稱強調解碼(code-emphasis)取
向）。全語言將書寫文字視爲一種自然語言，其習得和任
何自然語言並無二致。語音法則認爲自然語言有其生物基
礎，書寫文字則否；也就是閱讀的解碼不是自然可以習得
的，不瞭解文字與語音的關聯就無法有效閱讀。前者以認
知心理學的建構論爲基本假定，後者則以認知心理學的訊
息處理論爲基礎。

〈註 3〉維高斯基(Vygotsky 1895-1934)提出的「最近發展區」(zone of
proximal development)概念可界定爲：在兒童「由獨立解決
問題所決定的實際發展水準」與「透過成人引導或同儕合
作下的問題解決，所決定的潛在發展水準」兩種水準間的
差異。並認爲可以透過合作活動來清除這種差異。

〈註 4〉蘇格拉底式的對話，其實包含極強烈的目的，所有的傾聽
與引導，不外是爲達到目的而採行的策略；換句話說，是
一種扮豬吃老虎的說服方式(楊茂秀，民 86)。

〈註 5〉通假就是兩個讀音相同或相近的字可以通用，或這個字借
用作那個字。有人認爲是古人因缺乏字典而寫的錯別字。

〈註 6〉要達到同儕間合作的效益，必須注意下列條件：個體必須
能覺察各種不同的意見；同時對其中的差異有進一步探究
的興趣；而在探究彼此意見的差異與評判價值的過程中必
須保持彼此的交互主體性(intersubjectivity)。

拾、參考與建議書目

鄧育仁(民 85)：思考手冊。台北市：毛毛蟲兒童哲學基金會。

林意雪(民 87)：童書讀書會的形式與討論。毛毛蟲通訊，102 期。台北市：毛毛蟲兒童哲學基金會。

許家驊(民 87)：從社會互動認知建構觀點探討動態評量在評估認知監控潛能上的應用性。初等教育學報，11 期。台南：台南師範學院。

朱業顯(民 87)：文言語譯。台北市：書林。

陳鴻銘(民 80)：合作思考與認知發展上、下。毛毛蟲通訊，11、12 期。台北市：毛毛蟲兒童哲學基金會。

陳燕谷譯(民 83)(E.弗洛恩德原著)：讀者反應理論批評。板橋：駱駝出版社。

曾世杰(民 85)：全語法和語音法背後的心理語言學假定。中國心理學會通訊，30 期。嘉義：中國心理學會。

楊茂秀譯(民 79,87)(G.B.馬修斯原著)：哲學與小孩。台北市：毛毛蟲兒童哲學基金會。

楊茂秀(民 86)：思考實驗與思考歷程的瞭解。張昭鼎紀念研討會─科學創意論文集，未出版。

吳宏一(民 78)：讀古文想問題。台北市：中央日報出版部。

談知識性類型的讀書會

杜　明　城

談知識性類型的讀書會

前言

晚近全國各地的學校機關、民間團體和企業組織等等，或是為了知識與美感的追求或是要深入探討特定的課題，或者是基於功能性的目的，紛紛籌組各種類型的讀書會。教育部、文建會和各級設教機構藉力使力，倡導有加，使讀書會蔚為風潮。這種讀書運動的成效如何，尚有待評估。但做為一種個人生活的自省，對電視文化的反制，以及社區的凝聚力量，讀書會的好處多不待言。然而，讀書會組成容易，執行困難，要長久持續更是難上加難。主管心血來潮、或個人一時意氣，加上三五好友助陣，一支讀書的團隊，隨時可以倉促成軍。灑過一陣即興的雨，也會長出一地的草菇，但這一簇簇的菌類，多的是短壽易凋，經不起日射的。筆者曾數次參與學術類型的讀書會，每次持續的時間大致為一年，雖然都是在學術環境中進行，但主題與做法皆有不同。從那幾次經驗中大致可以歸納出幾項讀書會運作的原則。

讀書會的經驗

第一次是在美國的洛杉磯，那時有一位朋友在加州大學（UCLA）攻讀社會學博士學位，正在準備資格考。我們幾位朋友對社會學的國家理論都感興趣，於是每星期一次約好到他的住處陪

他讀那科目。我們要讀的期刊資料全部由他安排準備，洛城幅員廣大，交通頗為費時，每次聚會約三小時，如此持續了大約半年。唸學位的朋友對該領域的論文自然比我們熟悉，所以當然由他主持討論，我們固然可以從中獲得新知，他也可以從我們的辯難中補足自己思考的盲點。

隨後我們舉家遷到美國中部一個大學城，那裡台灣來的學生約有百來位，大致都是研究生。彼此住的地方相距不遠，平常也沒有什麼好去處。我發起一個沒有特定主題的讀書會，成員來自各不同科系，有讀傳播的、有學經濟的、有搞歷史的、有教語言學的、有的主修特殊教育、也有的專攻社會學。我們八、九個人，每二個星期聚一次，每次由參加的朋友針對他的專長，或是那時他所特別關切的主題提出專業性的報告，除讀書外，也有點家庭聯誼的性質。由於主題並沒有固定，以及留學生生活上的流動，中間時有新的成員加入或退出。這個讀書會延續了整整一年，直到我離美返國為止。

我回國以來就住在台東，一直覺得這裡是組讀書會的好地方。台東的社區型態對外交通不便，生活也相對單純，邀幾個同事讀讀書並非難事。大家都在師範學院教書，選定的主題自然和教育有關。我們共成立了兩個讀書會，我負責的這一邊主題為質性研究法，原則上每二星期聚會一次，時間訂在參與的十位同仁有共同空堂的時段，偶爾改到星期六討論。閱讀的材料由我提議，但讀的順序大家共同決定，由英文閱讀能力較佳的老師輪流擔任主持人。我們暑假期間暫停，斷斷續續進行了兩個學期，主要是大家的工作突然忙碌起來了，待時機合適應可以隨時重起爐灶。

　　最近我指導一個大學生的讀書會，主題是兩性平權與新女性主義。我為他們開列的書單依閱讀順序是西蒙‧波娃（Simone de Bouvoir）的〝第二性〞計三卷；維琴尼亞‧伍爾芙（Virginia Woolf）的〝自己的屋子〞；還有葛蘿莉‧史坦恩（Gloria Steinem）的〝內在革命〞。開始時有二十幾位女同學登記參加，訂每兩星期討論一次，每次的進度大約是一本書的半冊。到第三次討論時人數就已減為十人了。目前進行到第七次，每次維持在八、九人之譜。除了前兩次我做示範導讀第二性的第一卷外，其餘由學生認領她願意擔任討論人的部分。學生生活較單純，而且讀書會純屬自由參與性質，在時間的安排應不會有太大的問題才是，結果實行下來發現並不是那麼一回事。

　　這幾次讀書會的經驗都不算很成功，首先是持續的時間不夠長，頂多一年而已。有的是因為交通上的不便，有的由於生活上的流動，這都無可厚非，但是時間沒有做到最理想的安排也是主因，只要成員們都費點心，這個困難其實還是可以克服的。還有就是參與者間的付出並不均衡，負擔太重或是只來出席，到後來都會形成壓力。讀書會當然具有聯誼的作用，但最主要的目的仍然在增進知識。最常出現的狀況是討論到某一課題時，常流於自由交談，發表個人意見而已，沒有什麼知識上的根據，如此則使進度遲滯不前。我們雖已盡克制之能事，但仍然沒有辦法完全免俗，以致到後來聯誼的目的是達到了，但距我們開始時訂定的知識目標仍有一段落差。

讀書會的幾個要項

■人數

　　筆者自上述經驗歸納出幾點結論。首先，就參加的成員來說，人數不宜太多，七到十人應當是很理想的數目。剛開始報名的人多，發起人也不用高興的太早，十人以上的讀書團體，參加的成員很難有充分的互動，必然有人因有疏離感而退出。真正把讀書會擺在生活首位的人不多，而外務又在所難免，缺席幾次就自請出局了。幾次下來，仍能繼續撐持下去的人數就是那麼多，也只有這樣的人數才能做有效的討論。至於成員在五人以下，則又過於單薄了，乍看之下似乎容易掌握，有較大的彈性。但是就團體動力的觀點來看，缺乏強力的集體激盪，到後來就不了了之了。在理想的狀態下，參與的人員知識水平要相當，這不表示教育程度要類似，同質性太高未必是好事。但至少在成員中要有三位對讀書會有同等的熱心，運作起來才會順暢。

■時間

　　其次，時間的間距要恰當。每月聚會一次的讀書會是鐵定不會有什麼成效的，就像車子久不發動，電池的電都耗光了。就算兩週一次亦嫌太長，仍不免有一曝十寒之憾。猛然想到隔天又要聚會了，臨時苦讀應卯一番，掃興之情油然而生。最理想的安排是每週一次，寧可進度放慢，讓知識之火溫溫地熬。如此，就算因故缺席也不致於落後太多，感到厭倦。對多數人而言這似乎是太過密集了，但這是態度的問題，也是習慣的問題。讀書討論盡可以是賞心樂事，輕

鬆以對，但一定要嚴肅地看待。如果每週二、三小時的時間都騰不出來，讓它在生活中占有一席之地，那無非是打從一開始就認定養不起習慣，尙未開戰就早已備妥了降旗，難以爲繼也就在所不免了。

此外，聚會時間的長短要合適。通常二小時都會不夠用，而超過三小時又會形成壓力，留點彈性，但要折衷。除非參與者皆沒有家室牽掛，不然很少人會把討論安排在週末。平常週日晚上的時間又很急迫，成員不是遲到就是早退。這在讀書會成立之初應該做個簡單的規範，形成團練的共識。筆者認爲，寧可讓成員有必須早到的壓力，也不要讓他們每次都"意恐遲遲歸"。七點或七點一刻開始，不能再更晚了。討論到入港，看看錶「噫，才八點」那種感覺是挺好的。否則，有時要到九點才開始進入狀況，就覺得那個晚上差不多要泡湯了。早點開始，才有可能彈性運用時間，延伸出來那部分就像是賺到一樣。

■分工

讀書會的每一位成員都應分擔點工作。這有其心理上和功能性的考量。自認爲對群體當有所貢獻的人較不易脫隊，而且有些零碎的工作不能老是偏勞那一、二個人。人皆有惰性，不太想來的時候就會推說忘記，所以必須要有人專責聯絡、提醒。要有人準備茶水、咖啡，但要簡單，以免流爲談話會。也要有人幫忙訂書、印資料、管理經費等等。讓每位成員都分到一點工作，有助於團體力量的凝聚。

■主持人的運作

　　任何讀書會通常都會有一、二位知識領袖來引導閱讀的方向，並且設定進行的節奏等等。他們用心的程度直接影響到讀書會的成敗。筆者認為主其事者應該隨時衡量幾件事情。首先，主持人雖有必要主導讀書會的運作，但不宜讓成員覺得他們在主宰一切。經由民主程序形成一些共識是有必要的，如此才能進行的順暢。過於強勢則會令參與者感到自討沒趣。參加讀書會，多少要懂得與人為善，主持人在知識上有些優勢是必然的，但這應該避免表現到讓其成員難堪。這種知識上的自負，表現在書籍的選擇往往就是陳義過高。筆者就曾見到一個剛剛成立的媽媽讀書會，書單上赫然有喬埃斯（James Joyce）的〝尤利西斯〞三卷。主導與主宰的分際如何拿捏，應該是主持人應先思考的要務。

　　讀書會要如何讓參加的成員在嚴肅中不失輕鬆，對主持人是一項重大的考驗。嚴肅則使人忘而卻步，輕鬆則易流於散漫。最上乘的境界是讓參與人愉快赴會，滿載而歸。主持人未必個個都能言善道，但要注意莫讓討論的氣氛緊繃。時間的掌握很重要，那要事先熟習閱讀的材料，並且對於要點有了腹案才能舉重若輕。最後還要對討論的內容做個綜合結論，與會者才會覺得有了"具體的"收穫。在討論的主題被岔開時，主持人要適度將其拉回來，不能老是任那一、二位在那裡天馬行空。讀書會的大忌在於到後來個個逞口舌之便，游談無根，流為意見發表會。但筆者見過的讀書會還有比這更糟糕的，而且為數不少，那真是既嚴肅而又鬆散。只見滿坐愁眉苦臉，言者諄諄，卻又不知所云。這通常和主持人的功力有關，不然就是他根本就沒先弄懂題旨。如果沒有人讀得懂，或者根本就是半讀半猜，那肯定是挑選的書出了問題，應該要重新考量讀物是

否恰當。

　　主持人既然有些知識上的優勢，他的自我要求也應該要相對提高。也就是說，他閱讀的領域要比別的學員廣闊，不能只和別人同樣讀那一本。譬如，如果他要帶讀海明威（Ernest Hemingway）的〝老人與海〞，他最好還要讀讀海明威的〝戰地鐘聲〞或〝尼克的故事〞等。可能的話，他附帶還讀讀梅爾維爾（Herman Melville）的〝白鯨記〞，康拉德（Joseph Conrad）的〝黑暗的心〞，或是邏狄（Pierre Loti）的〝冰島漁夫〞等主題類似的海洋文學名著。如此一來，主講人就具有更大的縱深來引導議題了。

■書籍選擇

　　書籍的選擇首先要考量是不是務實，有沒有循序漸進，除非是純學術性的讀書會，不能過於艱澀難讀，但也不應該淺到不需要討論。流行的讀物大都不易通過時光的篩選，可暫時捨棄不顧。各個領域的經典讀物就已讀不完了，何必去遷就三流的作者呢？一般人有一種誤解，以為名著就必然是難以下嚥的，看作者是司馬遷、孔尚任、柏拉圖、佛洛依德、歌德、屠格涅夫就先望而卻步了。殊不知傑作之能迷人正是由於其作者有可親之處，而且大都文彩動人，才能歷久不衰吸引那麼多讀者。林語堂認為學校用的教科書都不能算是書，因為裡頭的知識是被切割的。書寫的文字被印成精美的圖書後，無形中會產生一種權威的表象。選書時不要為知識的流行所惑，要盡可能挑一流作家的原典。

　　讀書會的型態不一而足，有媽媽讀書會、社區讀書會、教師讀

書會、新女性讀書會、同志讀書會‥‥等等。有的單看名稱就知道
他們的興趣何在，有的則要看是不是剛好有某一領域的知識領導人
而定。有些讀書會是功能取向的，希望能藉此解決若干特定的問題。
有些是休閒性的，藉這類聯誼活動增進一些生活的樂趣。有些則純
粹是知識性的，充滿以文會友的理想。不管讀書會的旨趣爲何，其
擬定的書目應該有一套系統，至少要有個章法。不然，每個人各提
一本他自認爲的好書，雖然一樣可以琳琅滿目，但卻不過是像散兵
游勇，只能打打游擊，火力無法擊中。不但解決不了功能性目標，
時間稍久就覺無味，更不用說達到什麼知識性的樂趣了。

■系統性書目

　　系統式閱讀最大的好處，在於讓我們對探討的主題能採取研究
的態度。縱使未能一窺事物全貌，至少也要能掌握其梗概與旨趣。
然後要像耕田一樣，一畦又一畦地往鄰近的農地墾殖。幾年下來，
好一片收成！主事者若是不擅此道，應請人幫忙，並且務必在第一
次聚會時說明選書的依據。如此大家不但不致於對自己的閱讀感到
茫然，而且還能帶著一些觀點來讀。系統式的閱讀有各種不同的取
向，可以是以作者爲主的，可以是環繞某一課題的；可以集中在某
個時代，也可以專注在一門學科，或是純粹功能性的目標。每種取
向都各有長處，我們先從最後一項談起。

■功能取向

　　功能取向的讀書會通常是目標最爲明確的，而且在時間上有清
楚的期限。這種讀書會動力較強，但壓力也較大。由於讀書的目的

不純，而書籍也非自己所能決定，所以樂趣也較少。幾個大學生約好準備研究所考試就屬這類性質。考試的內容大多脫離不了教科書的範圍，而絕大部分的教科書又都枯燥乏味，甚至內容空洞，參加讀書會至少可以讓自己維持住擬訂的進度，和別人一起"熬"下去。書籍的選擇自然是依考試科目而自成系統，而書單則是打聽考試"趨勢"匯集來的。所以，表面上看功能性讀書會的書單似乎沒有多少自己的空間，實則不然。試考的好不好當然取決於應答，但同樣的教科書、筆記，誰不會讀？那只能算是基本讀物，必須在某學科有更深一層的閱讀，對學說有深刻的理解，應答時才能得心應手，讓閱卷人看出實力。考試科目的教科書讀個兩本也就可以了，此外，應再挑一點更深奧的。譬如，要是你讀的是教育心理學有關兒童語言學習的部分，儘管教科書歸納的很清楚，仍然需要讀理論心理學，看有關語言發展的部分寫些什麼。讀到兒童性概念的發展，不妨找佛洛依德的〝性學三論〞來補充。如果你讀的是教育哲學有關杜威的那一章，應該附帶讀讀他的〝經驗與教育〞。乍聽之下，這似乎有點節外生枝，溢出功能性的考量了。沒錯，在時間緊繃的狀態下，書目的確不能漫無節制的擴張。所以，我們也只能挑最重要作者的最精簡著作。花一部分時間在那上頭絕對不能算是浪費，那會讓你在因應功能性目標時發揮意想不到的優勢。

■學科取向

學科項目取向的書目與功能性目標有個類似之處，就是範圍頗為明確。一門學科有那些重要的入門書，有那些經典傑作大致不難有個共識。譬如，如果大家選定的學科是社會學，應該能同意 Anthony

Giddens 的〝社會學〞上下兩卷深入淺出，適合初學者；若要讀人類學，則大概也會承認 Roger Keesing 的文化人類學三卷是教科書中的權威。這兩本書的篇幅很長，能分別用半年的時間讀完就算功德圓滿了。如果選的學科是中國哲學史，則不妨考慮先讀淺顯有趣的，像吳怡和張起鈞寫的〝中國哲學史話〞。入門書要能讓讀者掌握學科的全貌，而且絕對不能生硬。因為要讓讀者打下學科基礎，進度慢些是可以接受的。基礎有了，再來讀學門中的專書就倍覺親切。心中對某學科有了明晰的架構，讀了什麼重要的著作就知道怎麼歸類，那是讀書的另一種樂趣。譬如，讀韋伯（Max Weber）〝新教的偏理與資本主義的精神〞，我們知道那是探討意識型態與經濟制度的關係　，可以擺在經濟社會學的範疇。讀鮑里士和季登士（Samuel Bowles & Herbert Gintis）的〝資本主義美國的學校教育〞，我們知道那是新馬克思主義觀點的教育社會學。如果我們讀潘乃德（Ruth Benedict）的〝文化模式〞，或是米德（Margaret Mead）的〝薩摩亞人的成年〞，就知道那是探討文化與人格的經典之作，深受心理學，特別是心理分析學說的影響。學科取向的書目最容易系統化，參加的成員感覺像在做功課，較容易流於嚴肅是其缺點。

■課題取向

如果讀書會感興趣的主題是某時代的文化現象，研讀的範圍就不能侷限在某個學科。譬如，要瞭解五四新文學運動，也許可以先讀讀周策縱的〝五四運動史〞，當然更要讀當時新、舊文學兩派人物的論戰文章，如果能夠延伸到其後的科學與人生觀論戰或社會史論戰更好。此外，主要文學領導人的詩歌、散文或小說代表作自然

不能遺漏。若要瞭解台灣七十年代的鄉土文學論戰，則應讀彭歌、余光中、王文興以及王拓、陳映真、黃春明、王禎和等兩派人馬的文章，他們的文學作品皆成就斐然。除此之外，也要對當時的政治情勢與經濟發展有些涉獵。這種跨學科領域的書單野心較大，參與者對知識的味口要雜，自中可以學到從不同的觀點透視問題。這是匹能讓我們馳騁在廣袤知識天地裡的良駒，只是不太容易駕馭。

課題取向的書目通常也是跨學科性質的，像兩性平權的課題就涵蓋了文學、哲學、人類學、心理學、社會學、政治經濟學等等知識領域。譬如筆者帶學生讀書會選得三本書的作者就包括了文學家、思想家和女權運動者。除了徐仁修、劉克襄的作品外，卡森（Carson）〝寂靜的春天〞、屠格涅夫〝獵人日記〞、勞倫茲（Lorenz）〝所羅門王的指環〞等做為對自然與動物的關懷與理解都在推著之列。科學家探討生命、物質與環境間的關係，當前有許多可讀性很高的科普讀物，包括一流科學家的傳記。他們分別從生命科學、物理學、化學、認知科學等不同的角度切入，讓我們對人與環境的互動關係有更深一層的見解。議題取向的讀書會旗幟鮮明，書目的擬訂差不多可以〝望文生義〞。應注意到取材的廣博與均衡，如此，討論時才能言之有物。

■作者取向

以作者為中心的讀書會，選讀重要作家或思想家的作品。英國大學教授指導學生論文時喜歡用這種模式。乍聽之下，〝只〞讀一、二位作者，未免太小兒科了，事實不然，因為值得全面閱讀的作家往往著作浩繁、質量兼備，不然就是影響深遠，非細細品嚐不可。

此外，若要真正讀得透徹，還要讀作者的傳記和評論，甚至還得延伸到與作者同時代的相關作家。譬如，在讀柏拉圖〝對話錄〞時，附帶閱讀杜蘭（Will Durant）的〝西洋哲學故事〞或羅素（Bertrand Russell）寫的〝西洋哲學史〞是必要的基礎功夫。柏拉圖的中譯至少有答辯詞（Apology）、克里頓篇（Crito）、費多篇（Phaedo）、響宴篇（Symposium）和理想國（Republic）等，要儘可能網羅殆盡。由於柏拉圖與蘇格拉底思想的界線很模糊，我們還得順便讀蘇格拉底的傳記；亞里斯多德承繼柏拉圖的衣鉢，但又處處與他的老師唱反調，也應提出來做比對。簡言之，作者只是個圓心，我們只是循著他的軸線，讓知識向各方擴散。這種地毯式的讀書法到後來能讓讀者對作家的風格、性情瞭若指掌，是個中最大的樂趣。就好像你聽熟了英雄交響曲、命運交響曲、大合唱，第一次聽到沒有標題的第二號交響曲，你也能斷定那是貝多芬的作一樣。

　　有的作家著作等身，要讀完他全數的作品不但不可能，而且沒有必要。像托爾斯泰（Leo Tolstoy）這種等級的作家，創作時間超過五十年，每個階段都有特殊的主題與風格，頗有自傳的色彩，而且他的著述遍及文學、教育、宗教、藝術、哲學種種。能先讀羅曼‧羅蘭（Roman Rolland）為他寫的傳記，有助於我們挑選出他的代表作。以編年的方式來讀未嘗不可，但不如依深淺厚薄或類別來的有利。一開始就讀卷帙浩繁的〝戰爭與和平〞是不會有什麼好結果的。寧可務實一點，先讀篇幅不大、但深受好評的〝伊凡‧依列區之死〞和〝克萊采奏鳴曲〞，如果對愛情的主題特別感興趣就可接下來讀〝婚姻生活的幸福〞和代表作之一的〝安娜‧卡列尼娜〞。如果覺得份量未免太重了，一時消化不來，他寫的童話故事也是一絕，可

穿插其間、當做小菜點心。

　　再以中文作家高陽的作品為例。高陽談史、說詩、論畫，著作
等身。但他的主要成就是在歷史小說方面，總數達六十冊之譜，即
使是高陽的忠實讀者也很難將他的作品讀完。所以仍要挑具代表性
的。比如他早期寫〝明朝的皇帝〞，由帝室的更替來透視該朝的歷
史，在趣味中不失嚴謹，對若干事件的分析，具有社會學家的深刻，
風格頗為獨特。要瞭解中華文化裡的政商關係，則可讀〝胡雪巖〞
系列。〝小白菜〞似乎是獄政和司法制度的古代縮影，〝李娃〞則為
傳奇小說跨出新的境界。高陽寫清朝的小說最見功力，〝乾隆韻事〞
堪稱個中翹楚，如果不耐煩看太長的小說，不妨讀讀〝假官真做〞
裡的四篇小品。高陽詩詞的造詣很深，〝鳳尾香蘿〞寫李商隱，〝少
年遊〞寫周邦彥，〝金縷鞋〞寫李後主，〝丁香花〞寫龔自珍，以小
說入詩真是一舉兩得。高陽談紅樓自成一家之言，他寫的曹雪芹系
列小說自有可觀。能夠用這種多重的視角來讀一位作者，自然也就
有多重的樂趣與收穫。

　　筆者認為，作者中心的書目是最伸縮自如的，讀書會可以隨時
考量時間的多寡而決定書單的長短，不致於感到不週全。學科取向
的書目是歸納式的，自遠而近、由整體而特殊，而作者中心的書目
是演譯式的，自近而遠、由小見大。這種模式最容易入手，也不難
見到成果，但要避免見樹不見林的缺失。

結　語

　　以上論列的幾種模式，優劣互見，讀書會可以擇其所需，交互

運用。最後筆者必須要強調，所謂 "開卷有益" 其實是有但書的，那必須我們選的書確實值得一讀 0，經過消化之後能增益我們的見解，使生活經驗更形豐富者。唯其如此，讀書會乃有創辦的必要，也才有持續的本錢。如果是用來裝點知識的門面，滿足一時的虛榮，排遣無聊、增加談資，就大可不必多此一舉了。

§附　錄（參考書目一份）

說明：筆者任教於師範學院，常有學生或在職教師向我索取書目，我的回應通常是要和對方討論過才知道要推薦那些書，但筆者常不易與對方約出討論的時間，後來只好應大家要求，依筆者稍嫌武斷的分類，列出一份百餘冊的書單，謹列於後，聊供參考。

參考書目

社會科學 (3)

社會學	Anthony Giddens	唐山
文化人類學	Roger Keesing	巨流
心理學	H.Gleitman	遠流

哲學入門 (3)

西洋哲學故事	Will Durant	志文
西方哲學史	Bertrand Russell	五南
中國哲學史話	吳怡　張起鈞	東大

傳記 (10)

傳記文學精選集	Strachy	志文
希臘羅馬名人傳	Plutarch	中華
懺悔錄	Rousseau	富國
蘇東坡傳	林語堂	風雲時代
孔子傳	井上靖	時報
梵谷傳	Stone	大地
約翰生傳	Bowswell	志文
巴爾札克傳	Sweig	志文
馬克思傳	Berlin.	時報

| 羅素傳 | Allen | 志文 |

哲學 (10)

非理性的人	Barret	志文
哲學與生活	Ortega Y Gassett	志文
叔本華論文集	Schopenhauer	志文
叔本華論人生	Schopenhauer	華岡
歡悅的智慧	Nietzsche	志文
蒙田散文集(三冊)	Montaigne	商務
饗宴	Plato	協志
培根論文集	Bacon	協志
藝術論	Tolstoy	遠流
歌德對話錄	Eckerma	駱駝

小說 (30)

坎特伯利故事集	Chaucer	志文
唐吉訶德	Cervantes	遠景
十日談	Borcaccio	志文
莎士比亞故事集	Lambs	志文
湯姆瓊斯	Fielding	桂冠
戰爭與和平	Tolstoy	志文
安娜卡列尼娜	Tolstoy	桂冠

卡拉馬助夫兄弟們	Dostoevsky	志文
父與子	Tugnev	遠景
羅亭	Tugnev	遠景
紅與黑	Stenhdal	遠景
高老頭	Balzac	志文
伊爾的美神	Merem'ee	志文
莫泊桑短篇故事集(1--5)	Maupaussant	志文
查泰來夫人的情人	Lawrence	志文
羅麗泰	Nabokov	皇冠
動物農莊	Orwell	志文
蒼蠅王	Golding	志文
美麗新世界	Huxley	志文
少年維特的煩惱	Goethe	志文
女人的一生	Maupaussant	志文
嘉德橋市長	Hardy	大地
希臘羅馬神話	Hamilton	志文
紅字	Hawthorne	桂冠
魯濱遜飄流記	Defoe	桂冠
包法利夫人	Flaubet	志文
狂人日記	Gogel	志文
咆哮山莊	Bronte	志文
傲慢與偏見	Austen	志文

| 頑童流浪記 | Twain | 台英 |

科學 (5)

所羅門王的指環	Lorenz	天下
用心動腦話科學	曾志朗	遠流
物種起源	Darwin	商務
創造力	Csikszentmihalyi	時報
別鬧了費曼先生	Feymenn	天下

教育思想(10)

桃源二村	Skinner	張老師
夏山學校	Neill	遠流
民主主義與教育	Dewey	五南
理想國	Plato	聯經
愛彌兒	Rousseau	五南
教學的藝術	Highet	協志
教育漫話	Locke	五南
非學校化社會	Illich	桂冠
教育的目的	Whitehead	桂冠
教育的歷程	Bruner	五南

社會科學(12)

夢的解析	Freud	志文
性學三論&愛情心理學	Freud	志文
夢的精神分析	Fromm	志文
歷史研究	Toynbee	遠流
文化模式	Benedict	巨流
菊花與劍	Benedict	桂冠
薩摩亞人的成年	Mead	遠流
新教偏理與資本主義的精神	Weber	唐山
中國的宗教	Weber	遠流
宗教精神的基本形式	Durkheim	桂冠
第二性(1.2.3.)	Beauvoir	志文
行為主義的烏托邦	Skinner	志文

音樂 (5)

從巴洛克到古典樂	Schonberg	萬象
浪漫樂派	Schonberg	萬象
歌劇戲曲華爾滋	Schonberg	萬象
國民樂派	Schonberg	萬象
現代樂派	Schonberg	萬象

中文小說--散文(15)

魯迅小說選	魯迅	洪範
沈從文小說選	沈從文	洪範
許地山散文選	許地山	洪範
張愛玲短篇小說選	張愛玲	皇冠
金庸作品全集	金庸	遠流
明朝的皇帝	高陽	學生
乾隆韻事	高陽	皇冠
嫁妝一牛車	王禎和	遠景
鑼	黃春明	遠景
胡雪巖	高陽	聯經
華盛頓大樓	陳映真	大地
台北人	白先勇	遠景
棋王樹王孩子王	阿城	新地
綠化樹	張賢亮	新地
文化苦旅	余秋雨	爾雅

認識圖畫書的
種類、簡史、以及如何
欣賞圖畫故事書中的文字

劉　鳳　芯

認識圖畫書的
種類、簡史、以及如何
欣賞圖畫故事書中的文字

前言

　　在兒童文學的各種文類（如少兒小說，兒童詩歌，兒童戲劇，兒童圖畫書等）中，兒童圖畫書大概是最令人許多大人及孩子著迷與炫惑的文類，迷人之處在於書中同時出現圖畫和文字，而炫惑之處則在於不知如何解讀圖像與文字。本文重心將放在圖畫故事書，並期望透過解釋圖畫書的組成，讓讀者對圖畫書有進一步的認識。

　　如果我們把圖像和文字都當作是廣義的「語言」定義中的兩種方式，那麼兒童圖畫書這種文類(genre)和小說、詩歌、童話等呈現方式最大的不同在於它是藉由兩種「語言」來傳達意義：插圖的語言和文字的語言。因為有多於一種語言的配合，圖畫書往往是課室老師最喜歡同孩子欣賞，可是往往也最不容易拿捏的兒童文學文類。閱讀兒童圖畫書對於課室老師是一種挑戰，因為老師們不僅需要具備欣賞圖像以及欣賞文字的能力，除此之外，老師們還要有能力判斷與欣賞兩種語言結合之後所形成的另一種新的藝術形式。

　　過去圖畫書大都被認為是給學齡前的幼兒或是國小低年級的孩子看的。但是這樣的年齡層限制在現在已經打破，有許多圖畫書的

適讀年齡是中年級甚至是高年級小朋友。其實面對二十一世紀，我們的社會已經有越來越多的文字和意義是由圖像語言來取代，同樣的，孩子現在也生長在一個圖像與文字並重，甚至事前者超越後者的時代，因此每一個孩子都應該具備圖像閱讀的能力和習慣，而圖畫書正是培養兒童同時接觸圖像與文字語言的絕佳機會。

圖畫書發展簡史

相較於兒童文學的其他文類，兒童圖畫書的出現和流行是晚近的事。這種結合短篇的文字和插圖來為孩子說故事的書大約是在十九世紀中期由歐洲的藝術家和畫家發展出來的。但是還是遲至二十世紀，美國兒童文學插畫家汪達・佳谷根據傳統民間故事畫成的一書出版，大家才公認現代圖畫書算是出現了。這本圖畫書的劃時代意義它不同於早期圖畫書在編排上圖文並列。插畫家佳谷讓插圖藝術超越傳統「插」畫的附屬地位，算是第一位提升插圖地位的美國插畫家。佳谷在《一百萬隻貓》中的插圖可不是閒著當花瓶，它們也幫忙說故事：書中暗色的部分表示時間的移動，佔據不同的版面大小，最後畫面佔據了一整個跨頁。那些創新的插畫設計很快就被其他插畫家爭相模仿，一再突破，不久那些創新的手法就成為插圖藝術的傳統了。

《一百萬隻貓》出版後又過了十年，然後凱迪考特圖畫書獎(the Randolph Caldecott Medal)設立，每年頒獎給最傑出的兒童圖畫創作書。之後的數十年就是所謂圖畫書的「黃金時期」。這種新的藝術形式吸引了大批年輕有理想的藝術家投入創作不同型式的圖畫書，

也為二十世紀的藝術增添不少光芒。

　　在圖畫書的黃金時期，彩色插圖的書需要畫家層層印刷分色，相當不便又耗時。八０年代中期開始科技的快速發展與汰舊換新對書籍的製作影響至鉅，尤其是圖畫書。進步的發明，例如快速印刷，電腦科技，以及掃瞄技術等不僅可以快速準確地作彩色複製，也可以節省成本。這些技術上的進步更鼓舞了許多藝術家投入這個領域。有一位兒童文學圖畫書專家 Dily Evans 把稱這個時期為視覺的文藝復興時期因為彩色印刷的製作品質已相當高。

書本的插圖（見 Looking at Picture, p. 8）

圖畫書的種類

　　要認識兒童圖畫書，首先應該知道兒童圖畫書的種類。在林林總總的圖畫書中，大約又可以依照其圖文呈現重點之不同而大略區分為面臨有時一本圖畫書是以文字為主，插圖為其次；有的圖畫書是以圖為主，文字為輔；而有的圖畫書則是要靠文字與插圖相互配合，互相搭配，才能呈現出整體的美感與意義。因此有的學者（例如 John Warren Steig, Huck 等）會建議我們在閱讀圖畫書之前先區分圖畫書不同的種類，好決定我們欣賞時的重點。圖畫書大致可分為圖畫書(picture books)，圖畫故事書(picture storybooks)，以及插圖圖畫書(illustrated books)。以下我將分別舉例說明這三種圖畫書的特色以及欣賞重點。

圖畫書(Picture books)

　　Steig 認為在這種圖畫書中常常是每頁呈現不同的物體與不同的概念，其間的連結靠的是作者的風格而不一定是具有連續性的故事。Huck 的說法則是圖畫書是由插圖來表達書中所有的含意。這些圖必須正確並且和文字一致，但不需要具有故事所要求的連慣性。常見的圖畫書又包括字母書(alphabet books)、數字書(counting books)、以及概念書(concept books)等。Bert Kitchen 的字母書 *Animal Alphabet* 每個字母由一幅單獨的圖畫呈現。Tana Hoban 的 *Shadows and Reflections* 則是用美麗的照片來表現一種概念的各種層面。

圖畫故事書(picture storybooks)

　　如 Sutherland 和 Arbuthnot（1991）提到的，圖畫故事書比圖畫書多了情節來說故事故事；而圖畫書卻沒有情節可以發展故事。在圖畫故事書中，作者用文字說故事，插畫者則用圖畫說故事。Huck 並補充認為這類故事書中的圖畫不但要能夠說故事，表現書中角色的動作、表情、場景的改變、以及情節的發展，還要想辦法和前後情節連貫，同時，圖畫還要能表現故事的基調，並配合文字反映及刻畫書中角色的個性與情緒。換句話說，圖畫故事書中的圖畫與文字具有同等份量；兩種語言（元素）共同合作呈現出一個藝術整體，缺一不可，而且文字與圖畫結合所呈現出來得效果會比任一種單獨呈現要來得更具說服力。

　　羅伯特・麥考司基(Robert McCloskey)的《莎莎採漿果》，其中的圖畫正是幫忙文字帶動情節的好例子。當莎莎和媽媽在漿果山的一邊採漿果時，而熊媽媽帶著小熊在漿果山的另一邊也在採漿果時，書中的插圖充分讓讀者期待動作與高潮的產生。麥考司基運用

了一種很好的敘事技巧 - 反高潮：在下一頁，莎莎跟著熊媽媽的
後面走，而另一條平行發展的情節則是小熊也跟在莎莎的媽媽後
面。不過莎莎的媽媽見到小熊時可嚇壞了。麥考司基把人類驚訝和
害怕的表情，以及兩位媽媽錯愕的情緒及動作描繪得極為生動。

　　今天我們見到圖畫的故事書大約是承傳十九世紀中期英國插畫
家凱迪考特(Randolph Caldecott)他的概念。凱氏因將當時英國鄉村
生活栩栩如生地畫入給孩子看的圖畫書而聞名世界；他書中圖和文
的搭配與呈現並且為兒童書的插畫建立了新的典範，提供具有動作
和樂趣的藝術表現。後來美國圖書館協會(American Library
Association)的分支，兒童圖書館協會(the Association for Library
Service to Children)就以這位英國插畫家的姓為獎名，建立了一項鼓
勵優良圖畫書的獎項 一凱迪考特獎，每年頒獎給美國當年所出版
之最佳兒童圖畫書。

插圖圖畫書(illustrated books)

　　插圖圖畫書的圖畫通常比圖畫書以及圖畫故事書的圖來得少，
而且套，而且套色也不似另外兩種豐富，常常只有黑白二色或較少
的顏色。這類書中的圖畫通常只描繪文字部分的某個事件或一段情
節，目的吸引讀者閱讀時的目光及興趣。

欣賞圖畫故事書的文字

封面

　　談過如何區分給孩子看的圖畫書之後，接下來焦點將側重圖畫故事書。我將按照一般人平時閱讀的順序，從封面開始談起。

　　插畫家及出版社在出版圖畫故事書之前，通常會相當注重封面的呈現。有些出版社的編輯會要求插畫家爲封面單獨創作一幅圖；有的出版社則另外請版面設計的專業人員來負責封面的整體設計。出版社對於圖畫故事書封面的重視就像把它看就門面，極希望利用第一印象的空間，吸引讀者的注意。而對讀者來說，封面的確爲瞭解一本書的內容、性質、甚至是風格等、提供了相當重要的線索。

　　解讀封面文字時，作家、插畫家、以及出版社常是重要迅速的判斷依據。對於熟悉、曾耳聞的作者、甚至口碑好的出版社，我們通常不透過封面判斷也願意翻頁閱讀。但如果排除這些主觀因素，就要靠經驗和一些簡單的觀察及思考來判斷了。如果由書名入手，可以思考題目與畫面所呈現的訊息之間直接或間接的關係。以安東尼·布朗的《動物園》爲例，題目是動物園，根據我們的閱讀經驗，可以判斷這個故事講的應該是和動物園有關的經驗－可能是關於動物園裡的動物，也可能是人去動物園參觀的活動。而封面的圖畫顯示著粗線條曲線的黑白條紋，根據我們的經驗，應該是斑馬身上的花紋，斑馬住在動物園，因此的確符合該書的書名。不過，斑馬的花紋也代表斑馬線，和交通有關，因此這個故事也可能是講動物園理斑馬線的故事。但是關於這個假設，我們的記憶中簡直難以找出類似的故事，因此這個可能性就比較小，也許不用考慮－除非這個故事真的就是來令我們出乎意料之外的。此外，爲什麼插畫家選擇用斑馬的花紋來代表動物園，而不以其他的動物或符號來表示？而斑馬的花紋和封面中四個人又有什麼關係呢？

　　這些疑問，都是封面提供的暗示。有經驗的插畫家會利用封面
的空間提供一些關於該故事的提示（包括可能的故事內容，故事氣
氛，以及故事的步調等），同時也會拋一些問題給讀者，以吸引讀
者翻頁閱讀尋找答案的動機。

　　在在思考封面的同時，其實我們也一面在思考一本圖畫故事書
的版面大小，裝訂方式，以及使用的紙張，甚至是呈現的字體大小。
理論上，版面的大小應該是插畫家在創作時就與內容、畫材等細節
一併考慮的因素。不過插畫家的構想往往還必須居就現實印刷上的
限制，甚至是出版社在銷售上的考量甚至是流行的趨勢。比如說波
特女士的兔子彼得系列當初出版時就是以口袋書為構想，因此版面
袖珍迷你。而出版社為了配合課室教師教學上的需要，也會將一些
好的圖畫故事書加大版面，作成適合教學用的大書(big books)。在
裝訂方式方面，以美國為例，新的圖畫故事書出來第一年通常是出
精裝書，第二年才平裝。

圖畫故事書的文字部分

　　鑑於我們一般人對於文字語言的接觸與機率比圖像語言來得多
而頻繁，故我先從圖畫故事書中的文字開始瞭解。

　　曾經大聲朗讀圖畫故事書給孩子聽的人一定體會得到其中文字
部分的重要性。由於印刷的考量，一般圖畫書大概都維持三十二頁
的篇幅，當中再扣掉圖畫所佔版面，可以理解文字內容有限的空間。
因此文字必須濃縮精簡。文字過長或是內容描寫過於繁瑣不僅會剝
奪圖畫的篇幅，同時更會模糊圖畫故事書呈現型式的平衡。圖畫故
事書中的文字就像詩歌當中的文字一樣，每個字都需要仔細推敲。

不管圖畫故事書的文字部分要受到多少圖畫部分的約束或整體形式
上的限制，在文字架構方面基本上還是依循基本的敘事架構、有依
可循。在欣賞圖畫故事書的文字部分，首先需要瞭解該故事所說為
何？並且還要試著瞭解故事是怎麼說的？而進一步的分析可以循著
以下所提的敘事假架構原則：

結構部分

韻律與音調

　　許多圖畫故事書的專家(如 Lucy Sprague Mitchell)認為給孩子
看的圖畫故事書，文字部分應該重視韻律及音調。Margaret Wise
Brown 的名著 *Goodnight Moon* 就是一個好例子。這本圖畫故事書成
書於三〇年代，是美國繼《一百萬隻貓》之後圖畫故事書呈現的另
一個創作高峰。作者布朗女士當時是一位托兒所老師，她平日非常
仔細觀察孩子行為發展。在 *Goodnight Moon* 一書中，布朗女士在
字彙的拿捏與選擇上頗費了一番思考，選擇的字詞都是幼兒的經驗
與理解中深植的字彙；另外在句子的長度安排上，也是精心設計。
圖畫故事書中的句子長度變化與安排就像詩歌一樣，如果設計妥
當，應該可以提供讀者朗讀該句子的方法。在該書中雖然句子的安
排必須受到段落與空間的限制，不過由於布朗女士所選的字仍然不
失其韻律。例如「碟子喋喋不休」(rattle of dishes，要用英文唸出
才能完全體會)，唸出來得聲音就像所描寫的一樣。而連續三個揚
抑格「極靜的奶凍」(the very quiet custard)自然要讓讀者緩下朗讀
的語氣而改作較柔的音調。另一句「就是午飯」(That meant lunch)

用吸引聽者注意力的三個重拍帶出一個雙關語。

韻腳

　　韻腳通常出現在反覆的音調和句子中。通常圖畫故事書的文字作家在創作文字時，考慮到朗讀的效果以及孩子聆聽的情況，因此會藉助韻腳來增加故事的可預測性。當孩子聆聽一首有韻腳的故事時，如果故事的主題又是孩子經驗可以理解的範圍，那麼他/她們往往有辦法自己填上最後一個字。像 Margaret Wise Brown 的另一本圖畫故事書 *The Indoor Noisy Book* 就是一個成功在文字中使用韻腳的例子。

反覆

　　圖畫故事書的文字作家在考慮句型反覆的同時也注意到文字的變化。也就是說作家常常在熟悉和反覆的句型中加入新的字或新的概念，而孩子因為熟悉句型而能夠以比較輕鬆的心情接受新的字詞及概念。例如 Dan Wood(待查)的 *The Napping House*，作者逐次逐頁在老奶奶的身上，小男孩的背上，以及小狗的肚子等上加東西，越加越多，但是小讀者可以因為熟悉了整個句型和反覆的模式而不會對字詞的漸次增加感到壓力，而能已有趣的心情去面對。

問答

　　一問一答的形式是孩子十分熟悉的敘事原則。在圖畫故事書中，對孩子拋問題可能有幾種目的。首先，因為通常問問題的語調

不一，因此能夠增加音調的變化以及文字內容的韻律；再者，問題也可以看成是鉤子，幫助孩子在閱讀時專注集中在焦點上；第三，問題的本身就會讓孩子進入故事情境。不僅孩子會感到故事有趣，所拋出的問題也可以加強孩子的自我概念。第四，問題也可以幫助大人默默地檢視孩子瞭解和欣賞的程度。

可預測性

　　孩子聽多故事之後會漸漸發瞭解一個重要的敘事原則，就是故是其實是遵循著一個規律的順序一直不斷地發展下去的。當孩子透過經常閱讀或翻覆聆聽故事而漸漸掌握這個敘事原則時，就能夠透過文本中具有「可預測性」的敘事暗示來輔助其理解，以利其閱讀活動的繼續進行。因此有經驗的作家在為孩子的圖畫故事書創作文字時，也會運用孩子的閱讀心理，在文字中建立敘事的可預測性的暗示－透過一再重複的動作或句形，或是一而再再而三的句字結構。作家這樣的安排與設計可以幫助孩子更順利的聆聽與理解；同時也允許作家在架構緊密的上下文當中可以作一些變化，介紹新鮮或少見的內容。可預測性的敘事原則加上令人料想不到的內容就會吸引孩子的閱讀興趣。在《兔子先生，幫幫忙好嗎》一書中，，莫理斯·桑達克在句子的結構上就運用了敘事原則的可預測性。在這故事中，小女孩想不出該送媽媽什麼生日禮物，因此請兔子先生幫忙想想辦法。兔子先生的每個問題都會引出小女孩可預測的答案。

行文速度

　　行文速度也是圖畫故事書中文字部分很重要的原則。就像一曲
音樂中呈現的速度一樣，快慢急緩的拿捏是能不能「扣」人心弦的
關鍵。從所謂好的圖畫故事書的文字中，我們幾乎一次又一次地看
到作家對行文速度的控制與運用，製造出令人摒息以待的閱讀張
力。艾瑞·卡爾在《好安靜的蟋蟀》一書中，就成功地掌握了敘事
的行文速度，因此一路寫下來可以緊緊抓住讀者的興趣。從一開始，
小蟋蟀不斷地遇到各類昆蟲，他想和他們打招呼，於是就摩擦摩擦
翅膀，可是每次都沒有發出聲音。在這裡我們看到艾瑞·卡爾使用
同樣的句型來營造速度，規律且具可預測性。但是到了倒數第二頁，
小蟋蟀經過了一天摩擦翅膀出聲不成的挫折，也遇夠了朋友，他在
月光下休息。前面的句型到了此處不再繼續，規律的速度一下子緩
了下來，再配合跨頁的篇幅，讀者好像以跟著小蟋蟀作了一個深呼
吸。最後，出現一隻母蟋蟀，小蟋蟀摩擦摩擦翅膀，這一次，他為
母蟋蟀發出了最美妙的聲音。在最後一頁中，速度又作了一次變化。
因此在朗讀這本書的同時，讀者可以同時感受到三種速度的轉換，
以及在速度變換中閱讀的樂趣。

　　圖畫故事書作家在營造文字部分行文速度的同時，也必須考慮
印刷的限制。一般來說，精裝書的頁數通常都除以八；大部分的圖
畫故事書都是三十二頁，偶爾會出現四十頁或四十八頁。因此作家
在創作文字時必須考慮頁數的限制。在標準的三十二頁圖畫故事書
中，大約有十四段或十五段文字。每一段文字都像是長篇小說中的
一章；因此一定要有個東西推著故事前進，或是增加全書的整體氣
氛。如果某一段發生的事情太多，內容太重，就會亂了整個故事的
行文速度。我們可能都有過一種閱讀經驗，就是在書讀到一半時，

被某一頁折騰得讀不下去。這可能就是作家對於行文速度拿捏不當
產生的現象。

　　以上的討論是針對圖畫故事書中的文字部分提出來作分析，其
實文字只是圖畫故事書中的一種語言，它還要和另一種語言配合閱
讀，才是整體閱讀圖畫故事書的途徑。

【附錄】

國立台東師範學院【師院應屆畢業生讀書會領導人培訓】實施辦法

壹、依據：八十七文建貳字第 03246 號函。

貳、宗旨：

　　一、提昇讀書風氣。

　　二、使受訓學員能在日後服務的學校成立教師、家長、學生或當地的讀
　　　　書會，共同營造書香社會。

　　三、進而落實社區營建，以達心靈改造及提升人文之素養。

參、主辦單位：行政院文化建設委員會

肆、承辦單位：國立台東師範學院兒童文學研究所

伍、研習對象：八十七學年度全省各師院應屆畢業生，計五十名。

陸、研習時間：88 年 2 月 1～6 日（星期一～六）

柒、研習地點：

　　台東市中華路一段 684 號　國立台東師範學院兒童文學研究所

捌、報名注意事項：

　　一、名　　額：五十名，依報名與校別順序額滿為止。（每校至多五名）

　　二、報名時間：即日起至 87 年 12 月底止。

　　三、報 名 費：新台幣 1000 元整（全勤退回）。

　　四、報名方法：填妥報名表，逕寄

　　　　　　　　　國立台東師範學院兒童文學研究所

　　　　　　　　　地址：台東市中華路一段 684 號

　　　　　　　　　電話：(089)318855-370、371

　　　　　　　　　傳真：(089)330022

　　　　　※網路報名：http://www2.ntttc.edu.tw/ice

玖、本辦法經主辦單位核准通過後實施。

國立台東師範學院【師院應屆畢業生讀書會領導人培訓】課程計劃表

	一	二	三	四	五	六
1 2 3	報　到 認識、介紹課程 [林文寶]	讀書會經營--談讀書會的成立與發展 [林美琴]	出 去	討論的技巧 [楊茂秀]	校園內的書香運動 [陳來紅]	兒童讀書會之目的與功能 [林意雪]
4	現今台灣讀書會類型簡介 [林文寶]	實務演練		實務演練	實務演練	結訓典禮
	午　餐　＜午間休息＞		走	午　餐　＜午間休息＞		
5 6 7	教師領導的讀書會－兒童、教師與家長 【徐永康】	讀書會--一個探究團體的形成 【趙鏡中】	走 ！	讀書會書籍與素材選擇 [蘇千玲]	親子讀書會 [林真美]	滿載而歸！
	晚　餐　＜散步交誼＞			晚　餐　＜散步交誼＞		
8 9	有緣大家來做伙	實務演練		實務演練	東海岸星空晚會	
	台　東　仲　夏　之　夜					

※駐營輔導員兼實務演練分組如下：

　1.呂錦軍：親職組　　2.陳美雲：兒童故事組　　3.劉匡時：兒童讀經組

　4.杜明城：教師組　　5.劉鳳芯：兒童繪本組

台灣地區兒童閱讀興趣調查研究

計畫主持人　林文寶

張晏瑞　主編

台灣地區兒童
閱讀興趣調查研究

主　辦　單　位：行政院文化建設委員會

承　辦　單　位：台東師院兒童文學研究所

計　畫　主持人：林　文　寶

兒文所兒童文學叢書　六

《台灣地區兒童閱讀興趣調查研究》原版書影

國家圖書館出版品預行編目資料

台灣地區兒童閱讀興趣調查研究／林文寶計畫主
持.—初版.—臺北市：文建會，2000 [民89]
　　面；21 公分.—(兒文所兒童文學叢書；6)
參考書目：面
ISBN 957-02-5576-5 (平裝)
1. 讀書－調查

011.99　　　　　　　　　　　　　　89002181

台灣地區兒童閱讀興趣調查研究

發行者／林澄枝
主　編／林文寶
出版者／行政院文化建設委員會
　　　　台北市愛國東路 102 號
　　　　電話：(02) 23434000
承辦者／國立台東師院兒童文學研究所
　　　　台東市中華路 1 段 684 號
　　　　電話：(089) 318855
　　　　劃撥帳號：06648301
　　　　戶　　名：台東師院兒童文學研究所
承印者／時岱打字印刷社
　　　　台東市福建路 68 號
　　　　電話：(089) 323025
2000 年 2 月初版

ISBN：957-02-5576-5 (平裝)

《台灣地區兒童閱讀興趣調查研究》原版版權頁

台灣地區兒童閱讀興趣調查研究

主辦單位：行政院文化建設委員會

承辦單位：台東師院兒童文學研究所

計畫主持人：林文寶

協同主持人：杜明城

研　究　員：黃毅志

研 究 助 理：郭鍠莉　楊絢　郭建華　蔡佩玲

執 行 時 間：1999 年 7 月～12 月

台灣地區兒童閱讀興趣調查研究

❧目 錄❧

圖表

序

　　由本會委託台東師範學院兒童文學研究所辦理之「台灣地區兒童閱讀興趣調查研究計畫」，於八十八年十二月公布研究結果，重點為：學童每天課餘時間以看電視居多；課外書籍及資訊主要來自父母的安排；最喜歡看的書是笑話、謎語與漫畫；閱讀讀物近一半來自本土作家的創作。

　　這份研究報告的出爐具有時代意義與價值，因為多年來官方及民間團體均無針對國小兒童閱讀興趣所做之調查研究，唯一的資料是民國五十二年葉可玉先生所做的「台灣省兒童閱讀興趣發展之調查研究」，然而距今已有近四十年的歷史，有些資料已失去時效性。今年正值文建會推行「千禧兒童閱讀年」的活動，為能瞭解時下學童的閱讀興趣與趨勢，俾作為當前學童閱讀生態的基礎研究，乃委託台東師範學院做此研究調查。

　　本案自八十八年七月開始，經承辦單位隨機抽取全國十六個國小（二至六年級）樣本，共五十四班，有效問卷一千七百九十四份，資料顯示學童最愛看電視、看笑話，書籍亦多由父母指定並購買，可見在十二歲以下，父母對孩童閱讀具有決定性影響。台灣現代家庭經濟富足、孩童少，父母非常重視親子的教育與休閒，但要提供什麼樣的生活文化給孩子呢？看電視、玩電腦固然有益孩子的心智，但過度依靠聲光視訊媒體的帶來快速閱讀，並不能帶給兒童較深度的學習，因為孩童心智未成熟，他們的閱讀與學習需要父母、師長的協助與引導，專家指出陪孩子一起閱讀，經由講解、溝通與互動

更可開發孩童的想像力與創造力，增進親子和諧關係，而這是聲光視訊無法取代的。只是很遺憾，根據調查，說故事給孩子聽的父母只有二成，顯示成人對孩童還有很大的努力空間。

歐美先進國家常以其出版書籍數量做為文化高低的指標，故國民（尤其是孩童）閱讀風氣的養成是國家文化的根基，文建會推行「千禧兒童閱讀年」的目標即在導引學童以閱讀書籍為興趣，俾提昇其文化素質。本項研究報告的出爐，顯示我們還有待努力，在此與關注兒童的人士共勉。

行政院文化建設委員會主任委員　林澄枝

第壹章：緒 論

第壹章：緒論

本章擬就研究計畫的背景、目的與重要性說明如下：

第一節：研究計畫的背景

讀書、知識與權力、功利，時常糾纏難解，古今中外似乎皆然。宋真宗＜讀書樂＞有云：

富家不用買良田，書中自有千鍾粟；
安民不用架高堂，書中自有黃金屋；
娶妻莫恨無良媒，書中自有顏如玉；
出門莫恨無人隨，書中車馬多如簇；
男兒欲隨生平志，五經勤向窗前讀。

有人批評這是封建的功利思想，所謂「萬般皆下品，只有讀書高」，似乎臭酸得有夠味。

英國哲學家培根（Francis Bacon, 1561-1626 ）在《新工具》一書說：

人類知識和人類權力合為一體，因為我們如不能發現原因，就

不能產生結果。要想指揮自然，必先服從自然。因此思維中所
發現的原因，就成了實行中的規則。（見台灣商務印書館 1971
年 3 月台一版關琪相譯本，頁 37-38）

　　英文中常說的「知識就是權力」的名言，即是源自於培根。這
句名言，正反映了當時英國新興資產階段為了發展資本主義生產，
衝破宗教、神學和士林哲學的束縛，對促進科技事業發展的強烈願
望和高度重視，也反映了培根對作為巨大生產力的科技及知的社會
作用的深刻理解。這句名言的思想，激勵人們去掌握人類已有知識，
探索新的知識，開拓未知的領域，也成為人們讀書學習的動力。

　　而艾文・托佛勒（Alvin Toffler）於《大未來》（Power Shift）一
書裡認為：雖然權力來源有很多種，但暴力、金錢和知識的確是權
力最重要的憑藉，每種因素在權力遊戲中都有不同的形式，許多企
業界的人士相信且有品質的差異。暴力或脅迫的弱點就在缺少彈性，
只能用來處罰，只能算是一種低品質的權力。比較起來金錢段數雖
是高些，卻也只是中級品質的權力。最好品質的權力是來自知識的
運用。知識可以用來獎懲、說服或甚至轉化。還有，只要掌握正確
資訊，可以避免浪費錢財與力氣。

　　後培根時代的革命正在全球進行。古代的權力大師，不論孫子、
馬基維里或培根，都無法想像今日深沉的權力轉移。無論暴力或財
富，都必須依賴知識才是能發揮真正的力量。

　　知識搖身變成當今品質最高的權力，它一改以往附屬於金錢與
暴力的地位，而成為權力的真髓，甚至是擴散前二者力量的最高原

則。(以上詳見 1991 年吳迎春、傅凌譯本，第一章、第二章，頁 2-19)
於是，所謂的閱讀或讀書的話語，亦只是一種對權力的規範或操控
的手段，閱讀是手段、是結果。因此，倡言閱讀運動、新閱讀主義，
不知其精神何在？更不知運動與主義是否為另一種的制約？讀者是
否會在其中迷失而不知返？傅柯（Michel Foucat, 1926-1984）對知識
與權力的論述，亦足以令人驚心。

在產官學的齊力推動之下，閱讀儼然成為運動。

國家文藝基金會自 1990 年以來，陸續調查與編印了下列書籍：

適合中學生閱讀之文藝作品調查研究　1990．10
適合大專學生閱讀之文藝作品調查研究　1992．05
適合國中生文藝作品簡介：書林采風　1992．06
適合高中生文藝作品簡介：心靈饗宴　1992．06
適合大專學生文藝作品簡介：文學星空　師大國文系編撰
　　1992．09
適合社會青年閱讀之文藝作品調查研究　研究單位：中國青年
　　寫作協會　1992．12
適合社會青年作品簡介：錦囊問卷　青年寫作協會編撰　1993．
　　06
台灣流行文藝作品調查研究　研究單位：明道文藝雜誌社
　　1995．06
台灣流行文藝作品簡介：翰海觀潮　明道文藝雜誌社編撰
　　1997．05

書香滿寶島　姚靜宜主編　華視文化公司　1997．12

　　國家文藝基金有系統的對各階段社會青年大專生、高中生、國中生作有閱讀調查，並依其程度與需要，介紹了合適他們閱讀的優良讀物。其間，獨獨缺少國小階段的調查與合適作品。

　　其間，仍有相關單位在做有關兒童讀物之整理與介紹，可見者如下：

中華民國兒童圖書目錄　中央圖書館編　正中書局印　46　10

中華民國兒童圖書總目　中央圖書館編印　57　10

全國兒童圖書目錄　國立中央圖書館臺灣分館編印　66　06

全國兒童圖書目錄續編　國立中央圖書館臺灣分館編印　73
　　04

全國兒童圖書目錄三編　閱覽組、典藏組編輯　中央圖書館台
　　灣分館　85　6

中華兒童叢書簡介　省教育廳兒童讀物編輯小組主編　60　04

第二期中華兒童叢書簡介　省教育廳兒童讀物編輯小組主編
　　67　12

中華兒童叢書、中華兒童科學畫刊資料索引　臺北市教育局發
　　行　71　05

第三期中華兒童叢書簡介　省教育廳兒童讀物編輯小組主編
　　72　05

第四期中華兒童叢書簡介　省教育廳兒童讀物編輯小組主編
　　75　09

兒童圖書目錄第一輯　　臺北市立圖書館編印　73　10

兒童圖書目錄第二輯　　臺北市立圖書館編印　75　12

兒童圖書目錄第三輯　　臺北市立圖書館編印　77　09

兒童圖書目錄第四輯　　臺北市立圖書館編印　79　04

兒童圖書目錄第五輯　　臺北市立圖書館編印　80　04

兒童圖書目錄第六輯　　臺北市立圖書館編印　81　04

兒童好書書目　　　　　台北市立圖書館編印　82　11

兒童圖書目錄第七輯　　臺北市立圖書館編印　82　12

兒童圖書目錄第八輯　　臺北市立圖書館編印　83　12

兒童圖書目錄第九輯　　臺北市立圖書館編印　85　01

兒童圖書目錄第十輯　　臺北市立圖書館編印　86　01

兒童圖書目錄第十一輯　臺北市立圖書館編印　87　01

一九九一年優良兒童讀物「好書大家讀」手冊　桂文亞主編　中華民國兒童文學學會、民生報、臺北市立圖書館、國立中央圖書館臺灣分館 82　02

一九九二年優良圖書好書大家讀手冊　桂文亞主編　中華民國兒童文學學會 、民生報、臺北市立圖書館、國立中央圖書館臺灣分館　82　08

一九九三年優良童書指南　管家琪主編　中華民國兒童文學學會 83　04

一九九四年優良少年兒童讀物指南　林麗娟主編　中華民國兒童文學學會　84　03

一九九五年少年兒童讀物指南　曹正方主編　中華民國兒童文學學會　85　03

一九九六年兒童讀物、少年讀物好書指南　馮季眉主編　中華
　　民國兒童文學學會　86　03

一九九七年兒童讀物、少年讀物好書指南　馮季眉主編　文建
　　會、民生報、國語日報、幼獅少年　87　03

一九九八年兒童讀物、少年讀物好書指南　謝玲主編　文建會、
　　民生報、國語日報、幼獅少年　88　03

中外兒童少年圖書展覽目錄　臺灣省立臺中圖書館編印　71
　　03

中華民國圖書館基本圖書選目　兒童文學與兒童讀物類　中國
　　圖書館學會編印　71　06

臺灣省七十五年優良圖書暨兒童讀物巡迴展參展圖書目錄　臺
　　灣省教育廳　編印　無出版年月

兒童課外讀物展覽及評鑑實錄　國立教育資料館編印　79　09

青少年課外讀物展覽及評鑑實錄　國立教育資料館編印　82
　　02

　　近年來，閱讀在各界的推波助瀾之下，已漸成運動，尤其是文
建會於 1994 年提出「社區總體營造」計畫，作為施政重點，並研訂
「社區文化活動發展」、「充實鄉鎮展演設施」、「輔導縣市主題展示
館設立及文物館藏充實」、「輔導美化地方傳統文化建築空間」四項
計劃，列為行政院 12 項建設計劃活動。自林澄枝主委上任以來，即
戮力推動書香活動，希望能透過各種活動之推廣，淨化大眾，進而
培養讀書風氣。從 1996 年，更推動「書香滿寶島」之文化植根工作
計劃，更將讀書會的輔導列為主要工作。且進而宣示 2000 年訂為

兒童閱讀年。為迎接兒童閱讀年，實在有必要了解時下兒童閱讀的
興趣與趨向。

在金車教育基金會公布「一九九八青少年假期媒體休閒調查報
告」中，可以發現七成的青少年最常接觸的媒體休閒是「電視」，其
次是「CD、錄音帶」和「電腦網路」，只有百分之三的青少年媒體休
閒是「報紙」。

由此可以看出這一代的青少年，是成長在電視「一場圖像表演、
一種象形圖形媒介，不是語言媒介」、錄音機、CD、卡通讀物和網路
多媒體的聲光影像之中。他們的思維方式、觀念、情感和審美趣味
等等，在很大程度上是與畫面、聲音之類緊密相連的。身為父母與
教師，為教養兒童，實在有必要了解兒童的閱讀興趣。

第二節：研究之目的與問題

一、研究目的

閱讀、知識與權力糾纏的功利取向，雖是無可厚非，卻也不是
唯一的意義，宋朝黎靖德編《朱子讀書法》，前三則開宗明示：

讀書是求學問者的第二事。(弟子李方子記錄)
讀書已是第二義。這是因為人生的道理當下完具，而人所以要
讀書，無非是為了人曾經歷見識過許多道理。聖人是經歷見識

過許多道理的人，乃將這些經歷與見識寫在書冊上給人看。而
我們現在讀書，就是要見識得這些道理。等到我們對道理真有
所領會，便知道這些被領會了的道理，皆是我們自己當下本有
的，絲毫不是從外頭旋添進來的。（弟子楊至記錄）

學問，須就自家身上切要處理會才是，那讀書的事已是第二義。
自家身上道理都完具，何曾須從外面添加進來什麼。話雖如此，
聖人教人，卻盡要人讀書，這是因為，自家身上雖道理完具，
仍須經歷過，領會過，才真個是有所得於己。至於聖人說的一
切，都是他曾經親身經歷過來的。（弟子蕭佐記錄）

學者第一事，正是意義的追詢與索問。

做為第二義的「讀書」的本質，一言以蔽之，是從第一義意義
領會來說的，就是去認清自己在歷史的「時」，就是去擁有一個可安
身立命的「世界」。

讀書之於人生是如此根本與必要。「自家雖有這道理，須是經歷
過，方得。」讀書，為人指點出來的是存在的種種可能性。

古人高風，正似程顥稱許周敦頤有云：

> 周茂叔窗前草不除去，問之，云與自家意思一般。（見《二程
> 語錄》卷四）

讀書可以閱讀自然，可以閱讀人，更多的是指圖書的閱讀。雖
然，「書不盡言，圖不盡意。風月無邊，庭草交翠」（朱文公文集卷八

十五濂溪先生畫象贊)是有自家意思顯現。然而，宋人讀書卻有失高蹈。未若孔子親切自然：

> 學而時習之，不亦說乎？有朋自遠方來，不亦樂乎？人不知而不慍，不亦君子乎？（學而篇）
>
> 學而不思則罔；思而不學則殆。（爲政篇）
>
> 十室之邑，必有忠信如丘者焉，不如丘之好學也。（雍也篇）
>
> 吾嘗終日不食，終夜不寢，以思，無益。不如學也。（衛靈公篇）
>
> 古之學者爲己，今之學者爲人。（憲問篇）
>
> 學如不及，猶恐失之。（泰伯篇）

孔子的讀書有如吃飯睡覺，更似人類的一種本能的行爲。

面對讀書、知識與權力、功利的共生，面對學習型的社會，如何推展終身學習，重建閱讀理念，重返閱讀的本質，亦即希望閱讀的關係從知識權力的桎梏中解放，閱讀成爲一種互動，一種休閒和遊戲，這是我們所該慎思之處。

讀書，是終生的本能行爲。

爲自己在忙碌的生活中開闢另一個世界，無拘無束地在書中徜徉－讀一直想讀而沒有時間讀的書，讀與工作不相關的書，甚至讀自己都不知道爲什麼要讀的書！讀一些「閒書」，把自己變得少一分功利、多一分氣質！

而後，胸中灑落，有如光風霽月；乾坤朗朗，自有生機。

　　處在這個資訊發達的時代，相關資料的整理與流通極為重要，兒童閱讀興趣與趨向的現象調查亦不例外。雖然，只要可以舞動、品嚐、觸摸、傾聽、觀察，並且感覺周遭的各種訊息，孩子們幾乎沒有任何學不會的事情。可是，長期以來，台灣一直缺少一份可以反應當時兒童閱讀生態的基礎資料，供國內外出版業者、官方或民間相關機構，以及學術單位作為參考。流行的觀念，我們常把兒童的內心世界想像得過於簡單，其實兒童的心靈是一個主動、忙碌、聰慧引人入勝的園地。他們擁有過人的洞察力，不時為我們帶來驚奇和樂趣；他們的創造力和思考力，往往也超乎我們的預期。人的學習能力自小就開始發展，如果能好好的引導他們，玩具、遊戲、節目等相關產品在那都可以啟發孩子的潛力。因此，本計畫旨在透過實際調查，從消費者研究層面來瞭解兒童閱讀市場消費實態。一者可作為瞭解當代兒童文化的基礎資料；二者可以作為從業者進行行銷活動策略擬訂時的參考；再者可提供教師、父母作為指導兒童閱讀的參考。

二、研究問題

　　隨著第三波資訊時代的來臨，各種資訊管道與社會環境有了據大的變動，讀者對「書」的定義與認同也隨之改變，其閱讀行為也大異庭逕；二十一世紀發達的各種視聽聲光媒體，更對傳統「書」帶來取代性的威脅。閱讀的價值與內涵正在逐漸被解構中，閱讀的行為在當代也因之受影響而有著極為不同的形貌。面對這樣的變動，我們不禁反思，現代人到底是如何看待閱讀？

　　而在人的一生中，早期閱讀的資與量，對日後閱讀型態有著形成性的關鍵，因此兒童期的閱讀就相對的重要，而兒童從書中所獲得的，不僅是資訊的傳達，更重要的是在閱讀過程中，一種深層思考、注意力集中的歷程，而這也是聲光閱讀不能取代紙本閱讀的重要功能。

　　閱讀，尤其是書本閱讀，文學性書本閱讀，對兒童發展有著強大的影響力，而對於這樣強大的影響力，我們的瞭解卻因為現有資料的陳舊與不足而仍停滯於渾沌之中。因此，本研究希望藉由大型的問卷調查分析，深入地建構出目前兒童在課外讀物中有關文學性讀物的閱讀行為。

　　詳而言之，本研究所要了解的問題是：

一、兒童的日常閱讀是如何進行？
二、兒童對於閱讀的資料類型及內容的選擇特質為何？
三、兒童取得閱讀資料的通道為何？
四、兒童閱讀興趣與趨向？

　　在第一個問題中將針對兒童的生活與閱讀、兒童閱讀的頻率、閱讀的情境、閱讀的地點等變相做探討。在第二個問題中，將分析兒童有怎樣不同的閱讀傾向，與對於兒童在選擇閱讀資料類型與內容上有怎樣的判準。在第三個問題方面，將瞭解兒童閱讀資訊的來源為何，兒童取得閱讀資料的途徑是哪些。在第四個問題中將針對兒童的閱讀興趣與趨向。在調查中除取得受訪者的基本資料如：性別、年齡、班級等項目外，則不論其家庭與父母的社經現象，在這多元且瞬息變化的資訊時代中，我們旨在了解兒童的閱讀狀況，與其閱讀的資料類型、

取得通道等，並探討兒童對於文學性讀物的閱讀興趣與趨向所在。

第三節　本研究之重要性

兒童是社會最重要的資源，更是未來世界的創造者與擁有者。如何正視兒童與善待兒童，是我們刻不容緩的課題。

對兒童的有關研究，時常有來自一種源於童年的記憶的重新發現和重新整理，這是一種直覺，缺乏足夠的知識及分析報告做為後盾。研究之道，旨在了解兒童的需要及滿足兒童的需要。

本研究從兒童的動機、興趣、行為入手，亦師是以構成兒童購買的內在需求出發，旨在引領相關者如何為兒童創造、開發、並行銷產品。

閱讀而言，日本人的閱讀文化舉世有名，荷蘭出版業者也透過統計指出其國人每人每年平均閱讀七本書。各先進國家均有完善統計數字顯示其國人讀書風氣，而本國尚無如此之統計，縱使有官方資料並有民間協助調查，但至今絕大部份的調查結果均嫌粗糙片面，對圖書出版業者或對社會的文化指標建立幫助不大。至於有關兒童閱讀興趣的調查，更是乏人問津。故本計畫的主要目的是透過問卷調查以便瞭解當前台灣地區兒童之購書行為與閱讀習慣之基礎資

料，這些資料不僅可以做為瞭解兒童文化的指標參數，亦可做為業者進行行銷活動策略擬定之參考。

第四節　解釋名詞

本研究中有關關鍵詞解釋如下：

1.兒童：依照我國兒童福利法的規定，兒童是指未滿十二歲的人；而依照少年福利法規定，少年是指十二歲以上未滿十八歲的。又參照聯合國兒童權利公約的定義，兒童是指十八歲以下的人。

因此，兒童的年歲可以視情況作較大範圍的延伸及解釋。而本研究中的兒童，是依我國兒童福利法，我國國民小學制，及國家文藝基會與本研究相關的研究，是指國民小學的學童而言。

2.文學性讀物：一般說來，兒童讀物，因其傳達媒介的不同，可分為文字與圖書，又因寫作目的之不同，可分為非文學的和文學的。本研究的重點即是在文學性讀物。

第貳章：文獻探討

第貳章：文獻探討

第一節　前言

　　當"兒童的閱讀興趣"這樣的字眼映入眼簾時，我們的腦際立即浮現一堆所謂的兒童讀物，大部分是文學類的，像童話、童詩、小說、民間故事、神話等等。也有非文學類的，像謎語、漫畫和各類知識性的圖書。這些書籍儘管性質有別、種類各殊，但人們大抵有一個共識，認為那是在那種年齡的孩子應該要讀，或是大致會有意願去讀的書。彷彿有那樣確切地心理學原則存在，小孩對童書接受的程度，正好與他們當時認知的、情意的、和道德的發展階段相互呼應，因此，各類因應不同心理年齡的童書書單也就層出不窮了(Huck, Hepler, Hickman ＆ Kiefer, 1997；　Lipson, 1988)。

　　其實，閱讀與興趣這兩個詞皆有相當豐富的意涵，我們只是很理所當然地採用習慣上的概念。在口語文學的時代，童話故事當然是用來聽的，印刷術發明之後，配合著宗教改革帶來的識字運動，才進入閱讀的年代。而影視媒體、網路革命更擴充了閱讀的定義，那麼看電視卡通、瀏覽電子書、或者是聽有聲書算不算是一種閱讀呢？

　　至於興趣(interest)這個看似明白易曉的字眼，其實是頗不易掌握的概念。是不是真如皮亞傑(Piaget)這一類的心理學家所說，兒童的心裡發展具有普同性，因此任何民族、文化中的兒童對於作品的喜

愛程度也會趨向一致。或者興趣是被培養、被塑造或是強化出來的，因兒童的性別、成長的家庭、社會環境和文化精神而有別？童書銷售多寡所反映的到底是成人的偏見，抑或是兒童的喜好？至於多媒體的出現，對於狹義的讀書興趣到底影響是正面還是負面，也仍有待深究。

　　本研究旨在檢驗台灣兒童的閱讀興趣，文獻探討大致分為四大部份。首先，要討論過去幾十年來海峽兩岸做過的相關研究；其次，從若干西方哲學家對興趣一詞的解釋，探討他們對於兒童讀物的看法；再其次，則是從心理學的觀點，說明兒童讀物偏好的若干心理機制；最後，再根據文學社會學的立場，分析兒童閱讀興趣的社會成因。

第二節　　相關研究評析

　　近數十年來有關國內兒童閱讀興趣的研究，可以稀薄零星一語概括之。林文寶(民 79)廣泛蒐集民國三十八年至七十七年台灣地區兒童文學論述譯著書目，其中與本研究題旨相仿者竟只有許義宗的兒童閱讀研究(民 67)一篇。嚴格說來，許義宗的論文只著重於一些理論或前人研究成果的整理，並不是實證性的調查。而張杏如（民 79）等人為信誼基金會所作的調查則強調親子共讀行為的分析，並沒有直接涉及閱讀興趣這個層面。至於劉曉秋(民 72)的碩士論文則是一篇較為完整的報告，作者係以若干兒童讀物讓孩子回饋做統計分析，探討兒童讀物閱讀型態與學齡兒童生活適應關聯性之研究。可惜作

者觸及的變項太複雜，又缺乏理論的主軸，將研究發現連貫起來，不免就顯得零亂無章了。

　　與本研究題旨最爲接近者僅只三篇。陳梅生(民 40)兒童讀物興趣之調查係以北師附小中、高年級的學生爲樣本，讓男女生分別提出他們最喜歡讀的書，受測者還回答了喜歡和不喜歡的原因。本研究較有興趣的部份爲發現男女生閱讀興趣的差別，頗具參考價值，但作者對讀物的分類不盡完善，頗有重疊之嫌，而樣本數有多少作者亦未交待。本研究施測的地區限於台北市，樣本的偏差使我們無法推估是否能適用於全國。

　　鳳志科(民 61)的研究多少可以補充上項調查的限制。鳳志科在台東縣的研究係以六年級學生爲樣本，與陳梅生的研究發現有許多相似之處，特別是在讀物類型的男女興趣差異上非常一致。兩者都發現兒童的閱讀動機主要係 "對自己有幫助" 或 "增進知識"，其次才是"生動有趣"。鳳志科的研究將課外讀物、兒童雜誌和連環圖畫做分類，相對於陳梅生將漫畫視爲不良讀物已算是向前跨進了一大步，可惜樣本雖達六百餘人，且涵蓋到全台東縣，卻只對六年級生施測，那就看不出同一地區學童年齡上的差異了。

　　葉可玉(民 52)的研究涵蓋了全台灣省,包括各年級的學生計 3,348人，而且充分考量到城鄉差異，取樣相當周延。該研究最有趣的發現是三至六年級學生最愛看 "笑話"，而最不喜歡讀愛情小說。在方法上較值得商榷的地方是，作者係以國小的國語教材受喜歡的程度來討論讀物內容、性質與兒童閱讀興趣的關係，殊不知當時的政治環境造成教科書過度爲官方意識型態所主導。於是，根據這種調

查工具所作成的結論是不是真正反映了兒童的興趣，就頗成疑問。
而作者在建議中強調在讀物的取材方面要 "適合國家民族需要"
"適合國情和社會環境及習尚"；在寓意方面則 "要有正確的愛國
家愛民族愛人類的思想"、"要每篇有一正確的中心思想"，恐怕
就沒有什麼知識上的意義了。

　　上述三項研究儘管在方法上各有可取之處，但都缺乏足夠的理
論來解釋調查的結果，而且時移境遷，即使尚有一點點文獻的價值，
也未免顯得年代久遠了。

　　兒童的閱讀興趣多少反映在童書的銷售量上，所以，有關兒童
讀物的市場調查就成了探討這一主題的重要指標。當然，兩者未必
能劃上等號，因為家長是主要的採購者，固然考量到孩子的興趣，
但也扮演著資訊看門者的角色，主觀地決定那些書籍對孩子有益，
那些則是兒童不宜。根據楊孝濚(民 70)的問卷調查，兒童最喜愛的讀
物類別依序是神話與民間故事、冒險和偵探故事、童話、笑話、漫
畫和科學故事。但家長認為市面上最缺乏的讀物則依序為家庭和學
校生活故事、科學知識、歷史傳記、藝能、科學故事、詩歌等。家
長填答的大致是認為孩子 "應讀" 的，學童則提出他們 "愛讀" 的，
兩者的落差極大。楊孝濚的調查研究雖然不強調理論上的意義，但
卻提供了一些重要的依據，對於台灣的文化現象、社會變遷的分析
深具參考價值。往後由行政院文建會負責的年度台灣圖書出版市場
研究報告(1997；1998)調查的範圍更為全面，方法更多樣，而分析也
更為精要，是研究兒童讀物消費不可或缺的資料。

　　兒童感到興趣、但卻常被忽略的作品則是漫畫。儘管社會大眾

早已不再將漫畫書直截了當地歸類爲不良讀物，而且根據文建會(1998)
的調查，漫畫的出版量超過童書發行的總和，但學界和教科書大都
沒有將漫畫視爲一項兒童文學的文類或列專章討論。這是學術上的
重大疏忽。好在同年出版的報告特闢一節探討台灣漫畫的出版市場，
對於漫畫在台灣的發展沿革、漫畫市場的機制與生態變化、行銷的
網絡、以及未來的因應之道，皆有論述，填補了這部份文獻的空缺。
漫畫盛行的成因極爲複雜，它的消費型態也獨具一格，已經融爲台
灣本地的一種大眾文化，影響深遠自不待言。本章第五節將做進一
步討論。

　　另外值得一提的研究係由中國社會科學院和中國圖書商報聯合
主持的"全國五城市兒童閱讀狀況及其市場研究"（卜衛，1999)。這
項研究最重要的特色是樣本龐大，取樣的範圍包括北京、上海、成
都、鄭州和廣州等五大城市，對象爲小學四年級到初中三年級的學
生，學生和家長問卷各發出四千份。另外該研究也選了七位學童做
深度訪談，這部份的樣本嫌弱，而且七位受訪者中有六位女學童，
似乎未考量性別的偏差，是美中不足之處。主持人認爲這項迄今爲
止最大規模的童書閱讀調查代表著兒童研究角度的變化趨勢：

　　"……以前做兒童研究，我們總是考慮教育的要求是什麼，習
慣考慮應該給兒童什麼東西以及怎麼讓兒童接受我們成人既定的東
西，但我們對兒童缺少必要的瞭解。對兒童進行調查，就不是考慮
教育的要求，而是要考慮兒童的要求是什麼。在閱讀方面，他們究
竟有什麼需求，他們對兒童讀物出版是什麼樣的感覺，他們希望有
什麼改變……從兒童的角度來反省我們的出版和教育中的問題。"（頁
29)

　　筆者認為該研究中的幾項重大發現相當值得深思，譬如研究報告指出學童的閱讀興趣和年齡成反比，卜衛提出的解釋指出此乃因兒童年齡越大，學習壓力越大，或者是可從事的活動越多的關係。這兩種解釋其實是自相矛盾的，而且閱讀課外書未必不是紓解壓力的手段，第二種解釋似乎比較合理。值得文學界和出版商檢討的是，"孩子們閱讀的圖書大都不是出版社獲獎圖書以及兒童文學研究者讚賞的好書"（頁 12）。中、小年級最喜愛的讀物皆為日本卡通和偵探小說，這與台灣的情況有些類似，可見日本漫畫確實是非常強勢的媒體，其內容所隱含的價值觀必有相當成分得到學童的認同，不宜輕率地以"崇日心態"或者是"文化帝國主義"來看待。

　　海峽兩岸陸續出版兒童讀物出版市場的調查報告，這是個可喜的現象，這代表著兒童文學研究將更有實證的依據，但數字所代表的意義非常複雜，其所反映的商業利益以及經濟榮枯可能更甚於兒童實際的閱讀興趣。此外，這些調查普遍都犯了理論貧乏的缺陷，對現象的解釋只是想當然耳式的推論，大都沒有什麼學理的依據。我們需要更多的兒童閱讀心理研究，更豐富的傳播媒體論述，更精彩的兒童文學創作，才不會讓自己僅停留在調查分析的階段。

第三節　西洋思想家論兒童閱讀興趣

　　如何將文學化為教材，以達成社會教育孩童的目標，自古以來即是思想家所關切的課題，在西方哲學的傳統裡這方面的表現非常突出。限於篇幅，筆者在這一節將只討論對兒童教育思想影響最為

深遠的柏拉圖(Plato)，盧騷(Jean Rousseau)和杜威(John Dewey)，他們對於兒童閱聽的範疇提出三個可能的方向。

　　柏拉圖的文藝思想和教育哲學大體可以從他最重要的對話錄《理想國》(The Republic)（民 69）中勾劃出來。在柏拉圖的理想國中，教育的重點其實不是文學，而是音樂和體育，用意在使人的性靈身體能夠剛柔並濟。柏拉圖假借蘇格拉底在【答辯辭】(Apology)篇的說法，認為詩人的創作憑藉的是靈感、天賦，往往自己都不知所云，與相命之徒半斤八兩，根本就毫無智慧可言。所以，詩人和劇作家在他的理想國裡應該是要受到監督，作品是得接受檢驗的。所以，需要限制故事作家，也要鼓勵孩子的母親和褓姆只講好的故事。但柏拉圖又指出絕大部份的故事都應該禁止，因為當時盛行的許多神話大都是與事實不符的謊言。但是不是真實的故事就可以說給孩子聽呢？那又不然：

　　“……我想也不應該逐漸地講給毫無思想能力的幼稚孩子聽，最好是不說這一類的故事，讓他們無聲無息的消逝。如果必要，也只許少數人在祕密的誓約和祭禮之後，決不是虛應其景的，而是在隆重的祭禮之後才許聽的……年歲輕的孩子並不能夠辨別何者為事實，何者不是比喻；要知道那階段孩子心靈所吸收的意見將會是難以忘卻而且是不變的。因此我們或許應該善盡吾人的能力，讓一些符合德行的故事首先講給孩子們聽。”(頁 91)

　　很少有那一位思想家對兒童文學的態度是那麼嚴肅的，或許他想表達的是，荷馬(Homer)，賀西歐(Hesiod)等人創作的神話根本是兒童不宜的成人文學，必須適度地加以剪裁。但文藝檢驗的目的並非

考量兒童的興趣，或者是顧及兒童的心理需要，而是基於道德教化
的功能。勇氣、嚴肅、虔誠、節制是公民應具備的美德，而兒童善
於模仿，不能讓他們從神話中學到適得其反的榜樣。

　　柏拉圖對於文學的作用也許是高估了，他對文學的態度基本上
是負面的，未見其利、先見其害。他只消極地指出那些文學是要不
得的、對孩子是有妨害的，但並沒有提出正向的創作方針。既把文
學的影響看得那麼大，卻沒有更積極地借力使力，為教育規劃出理
想的兒童文學，殊為可惜。此外，柏拉圖完全漠視了兒童閱讀的心
理因素，純粹將文學當作工具。"讀物"的選擇是成人世界，甚至
是官方的事，孩童完全沒有置喙的餘地。所以在柏拉圖的理想國裡，
道德、法律、教育等等一切國家至上，所謂閱讀興趣無非如緣木求
魚。而這種文學教育的思想主宰了二千多年，到現在仍然是一股主
流，要待盧騷的《愛彌兒》(Emile)（民 78）一書出現，才有另一股
相對的思潮與之抗衡。

　　儘管盧騷對於柏拉圖極為推崇，認為他的理想國是"最好的教
育論文，像這樣的教育論文還從來沒有人寫過"（頁 6），但兩人對兒
童讀物的看法卻截然不同。柏拉圖其實沒有童年的概念，孩子只是
未來的公民而已，教育的功能取向非常清楚；而對盧騷而言，孩童
本身即是教育的目的。盧騷本人對書本極為鄙視，認為"沒有什麼
東西比他們更不忠實地表達作者的情感了"（頁 428)，所以對於當時
流行的兒童讀物也提出了易於常人的看法。他反對教小孩學詩，或
者學習使用優雅的語言，因為那與孩子質樸的性情不符，對他而言，
法文矯柔造作，是最要不得的語言，簡單明瞭應該是兒童讀物書寫

的最高指導原則。這種崇尚自然、以自然為美的思想，對後來也從事兒童創作、改寫名間故事的托爾斯泰影響很大。

　　盧騷愛彌兒一書的風格受到英國哲學家洛克(Locke)的影響很深，但兩人兒童閱讀的觀點並不一致。洛克在《教育漫話》(民79)一書中強調不要讓孩子把讀書當成一種任務、一種工作，而是要使兒童"把學習看作一種遊戲，看作一種消遣；覺得假如我們把學習當成一件光榮的、榮譽的、快樂的和消遣的事情，或是把它當成一件做了別的事情以後的獎勵。假如不使他們因為忽略了求學就受到責備或懲罰，他們是會要求自己求教的……"(頁113)。

　　洛克這一段話可說是深諳教育心理的原則，比諸柏拉圖已算邁進了一大步，但洛克的想法其實是要以高明的偽裝，將成人的概念與價值裹在糖衣中讓孩子吞下而已。所以儘管洛克認為伊索寓言有諸般好處，可說是老少咸宜，盧騷則認定寓言體不管是依索的還是拉封登的，都算是成人的讀物。寓言最要不得的地方即是將成人的道德教訓強加在孩子身上，結果往往是適得其反。愛彌兒一書的要旨在於凸顯感覺教育的重要，童年是無可替代的；孩童不善思辨，培養情性才是要務，那麼什麼樣的讀物最能符合這標準呢？盧騷坦承說他憎恨書本，但又說：

　　"既然我們非讀書不可，那麼有一本書在我看來對自然教育是論述的很精彩的。我的愛彌兒最早讀的就是這本書，在很長的一段時間裡，我的圖書館裡就只有這麼一本書，而且它在其中始終佔據一個突出的地位。它就是我們學習的課本，我們關於自然科學的一切談話都不過是對它的一個注釋罷了。……它是《魯賓遜漂流記》。"

（頁 244）

　　《魯賓遜漂流記》的教育意義在於教孩子如何獨處，那是部充滿好奇與想像的作品，故事裡的知識是活的知識，教孩子懂得變通，同時也肯定自食其力的重要。除了狄福(Defoe)的這部名著外，受到盧騷肯定的文類則為傳記。其中他最推崇的是羅馬作家普羅塔克(Plutarch)寫的《希臘羅馬名人傳》。好的傳記從小處入手，對大人物的微言微行做細節的描述，反而使得偉人的面貌歷歷在目。相形之下，歷史學家號稱要還原歷史的真相，結果卻反而使歷史人物的形貌模糊了。讓孩子讀傳記即在起一種身教的作用，而一流的傳記作家自有本事，讓孩童產生閱讀的興趣。其實熟悉盧騷生平的人都知道，上述兩部書是陪著盧騷成長過來的，而且是親子共讀的結果，兒童對於讀物的興趣其來何自？從盧騷身上我們又多得了一道線索。

　　杜威係西方教育思想中集大成的人物，他在《民主主義與教育》(民 78)一書中對柏拉圖與盧騷的學說皆有公允的評斷，但並沒有另立篇章討論語文教育的問題。不過，杜威對於興趣這個概念倒是有相當完整的解釋。他認為興趣一詞的一般含意有三種，首先是指活動發展的整個狀態，在我們投入一項事業時常被視為是一種興趣。興趣的第二種意義係指個人參與會對自己造成影響的事物，可說是利益的同義詞。第三種則是個人情緒的傾向，強調個人對事物的態度。杜威認為“要有興趣就是能用心、能專注、能警覺、能關心、能注意。我們說一個人對某事有興趣，包含了兩層意義：一是自忘於某事，二是自得於某事。這兩種說法都表示個人專注他的目標”（頁

123-24）。

　　根據這種說法加以推演，所謂兒童閱讀的興趣如果指的係第二義，則是站在一種功利的立場；若是指第三義則是讀者本身受到文本的吸引、忘其所以，閱讀的喜悅成爲自身的目的。然而，杜威並沒有像柏拉圖那樣指出那些讀物是有害的，也不像盧騷那般列舉二部必讀的書單。實用主義強調的是過程而非結果，著重的是個體與外界的交互作用，對於什麼是理想的讀物並沒有具體的主張。因爲社會環境是變動的，而人對外界的調適則是主動的，所以沒有放諸四海皆準的書單。這與教育哲學中永恆主義(Perennialism)或精華主義(Essentialism)有一套經典名著的想法頗爲不同。

　　杜威強調興趣在教育上的意義，但這並不表示投學童之所好，他說興趣(interest)的原意是“居中”，也就是說要連接兩個原本有距離的事物。所以閱讀的興趣不應該是外鑠的，而是要建立在過去經驗的基礎上，其目標則是成長。至於最原初的興趣從何而來呢？杜威對此並沒有明確的說法，因此我們必須附帶談談另一位實用主義哲學家詹姆士(William James)的解釋。

　　詹姆士於 1893 年在哈佛大學對教師發表一系列的演說，專闢一講討論興趣，因爲他認爲這是教育論述者最常注意到的課題。對詹姆士而言，有的事物天生有趣，而有的則要靠人爲獲得，爲人師者必須要確認那些是本來就有趣的，因爲靠人爲獲得的那部份必須建立在前者的基礎上，而孩童的天然興趣大體上是依靠在感官的領域(James, 1958, P.73)。

　　詹姆士的學說係建立在生理心理學的實驗上，頗有科學的根據。最初的興趣必須訴諸於感官上的刺激，待這種天生的興趣獲得滿足，那就可以利用它來聯結別的事物，使後者也變得有趣。專注、記憶將緊隨著對事物的興趣而至。

　　本節討論了柏拉圖、盧騷和杜威三種對閱讀興趣的思考。其中柏拉圖的主導性最強，認為要讓兒童在符合道德要求的讀物中成長，才能符合國家的集體利益。盧騷則較注重把兒童視為有自身價值的個體，符合孩子的情性才是主要考量。而杜威的態度更為開放，不去預設符合孩童需要的讀物，而以個體的成長做唯一的標的。筆者刻意討論這三種立場，除了因為三位思想家在哲學上的地位外，也意味著我們對兒童閱讀興趣的態度其實也不脫離這三種，至於那一種為佳，恐怕是難有定論的。

第四節　兒童的閱讀心理學

　　上一節論及詹姆士對於興趣的看法，引伸出來的意義在於當孩童尚只能由感官的刺激而引起閱讀的興趣，我們應該提供能使他們產生視覺、觸覺和聽覺快感的讀物。於是幼兒的讀物色彩要強，圖樣要生動，讀起來又可以有韻律感。義大利的蒙特梭利(Maria Montessori)也持類似的主張，認為幼兒自有吸收性的心智(absorbing mind)，強調學習應是多感官並用，理智的發展是較後階段的事。心理學家這種想法，著重孩童自然發展的傾向，似乎已成為大眾的共識了。

　　然而成人畢竟隨時忍不住要介入孩童的閱讀經驗，大抵我們都在想為孩子寫或選的書籍裡摻入一些 "正確的" 觀念。法國文學家亞哲爾在《書、兒童、成人》一書（傅林統譯，民 87）裡將這種現象描述成兒童與成人的對立。成人透過讀物在 "壓迫" 兒童，甚至有許多服膺盧騷的作家也假讚美自然質樸之名，而使作品充滿著戒律。然而，兒童竟能 "堅守自己的立場"， "……確信自己的實力，繼續反抗下去，他們拒絕大人勉強塞給的書，只閱讀自己喜愛的書，這是需要勇氣的行為。那是一個大人控制一切的時代，所以這種勝利彌足珍貴"（頁 113）。

　　亞哲爾的論點有趣之處在於他認為成人與兒童對閱讀所關切的方向是矛盾的，而兒童的反抗則是有意識的，最後的結果是成人接受了兒童的引導，使紛雜的世界仍得保有一絲清明。筆者認為亞哲爾的學說包含了兩種思想，一種是十九世紀的浪漫主義，認為 "孩童是成人的父親"（William Wordsworth 語），大人要避免墮落，莫若以小孩為師。浪漫主義同時蘊含著強烈的叛逆精神，階級、性別、種族的鬥爭外，竟還有成人與兒童的衝突，兩者並非永遠是統治與被統治者的關係，有時甚至會主客易位，這與晚近社會學的抗拒理論(resistance theory)頗有互通之處。

　　以研究童話而成為傑出的兒童理論家貝托漢(Bruno Bettleheim)，在他的鉅著《童話的魅力》(The uses of enchantment)(1977)特別指出孩童對童話會那麼著迷，主要是因為在他們尋求生命意義時，童話本身的單純、富於想像、簡樸有助於他們維護內心的平衡。就像他在書中特別引用到作家 Tolkien 講的話，認為童話裡的真實，並非因果

關係的真實，而是想像的真實。是以童話故事所關切的不是可能性，而是合乎需要性。貝托漢主要採取精神分析的觀點，容或有過度闡釋佛洛依德學說之嫌，但這部書深入探討兒童的意識底層，對我們理解兒童的閱讀興趣確實是一部難得的佳作。

　　兒童閱讀興趣的差異往往視年齡與性別而定，根據相關的研究有五點主要發現(Huck, Hepler, Hickman, & Kiefer, 1997)：1.兒童的興趣隨年齡和年級而有變化；2.女孩讀的較多，但男孩的興趣較廣、讀的也較為龐雜；3.女孩對浪漫類型的成人小說比男孩較早產生興趣；4.男孩在早期即已偏愛非小說類；5.男孩難得對“女孩的”書有好感，但女孩較常讀“男孩子的”書。這些興趣的差異到底有多少成分是天生的，多少是學得的，仍有待深究。若是屬於後者，那就意味著成人對於兒童的社會仍有固定的成見，孩童不知不覺地在表面開放的書堆中做出了選擇，如此又強化了原來的性別意識。

　　我們很習慣思考孩童對那一類別的書籍感到興趣，卻很少去想為什麼兒童會不再那麼在乎閱讀。教育評論家兼傳播學者柏思曼(Neil Postman, 1979)從媒體的觀點來回答這問題。他認為印刷媒體與影像媒體刺激不同的心智活動，一種靜態、一種動態，兩者會相互抵觸，電視代表的是動感的文化。我們姑且不管電視的內容對兒童的意識形態產生什麼影響，單是收看電視這項行為就足以為孩子帶來心理上的轉變。他提出了“電視課程”(TV curriculum)這個概念，設想一個孩童平均每天看二小時電視，那麼他或她就等於修了十四小時的電視學分。看電視時孩子是可以任意走動的，可以吃零食的，可以隨時離開的；如果是看錄影帶，則可以跳著看。由於電視節目是種

高度的感官活動，孩童習染久了電視課程之後，不但沒有辦法養成靜坐閱讀的習慣，而且由於廣告插播，久而久之兒童的注意力集中的長度也縮短了。簡言之，柏思曼要說的是媒體的型態決定了它的內容，而接受的形式也影響到閱讀心理。

然而，柏思曼的意思並非要我們隨著科技的創新起舞，反之，它認為教育應該對社會的走向起一種平衡的作用，不使走的太過極端，所以設法降低電子媒體的影響力，恢復兒童的閱讀興趣是有必要的。柏思曼的觀點或許對電視有過多的偏見，因為許多後繼的媒體研究指出孩童收看電視與閱讀的時間常成正比（Hodge & Tripp,1986）。中國大陸做出來的研究都支持了這種說法（卜衛,1999）。但筆者認為柏思曼提出一個嶄新的角度來探討媒體如何改變兒童的心理，而這種改變又如何影響了兒童的閱讀興趣，這論點很值得深思。

第五節　文學社會學的觀點

前述柏思曼的看法可以延伸解釋漫畫盛行的原因，在兒童習慣了畫面的語言之後，對以圖像來表達的連環畫就覺得容易入手，而對抽象的文字符號就越來越難以接受了。讀漫畫既有翻閱的樂趣，又沒有過度傷神的困擾，它成了印刷媒體和電子媒體的中介物，而且兩邊吃得開。連鎖性的漫畫書店如雨後春筍般林立，原本以武俠小說為主體的書架，已層層格格地遜位給日本漫畫，成為大眾文化的一部份。這類讀物在學童之間相濡以染，不知有神探柯南、未讀

過七龍珠、不崇拜灌藍高手者幾希？據文建會（1998）的調查，推算漫畫的總出版量超過其它童書的總和絕非誇張。

　　這種現象當然不單純是一種視覺心理產生的結果，還有更複雜的社會因素。譬如台灣的小資本經濟型態，就是促成故事書商店連鎖化的溫床。再加上市鎮人口集中，街坊的這些便利書店就成了電視、電玩之外的替代娛樂。此外，漫畫書的篇幅、版面皆有縮小的趨向，這也反映出人們追求速讀速了的心境，於是消費型態也改變了，一部故事尚未寫完，出版商早已在分冊銷售，這對讀者來說不盡公平，但也早已習以為常了。法國文藝理論家埃斯卡皮(Robert Escarpit)（顏美婷譯，民 77）就嘗試從閱讀的社會環境來分析偵探小說、微型言情小說、枕邊書、袖珍書等獲利商業成功的原因。每一個時代的文學作品是否能在市場上獲得豐收，要看是否與當時的社會風尚契合，十九世紀盛行長篇的愛情小說，那是因為女性讀者暴增之故，根據社會學家柯塞(Luis Coser)（民 81）的說法，那也是寫作正式變成商業化的時代，它舉維多利亞女王時期的四大小說為例，認為狄更斯(Charles Dickens)雖然在藝術成就上稍遜於艾略特(George Eliot)，但前者卻獲得最多的商業利益，因為它的作品最能滿足新興小資產階級的心理需求（郭方等譯，頁 55-74）。

　　文學家韋勒克(Rene Wellek)在他的大作《文學理論》(Theory of literature)（1956）書中曾提到文學社會學的三個可能的方向，分別是作家社會學、作品社會學和讀者大眾的社會學。先來談談作家社會學部份。台灣的兒童文學工作者主要有三類，其一是師範學院的教師，他們人數不多，也大都不從事文學作品創作，但往往會扮演指

導的角色。其二則是兒童讀物的編輯，通常也具備作者的身份。其三則是小學教師，他們是兒童讀物的經常校稿者，也是作品與讀者的中介人。這三類人和出版商構成台灣兒童讀物的主體。從他們的兼職身份來看，就可發現兒童文學工作者專業的程度並不高，而且社會階級的同質性頗高。創作者的社會背景當然會影響到作品的風貌，同質性高自然限制了多樣性的發展。或許這可以說明兒童讀物翻譯作品的比率居高不下的原因，只有藉助外來的著作才能彌補這種缺憾。

次談作品的社會學，前面已經稍微討論過書本形成的問題，現在談作品的內容。簡言之，這部份旨在探討兒童讀物裡意識型態或價值觀的問題。五〇年代流行的牛哥、劉興欽漫畫，故事裡農村社會人物的憨厚質樸早已不再能吸引九〇年代以後的學童。最具現代意義的科學偵探小說和科幻故事受歡迎的程度今遠勝乎昔。

再談讀者大眾的社會學，這部份最為複雜。文學作品是有階級性的，對兒童讀物而言，這點或許不是那麼絕對，但就消費的角度來看仍然是站得住腳的。當兒童讀物也成了文化工業的一環時，消費大眾就已成為資本家宰制的對象（阿多諾，民 86 年）。從表面上看消費者似乎有取決權，然而個人的選擇卻不得不因經濟條件而各安其位。波冠克(Robert Bocock, 1993)在他那本討論消費的書裡提到消費的文化價值和象徵作用，或許早期的經濟學家韋伯倫(T. Veblen)的看法仍然可以成立，他認為顯著的消費代表顯著的地位，所以精裝版的套書最能投社會新貴之所好。繪本的流行也代表這一層意義，不管是本土的還是進口的，這類讀物都所費不貲，除了閱讀心理方面

的理由之外，也未嘗沒有擁書自重的意味。

　　法國社會學家布爾迪厄(Pierre Bourdieu)（1984；1993）提出文化資本（cultural capital）這個概念。他認爲文化資本與社會資本是互爲因果的，經濟實力可以透過所謂品味的培養而獲取象徵權力，而後者當然亦可以反過來強化前者。兒童閱讀的書籍是這種象徵權力的展現，藉此而使階級得到複製。當然，正如埃斯卡皮提醒我們的，擺在書架上的書未必等於被閱讀到的書，但這與身份的粧點、品味的養成並不矛盾，至少孩童被置放在這樣的環境中，就有更好的機會在閱讀興趣的培養上捷足先登了。所以根據布爾迪厄的學說，兒童的閱讀興趣當然是有社會條件的。

第六節　結　語

　　本章先從海峽兩岸幾十年來關於兒童閱讀興趣的研究調查報告略做探討，然後分別從哲學、心理學和社會學的角度來分析兒童讀物流行的現象。筆者認爲務必要從這三方面入手，才能較爲全面地透視兒童閱讀興趣的根源，也才有可能瞭解這種興趣會產生的影響。兒童讀物的範圍至廣，作者只是擇要討論，並不嘗試去探究各個不同的文類，而著重在若干現象之分析。寄望國內作家和研究者有更多好的作品出現，則文獻探討就不至於顯得那麼單薄了。

第參章：研究方法

第參章：研究方法

　　本文在針對調查結果進行分析前，於本章對於問卷內容、抽樣方法、調查過程與統計分析方法做說明，使有興趣的讀者能對調查結果有進一步理解。

第一節　問卷內容

　　本研究主要針對兒童閱讀狀況與興趣做問卷調查，這些閱讀變項的問卷設計，請參附錄。這份問卷也包含了受訪兒童的基本人口特質，這包括兒童性別、就讀校別、年級，學校所在地都市化程度，與兒童家中擁有之媒體設備，以及兒童一般的課餘活動之問項，以便於對當前兒童閱讀狀況與興趣的相關背景做進一步的分析。

第二節　抽樣方法

　　為了便於進行調查，本研究以台灣地區設有屬於三峽國民學校教師研習會國語科實驗班的小學二至六年級學童為母體；由於一年級學童語文能力不足，可能難以進行問卷調查，也就不列為研究對象。這些小學可依所在地都市化程度分成下列三層，各層的校數，二至六年級班級數、學生數分別如下：

表 3-1:母體校別、班級與學生人數分佈表

層　別	校數	班級數	學生數	各層預定樣本數	實際各層所抽人數
一、台北縣市	3	199	7100	568	575
二、高雄市、台中市 台南市	5	196	7300	584	573
三、其他縣市	17	341	1190	952	941
總　數	25	736	26300	2104	2089

　　本研究採用分層叢集隨機取樣，依以上的層別，採等機率抽樣，母體內各層的抽出率均為.08，預計總共抽出 2104 名學生樣本；在決定各層樣本數之後，再以班級為抽出單位。各層抽出人數接近預定學生樣本數之後，也就完成了抽樣，各層預定人數與實際上各層所抽人數可參表 3-1。

第三節　調查過程

　　在完成抽樣之後，即請被抽中的班級教師進行問卷調查，在教師宣讀、說明問卷題目的協助下，請學生以自陳的方式填答問卷；其中南投縣埔里國小為 921 地震災區的學校，所抽中的班級（共 150 人）無法回收外，其餘均能回收，共完成 1794 名有效樣本；這些班級所屬的學校、年級與班別，可見表 3-2。

表 3-2　所屬學校、年級與班別

縣　市　別	校　　　名	年　級　與　班　別	各校有效樣本數
台　北　市	吳　興　國　小	2-13 3-3 4-14 5-3　　5-12 6-10　　6-11	195
台　北　市	松　山　國　小	2-5 5-1　　5-2　　5-3　　5-5	131
台北縣新莊市	光　華　國　小	2-9　　2-17 4-2　　4-13　　4-17	179
高　雄　市	七　賢　國　小	5-8	38
台　中　市	東海大學附小	3-3 6-1	72
台　中　市	國　光　國　小	2-1　　2-5 4-2　　4-3　　4-5	170
台　南　市	大　港　國　小	2-11 3-1　　3-3 4-4　　4-6　　4-9　　4-13	286
嘉　義　市	蘭　潭　國　小	2-2 6-1　　6-2	111
新　　　竹	科學園區實小	4-2	37
桃　園　縣	楊　明　國　小	3-6	35
台　南　縣	崑　山　國　小	2-3　　2-15　　2-16 3-2　　3-6 5-2　　5-5 6-9	288
苗　栗　縣	藍　田　國　小	2-2	24
高　雄　縣	內　門　國　小	5-1	34
宜　蘭　縣	竹　林　國　小	2-1 6-1	64
花　蓮　縣	秀　林　國　小	2-1 5-1	45
花　蓮　縣	花蓮師院實小	2-1 4-3 5-5	103
合　　　計	1　6　校	54 個班	1794 人

第四節　分析方法

　　本研究對於兒童閱讀狀況與興趣作調查報告，視變項性質，以百分比次數分佈或平均數，來說明閱讀狀況與興趣的現況。然而為了進一步探討不同性別、年級、學校都市化程度的兒童，在以上閱讀變項上的差別，也就對於不同性別、年級、都市化兒童的差別，作百分比交差表或平均數比較分析，並當百分比交差表卡方考驗或平均數比較 F 考驗達到統計顯著時(P<.05)，才對差別性作說明。

第肆章：調查結果分析

第肆章：調查結果分析

本章根據問卷調查結果作統計分析，說明當前台灣地區國小二至六年級兒童的閱讀狀況與興趣；在作此說明前，先對受訪兒童的基本人口特質，這包括兒童性別、就讀校別、年級，學校所在地都市化程度，兒童家中擁有之媒體設備，以及兒童一般的課餘活動作說明，使讀者對於當前兒童閱讀狀況與興趣的相關背景有所瞭解。

第一節　兒童基本資料

從表 4-1 可看到就讀於都市化程度最高的台北縣市學校之受訪兒童，佔了　28.1%，其中台北市的吳興國小與松山國小佔了 18.2%；就讀於都市化次之的高雄、台中與台南三市學校的，共佔 30.5%；都市化最低的其它縣市學校的佔 41.3%，比率最高。

就兒童就讀的五個年級分佈而言，二年級佔 23.9%，三年級 13.8%，四年級 27.0%，五年級 20.8%，六年級 14.5%；分佈大致還算均勻，不過三、六年級略為偏低，四年級略為偏高。性別分佈，男童佔 53.3%，女童佔 46.7%，差不多各佔一半。

第二節　兒童家中擁有的媒體與課餘活動

從表 4-2 之伍可看到兒童家中所擁有各項媒體的比率，最高為電視機(90.9%)，錄音機(78.8%)，這兩項可說是很大眾化的媒體；其餘依次為錄放影機(57.7%)，電動遊樂器(56.4%)，個人電腦(45.4%)，DVD(12.9%)，LD(11.1%)；其中擁有電動遊樂器、個人電腦的，大約

都佔了半數，也相當普及了!擁有 DVD、LD 的仍屬極少數。

　　至於訂閱報紙、雜誌這兩項傳統書面媒體的狀況，沒訂報紙的比率高達 37.4%，有訂報紙的，仍以訂一種者居多(37.3%)；沒訂雜誌的比率更是高達 62.6%，訂雜誌的仍不普遍。

　　兒童每天所擁有可自由運用的課餘時間，則以 120 分鐘以上的佔最多(35.5%)，他們可說有相當充裕的課餘時間，可發展閱讀等各方面的興趣；不過祇有 1-30 分鐘的也有 22.1%而居次；其餘 31-60 分鐘(19.7%)，其餘 61-120 分鐘(19.3)的都佔了近二成。

　　在前述家中所擁有媒體與課餘時間的情況下，兒童在課餘時間喜歡從事的各項休閒活動之比率，最高為看電視(73.4%)，遊戲、聊天(63.1%)，其餘都不到半數，依次為看課外書(49.5%)，打電動(49.3%)，體育活動(47.5%)，聽音樂(47.2%)，做功課(45.8%)，休息睡覺 (31.2%) ，學習才藝(28.7%)，上網(24.5%)，看 VCD(21.9%)，而以看報章雜誌(14.1%)最低。

　　至於兒童「實際」從事的各項活動時間，以休息睡覺的時間最常(平均 3.44 分)，看電視居次(3.13)，做功課第三(2.78)；不看電視的佔極少數(5.5%)，看電視超過一小時的約佔三分之一(32.7%)；作功課時間大多在一小時內(共佔 81%)，超過一小時的佔了將近五分之一(19%)。若將做功課、休息睡覺這兩項不一定能說是課餘活動者扣除，而不納入比較，相較於上述兒童「喜歡」從事的各項休閒活動之比率，兒童「實際」從事的各項活動時間之排序大抵也很類似，不必做太多說明；不過仍有一些發現，值得特別說明：

1.看報紙雜誌的只有 36.3%；看課外書超過一小時的只有 16.3%，與打電動超過一小時的(16.3%)相等。

2.看 VCD(32.9%)、上網(31.7)的比率也都不高。

第三節　兒童閱讀狀況

在上一節說明過兒童一般的課餘活動後，本節針對兒童閱讀狀況作更詳細的分析。同樣從表 4-2 可看到兒童非常喜歡或喜歡閱讀課外書的比率為 54.5%，這與上一節所發現兒童在課餘時間喜歡看課外書的的比率(49.5%)很接近。非常不喜歡或不喜歡閱讀課外書的比率則僅佔 5.3%；答"普通"的則佔了 40.1%。至於不同性別、年級、學校都市化程度的兒童，在此喜歡閱讀程度之比較，則有女童比男童喜歡閱讀的現象，而不同年級、都市化並沒明顯的差別（表略）。

兒童閱讀的課外書主要來源，71.2%選父母購買比率最高，其餘依次為向圖書館借閱(44.3%)，自己購買(22.6%)，向同學朋友借閱(20.6%)，兄弟姐妹購買(15.1%)。除了父母購買、圖書館借閱之外，就很少得自其它來源。至於不同性別、年級、學校之差別，年級越高，自己購買、兄弟姐妹購買、向同學朋友借閱、圖書館借閱比率越高，父母購買比率越低；女童由父母購買比率較高；都市化越高，向圖書館借閱比率越高。

兒童得知書籍資訊的管道，以選書店(52.8%)，父母告知(51.4%)的比率最高；其餘的比率都很低，依次為同學介紹(25.5%)，電視(24.7%)，老師推薦(24.4%)，雜誌(13.6%)，報紙(11.7%)，廣播(7.5%)。而年級越高，同學介紹、報紙、書店、雜誌比率越高，父母告知比

率越低；女童由父母告知比率較高。

　　兒童閱讀課外書的地方，以選家中最高，達 79.8%；其餘依次為圖書館(42.3%)，教室(36.1%)，才藝、安親班(15.9%)，漫話小說出租店(15.2%)。而女童選家中、教室、圖書館比率較高，漫話小說出租店比率較低；年級越高，才藝安親班比率越低，漫畫小說出租店比率越高；都市化越高，圖書館比率越高。兒童閱讀課外書時常是自己一個人比率高達 72.2%，其餘依次為和兄弟姐妹(28.6%)、和同學(23.9%)、和爸媽一起(18.1%)。

　　至於閱讀課外書對兒童自己的好處，選增加課外知識的比率最高(60.9%)，其餘依次為提高作文能力(53.9%)，放鬆心情(53.6%)，對社會更加認識(41.9%)，忘記煩惱(40.4%)，娛樂(39.7%)，就是喜歡看書(39.7%)，學習幫忙解決自己的問題(37.8%)，提供與同學朋友的話題(26.2%)；看來兒童閱讀課外書閱最主要還是為了提高知識能力，其次為追求快樂。而都市化越高，選提高作文能力、對社會更加認識、放鬆心情、增加課外知識、忘記煩惱、提供與同學朋友的話題、娛樂、對社會更加認識的比率都越高，看來都市的兒童對閱讀課外書的好處，有較明確的認知；年級越高，選放鬆心情、增加課外知識、娛樂的比率越高；女童選提高作文能力、學習幫忙解決自己的問題比率較高。

第四節　　兒童閱讀興趣

　　從表 4-2 同樣可看到兒童閱讀書籍的形式，最常用的為「看卡通」(均數 3.32)，傳統書面的「看漫畫型態的書」(平均 2.87)，看文字為

主的書(2.79)則分居二、三，其中常常看卡通的高達 55.5%；其餘排在後面為非傳統的書籍形式，依次為看錄影帶(2.64)，聽做成錄音帶的書(2.16)，看電影型態的書(1.92)，看 VCD(1.86)，聽廣播中講的書(1.80)，看電子書(1.66)，在網上看書(1.60)，不曾在網上看書的高達(66.6%)。而年級越高，看文字為主的書、漫畫型態的書、電影型態的書之頻率(均數)越高，看卡通、聽做成錄音帶的書越低；女童看文字為主的書、聽做成錄音帶的書之頻率較高，看漫畫型態的書、卡通、電子書、VCD、在網上看書之頻率較低；都市化越高，看錄影帶、看電影型態的書越低。

對於各種內容的讀物類別中，兒童最喜歡的是笑話(均數 4.44)，非常喜歡笑話的兒童高達 62.4%；在所有 29 項讀物中，選笑話為最喜歡讀物的比率高達 20.9%，笑話仍高居第一；所有 29 項讀物依兒童喜歡程度(均數)的排序為：

一、笑話(4.44)

二、謎語(4.25)

三、冒險故事(4.11)

四、漫畫(3.98)

五、童話(3.93)

六、民間故事(3.89)

七、遊記(3.86)

八、科學故事(3.64)

九、歷史故事(3.638)

十、冒險小說(3.60)

十一、推理小說(3.59)

十二、繪本(3.58)

十三、生活故事(3.54)

十四、傳記(3.46)

十五、寓言(3.42)

十六、科學類知識讀物(3.40)

十七、武俠小說(3.39)

十八、歷史小說(3.35)

十九、童詩(3.31)

二十、科幻小說(3.25)

二十一、日記(3.18)

二十二、社會類知識讀物(3.165)

二十三、人文類知識讀物(3.158)

二十四、兒歌(3.14)

二十五、劇本(3.02)

二十六、古典詩(2.98)

二十七、現代詩(2.97)

二十八、散文(2.92)

二十九、少男少女小說(2.51)

　　這 29 項讀物，被兒童選為最喜歡者與最不喜歡者的比率，與前述均數之排序有很密切的關連：平均數越高，被選為最喜歡者的比率越高，被選為最不喜歡者的比率越低之現象(可參表 4-2)，對於這兩項比率，也就不必做太多說明；不過仍有一些發現，值得說明：

1.選笑話(20.9%)或漫畫(19.3%)為最喜歡者的比率合計高達四成；選詩，這包含童詩(.9%)，現代詩(.3%)與古典詩(.4%)為最喜歡者的比率，合計還不到2%。

2.選少男少女小說為最不喜歡者的比率高達 26.1%，遠超過其它讀物。

接著說明不同性別、年級、學校都市化程度的兒童，對各項讀物喜歡程度之差別。年級越高，越不喜歡童話、童詩、兒歌、古典詩、繪本，越喜歡歷史小說、冒險小說、推理小說、科幻小說、少男少女小說、傳記、漫畫、散文、劇本；越都市化，越不喜歡推理小說，越喜歡科學類知識讀物、人文類知識讀物；女童較喜歡童話、民間故事、生活故事、少男少女小說、寓言、童詩、兒歌、現代詩、古典詩、日記、散文、劇本、繪本，較不喜歡歷史故事、冒險故事、科學故事、歷史小說、冒險小說、武俠小說、推理小說、科幻小說、漫畫、科學類知識讀物。

至於兒童所閱讀的讀物，選本土創作的比率最高(46.2%)，翻譯居次(37.7%)，選改寫的最少(28.7%)。

表 4-1：兒童基本資料次數分佈表

(1)就讀學校：16 校 共 1794 人

都市化層級 1.505 人（28.1%）	台北市吳興國小 195 (10.9) 台北市松山國小 131 (7.3) 新莊市光華國小 179 (10.0)
都市化層級 2.548 人(30.5)	高雄市七賢國小　　　38 (2.1) 台中市東海大學附小 72 (4.0) 台中市國光國小　 170 (9.5) 台南市大港國小　 286 (14.9)
都市化層級 3.741 人(41.3)	嘉義市蘭潭國小 111 (6.2) 新竹科園國小　　37 (2.1) 桃園縣楊明國小　35 (2.0) 台南縣崑山國小 288 (16.1) 苗栗縣藍田國小　24 (1.3) 高雄縣內門國小　34 (1.9) 宜蘭縣竹林國小　64 (3.6) 花蓮縣秀林國小　45 (2.5) 花蓮縣師院實小 103 (5.7)

(2)年級

年　級	人　數
二	429 人(23.9%)
三	247　(13.8)
四	484　(27.0)
五	373　(20.8)
六	260　(14.5)

(3)性別

性　別	人　數
男	944 人(53.3)
女	827　(46.7)

表 4-2：兒童閱讀狀況與興趣統計表

貳、課餘活動

以下各題請選出一到數個符合你的情況，在框框中打勾：

1.你每天有多少課餘時間可以自由運用？

　　☐(1)1~30 分鐘　　22.1%　　☐(2)31~60 分鐘　　19.7

　　☐(3)61~120 分鐘　19.3　　☐(4)120 分鐘以上　35.5

2.在課餘時間中你喜歡做什麼休閒活動？

　　☐(1)看課外書　　49.5%　　☐(2)看電視　　　73.4

　　☐(3)聽音樂　　　47.2　　☐(4)遊戲、聊天　63.1

　　☐(5)體育活動　　47.5　　☐(6)看報章雜誌　14.1

　　☐(7)休息睡覺　　31.2　　☐(8)上網　　　　24.5

　　☐(9)看 VCD　　　21.9　　☐(10)打電動　　49.3

　　☐(11)學習才藝　28.9　　☐(12)做功課　　45.8

3.你平均每天花多少時間做下列事情：(在符合你情形的框框中打勾)

	0分 沒 做	1分 1 到 30 分 鐘	2分 31 到 60 分 鐘	3分 61 到 120 分 鐘	4分 121 到 180 分 鐘	5分 180 分 鐘 以 上	平 均 數
1.聽音樂	34.9%	46.1	11.8	3.2	1.5	2.5	1.98(分)
2.看報紙、雜誌	63.7	30.1	4.3	1.4	0.2	0.3	1.45
3.體育活動	25.7	36.0	24.7	8.3	2.4	2.9	2.34
4.休息睡覺	21.6	19.4	16.1	8.6	4.9	29.3	3.44
5.看 VCD	67.1	14.0	8.4	5.9	2.5	2.1	1.69
6.學習才藝	43.5	17.4	16.8	15.0	4.0	3.3	2.29
7.打電動	43.0	24.5	16.2	7.9	3.6	4.8	2.19
8.上網	68.3	14.0	9.1	4.9	1.9	1.8	1.64
9.做功課	4.7	39.1	37.2	13.8	2.6	2.6	2.78
10.遊戲、聊天	11.9	38.9	28.0	12.6	4.5	4.1	2.71
11.看電視	5.5	29.7	32.2	18.4	7.0	7.3	3.13
12.看課外書	18.8	40.5	24.5	9.4	3.3	3.6	2.49

參、兒童閱讀狀況

1.你喜歡閱讀課外書嗎？

□(1)非常喜歡　　29.7%　　　□(2)喜歡　　　　24.8　□(3)普通 40.1

□(4)不喜歡　　　2.6　　　　□(5)非常不喜歡 2.7

以下各題請選出一到數個符合你的情況，在框框中打勾：

2.你閱讀的課外書主要來源是

□(1)自己購買　　　22.6%　　　□(2)父母購買　　　71.2

□(3)兄弟姊妹購買　15.1　　　□(4)同學朋友借閱　20.6

□(5)圖書館借閱　　44.3

3.你從哪得知書籍的資訊

□(1)父母告知 51.4%　　□(2)老師推薦　24.4　□(3)同學介紹 25.5

□(4)報紙　　　1.7　　□(5)電視　　　24.7　□(6)廣播　　　7.5

□(7)書店　　52.8　　□(8)雜誌　　　13.6

4.你常在什麼地方閱讀課外書？

□(1)家中　　　79.8%　□(2)教室　36.1　　　　　□(3)圖書館 42.3

□(4)才藝、安親班 15.9　□(5)漫畫小說出租店 15.2 □(6)其他　　5.7

5.你閱讀課外書時常是

□(1)自己一個人　72.2%　　　□(2)和媽媽或爸爸　　18.1

□(3)和兄弟姊妹　28.6　　　　□(4)和同學一起　　　23.9

6.對你來說，閱讀課外閱讀能有什麼好處

□(1)提高作文能力 53.9%□(2)學習怎樣解決自己面臨的問題　37.8

□(3)放鬆心情　　55.6 □(4)增加課外知識　　　　　　　60.9

□(5)就是喜歡看書 39.7 □(6)忘記煩惱　　　　　　　40.4

□(7)提供與同學朋友的話題 26.2　　□(8)娛樂　　　　　39.7

□(9)對社會更加認識　　41.9　　□(10)其他＿＿＿＿　　3.0

肆、兒童閱讀興趣

一、 下列閱讀方式，按照你平常使用的狀況，選擇一個最符合你情形的答案：

二、

	4 常常使用	3 偶而使用	2 很少使用	1 不會使用	平均數
1.看文字為主的書	1.8%	29.9	23.8	14.5	2.79
2.看漫畫型態的書	34.5	30.1	23.0	12.4	2.87
3.看卡通	55.5	25.7	13.6	5.2	3.32
4.聽廣播中講的書	8.2	14.0	26.8	51.0	1.80
5.聽做成錄音帶的書	14.4	22.8	27.4	35.4	2.16
6.看電子書（光碟書）	8.9	11.6	16.0	63.4	1.66
7.看 VCD	12.4	14.5	19.9	53.2	1.86
8.在網上看書	7.8	10.9	14.7	66.6	1.60
9.看電影型態的書	10.9	16.7	26.2	46.3	1.92
10.看錄影帶	24.5	31.5	27.2	16.8	2.64

二、在下列各種讀物類別中，按照你平常喜不喜歡的程度，在符合你
　　情形的框框中打勾

	5 非常喜歡	4 喜歡	3 普通	2 不喜歡	1 非常不喜歡	平均數	選為最喜歡讀物	選為最不喜歡讀物
1.童話	39.1%	26.0	27.1	4.5	3.3	3.93	4.3%	0.9%
2.民間故事(含神話，傳說)	38.8	28.3	21.7	6.1	5.1	3.89	3.0	1.3
3.生活故事	23.9	26.7	34.2	9.7	5.4	3.54	0.5	2.0
4.歷史故事	35.2	19.1	27.4	10.4	7.6	3.638	2.5	2.8
5.冒險故事	48.0	25.7	18.6	4.9	2.9	4.11	6.1	1.3
6.科學故事	29.4	24.9	30.9	10.1	4.7	3.640	2.8	1.5
7.歷史小說	25.7	19.5	29.4	14.5	10.8	3.35	2.2	3.7
8.冒險小說	32.2	21.5	26.8	12.9	6.5	3.60	2.2	1.1
9.武俠小說	29.8	16.9	26.2	16.6	10.5	3.39	4.7	5.8
10.推理小說	34.7	19.5	24.1	13.3	8.4	3.59	7.2	2.1
11.科幻小說	24.3	18.3	27.6	18.0	1.8	3.25	0.6	1.5
12.少男少女小說	12.7	9.4	23.9	24.0	30.1	2.51	2.0	26.1
13.寓言	26.6	22.4	28.3	11.9	10.8	3.42	2.2	2.3
14.童詩	21.9	21.6	31.9	15.0	9.7	3.31	0.9	2.9
15.兒歌（童謠）	21.3	16.5	30.5	18.1	13.5	3.14	1.6	8.5

16.現代詩	14.1	17.1	34.7	19.8	14.4	2.97	0.3	2.6
17.古典詩	16.4	16.4	30.2	22.1	14.9	2.98	0.4	6.1
18.日記	18.9	20.2	32.6	16.5	11.8	3.18	1.0	4.9
19.傳記	26.5	23.8	28.1	12.4	9.2	3.46	1.5	1.6
20.遊記	37.5	28.7	20.9	7.8	5.1	3.86	0.9	0.5
21.笑話	62.4	24.9	8.8	2.2	1.8	4.44	20.9	1.2
22.謎語	54.7	25.9	12.4	4.3	2.8	4.25	5.8	1.1
23.漫畫	48.1	21.4	16.8	7.3	6.4	3.98	19.3	4.9
24.散文	12.8	18.4	32.6	19.9	16.2	2.92	0.2	4.5
25.劇本	17.4	17.3	29.9	20.5	15.0	3.02	0.5	4.4
26.繪本（圖畫書）	32.0	24.0	23.6	10.7	9.7	3.58	1.9	1.7
27.科學類知識性讀物	28.6	20.1	26.4	12.7	12.2	3.40	2.9	2.4
28.人文類知識性讀物	21.9	17.1	30.9	15.6	14.5	3.158	0.4	1.4
29.社會類知識性讀物	20.8	19.0	30.7	14.9	14.6	3.165	1.0	3.2

30.你閱讀的兒童讀物是：□本土創作 46.2%　　□翻譯　37.7　　□改寫 28.7

伍、家中擁有媒體之狀況（家中有的請在框框中打勾）

　　□錄音機 78.8%　　□錄放影機 57.7　　□電視機 90.9　　□VCD 機 29.8

　　□電動遊樂器 56.4　□個人電腦 45.4　□LD　　11.1　□DVD　　12.9

　1.家中報紙訂閱狀況□沒訂閱　□一種　□兩種　□三種　□四種以上
　　　　　　　　　　　37.4%　　37.3　　　14.6　　　5.2　　　5.2

　2.家中雜誌訂閱狀況□沒訂閱　□一種　□兩種　□三種　□四種以上
　　　　　　　　　　　62.6%　　20.6　　　9.1　　　3.1　　　4.6

第伍章：結論與建議

第伍章：結論與建議

有人說這是一個充滿弔詭的時代。弔詭指的是「相互對立的兩件事同時並存」。弔詭之所以令人困惑，主要由於事情未照我們認為理所當然的方式發生；其次是，它要我們接受相互矛盾，「同一時間裡背道而馳的事物」。（見韓第著，周旭華譯，1995 年 8 月天下版《覺醒的年代——解讀弔詭新未來》，頁 55～57）。

與弔詭共處就像坐蹺蹺板，據說小孩子最清楚這種遊戲，他們知道如何相互干擾，以捉弄對方取樂。至於成年人則反之。以世代差異而言，年老的弔詭在於，每一代人都認為自己理所當然與前一代不同，但在規畫未來時，似乎又認為下一代應該和這一代相同。

申言之，我們現在的時代，是「非理性的時代」、也是「非常弔詭的時代」，在宗教的說法上，是「世紀末的時代」。所以在台灣目前非常流行一種「新生活」，也叫做「新時代」。杜佛勒稱之為「第三波」，也有人叫它作「後現代」，更普遍的講法是「資訊化的時代」。什麼叫做「第三波」，它的出現實際上跟電腦的發明有關，歐美社會是從 1945 年電腦出現之後，正式邁入資訊化時代。台灣從近年開始，才真正的邁入所謂的「後現代」。目前使用「後現代」作為學術用語，已經越來越多了，如「後現代教育」、「後現代美術」。

這個社會的特性是——新奇性、多樣性、暫時性。今日社會中唯一不變的事實就是：世界上沒有不變的事實。

從事教育的人，必需先了解你的顧客——兒童，我們常常講「新

人類」、「新新人類」。「新人類」這個名稱,是日本一個作家所提出來的,他將 1965 年以後出生的人稱為「新人類」,而台灣在開喜烏龍茶這個電視廣告出現「新新人類」的名稱後,社會學家也開始採用這個名詞,他們稱 1975 年後出生的人為「新新人類」。

在美國的術語上來講,在 1945 年後出生的叫「嬰兒潮」,也就是美國當家的這一代,在 1965 年後出生的叫做「反嬰兒潮」,也稱之為「X 世代」,至於 1975 年後出生的人稱為「Y 世代」。目前,亦有人將 1977 以後出生的稱之為「N 世代」(網路世代)。

透過問卷與分析,我們追求的是一種「對話」和「對話意識」。

對話,按照它的原始意義,是指人與人之間的一種談話方式。在任何一個社會中,人都不可避免地要與別人接觸和談話。然而同樣是與別人談話,方式和效果卻大不一樣。有的人與他人說話時,盛氣凌人,動輒以教訓的口吻;有的人談笑風生,侃侃而談,卻不顧他人之情緒和所想;有的人在交談中窮於應付,不敢敞開自己的胸懷。但是,在這種種不恰當的交談之外,還有一種將談話者的整個身心融進去,在談話後使人如同得到一次脫胎換骨的變化的交談。這種交談使人與人之間很快達到協調,相互擴大眼界,精神生活進入一個新的和更高的層次。這種交談正是我們所說的對話。對話是一種平等、開放、自由、民主、協調、富有情趣和美感、時時激發出新意和遐想的交談。

而「對話意識」所追求的,則是消解種種兩極之間的對立,讓它們平等地對話,在對話中相互作用,產生出某種既與二者有關,又與二者不同的全新的東西,而這也就是解釋學的真理。(以上見滕

守堯著，1995 年 2 月揚智版《對話理論》，頁 21～26）。

持此，所謂分析的結果，並非即是結論，而是事實的呈現，也是「對話」：

1. 學童家中擁有的視聽媒體（如電視機、錄音機、錄放影機、電動遊樂器、個人電腦），可說已相當普及。
2. 學童家中訂閱報紙、雜誌的比率偏低。
3. 學童每天所擁有可自由運用的課餘時間，雖然 120 分鐘以上的佔最多（35.5%），但只有 1~30 分鐘的也有 22.1%。
4. 學童喜歡看課外書的比例應該說是不低，又看文字為主的閱讀雖居第三位，但文學性讀物則偏低。但是真正實踐看課外書超過一小時的比例則偏低。
5. 閱讀課外書主要來源來自父母者偏高。
6. 課外書資訊管道來自老師推薦者偏低。
7. 學童閱讀場所以家中為主，且以自己一個人閱讀為主。
8. 學童最喜歡的讀物是笑話與漫畫，比例高達四成，至於最喜歡詩者（含童詩、現代詩、古典詩），合計比例不到 2%。又選少男少女小說為最不喜歡者，其比例高達 26%。
9. 學童所閱讀的讀物，選本土創作的比例 46%，翻譯 37%，選改寫的有 28.7%

至於，所謂的建議，則是另一段可能的對話：

面對未來，人類世界面臨了三大衝擊，一個是科技。第二個是

民主的觀念。第三個是國際化。這是無可避免的。

在〈教育最後理想國〉一文中提到，前瞻未來，世界正面臨七大緊張：

一、全球化與地方化的緊張：每個人都將逐漸成為世界公民，但在同時又不能失去根本源頭的認同，每人都必需在所屬的國家與社區扮演積極參與的角色。我們雖然要邁入國際化，但相對於地方化、區域化的觀念，越來越受到重視，國際化和地方化到底要如何去化除緊張，也是我們兩方面在拉拔的。

二、同質化與個人化的緊張：文化正逐步全球化，但過於強勢的全球性發展，所造成的文化同質性，將可能危及個人獨特潛能發展的空間，也可能進一步危及人類文化發展的創造性。

三、傳統與現代化的緊張：在現代化的過程中，如何避免失落傳統歷史；在追求民主自治的同時，如何尊重他人的自由發展……都是這時代所面臨的根本挑戰。到底我們要保留那些傳統，怎麼追求現代化，未來教育都必須討論到。

四、長期考量與短期考量的緊張：資訊科技的進步，經常把人的焦點放在短期的、眼前的問題上，因為有太多及時可得的訊息、刺激，使得人在理智上、情感上都不自主地受困於眼前的問題。但過於要求快速的解答，卻忽略了解決問題需要時間協調、規劃。教育改革經常面臨的正是這種情境。

五、競爭與公平的緊張：這是工業化之後，人無法避免的困境，一方面無法逃避競爭的必要；一方面又渴求擁有公平的機會。因此

「終身教育」，試圖將三種力量結合在一起。這三種力量，第一是競爭，它提供了教育的誘因；第二是合作，它提供了教育的動力；第三是團結，它可以凝聚力量。

六、知識領域擴張與人類理解力的緊張：資訊爆炸的社會，人再怎麼讀也讀不了多少，莊子曾說：「以有涯，隨無涯」（莊子.養生主）是最危險的。但從另一個角度來講，愈知道自己無知，愈會感到謙卑，讀書的目的就是要感到謙卑。這個時代社會，絕對沒有誰比誰厲害，你會發現我們每個人都懂得很有限。任何有遠見的課程規劃，都應該提供學生一個可以透過學習、實驗與個人經歷，而提升自我生活的教育環境。

七、精神與物質的緊張：最近自殺事件頻傳，人會走上這條路，可能是有精神和物質方面，無法取得平衡點，所以才會自殺。教育的高貴使命之一，就在於鼓勵每個人，能在依循自己的傳統與信念之外，也尊重不同理念價值的多元文化，透過開放的心胸與理解，提升自我的精神境界。（詳見 1997 年 4 月天下雜誌《海闊天空》頁171~172）。

面對我們的教育，觀念須完全的改變。台灣的教改不是從今天開始，而是從十幾年前，就已經有很多人在做，今日多少有些開花結果。大家共同的認識：就是只有透過教育，才比較有可能改變我們的現象，也才能催生一個全新的社會。

所以，李遠哲所領導的教改會，提出的教改會諮議報告書中，歸納出五點教改方向：

一、放鬆管制走向多元：目前教育體系衝擊最大的是師範教育，只要透過教育學程，就可以拿到教師資格，但這並不代表就有職業，還得透過甄試這關卡，才能到學校服務。

二、修改課程，實行小班制，把所有學生帶上手。

三、打通升學管道。

四、提升教育品質落實專業自主：這是目前教師都應該做到的，教師本身須具備專業知識，更重要的是要有獨立自主的能力。

五、建立終身學習體系：目前教育部開放教材，它的目的，就是要打破教材統一的藩籬，這對老師是一種鬆綁。歐美先進國家的作法是，老師自行安排課程與教材，老師可視其教學需要作調整。其實整個教育鬆綁，不是全面對老師放鬆，而是變相的要求老師，要有更高的專業知識和自主，「混」不是教育鬆綁的目的。

未來的課程，會以電腦為基礎，課程規劃主要有四部份：

一、個人成長課程：包括自信、企圖心、溝通技巧和人際關係技巧。

二、生存技能課程。

三、學習如何學的課程。

四、學科式課程。（詳見 1997 年 4 月中國生產力中心版《學習革命》，P519~520）。

申言之，寫作是一種探討尋找的過程，而不是在鋪陳既定的推論或解說標準的程式。

當然，閱讀自然也會是一番搜尋的功夫，亦即是思考的過程。實

際上就是參與寫作，也是一種嫁接活動。在這種活動中添了許多東西，但非隨意增添，而是在本文半推半就的狀況下填入的，由於這種填入，本文產生增殖，產生意義的播撒。

閱讀作品，展開創造，它是人類的一種需要，一種生活的形式。

仁者見之謂仁，智者見之謂智。

子夏問曰：「巧笑倩兮，美目盼兮，素以爲絢兮，何謂之也？」子曰：「繪事后素。」曰：「禮後乎？」子曰：「起予者商也，始可與言詩已矣。」

臣奉王令，引彼瞽人，將之象所，牽手示之。中有持象足者，持尾者，持尾末者，持腹者，持 者，持背者，持耳者，持頭者，持牙者，持鼻者。瞽人于象所爭之紛紛，各謂己眞彼非，使者牽還，將詣王所。王問之曰：汝曹見象乎？對曰：我曹俱見。王曰：象何類乎？

持足者對言：明王，象如漆筒。

持尾者言：如掃帚。

持尾本者言：如杖。

持腹者言：如鼓。

持脅者言：如壁。

持背者言：如高機。

持耳者言：如簸箕。

持頭者言：如魁。

持牙者言：如角。

持鼻者對言：明王，象如大索。

復於王前共訟曰：大王，象眞如我言！（見佛經《六度集經》
〈瞎子摸象〉。）

其實，所謂的閱讀，正是瞎子摸象，亦即是各說各話與猜測的
文字遊戲。

後現代主義者李歐塔（Jean-Françoir　Lyotard）拒絕人的理性的
普遍性，否認客體世界的存在。因此，我們是無從言說真理的。即
使有真理，也是多重的，並且它既不是絕對的也不是普遍的。

典範不再，價值重新建構，這是個全面遊戲化的社會。後現代
哲學的作用是讓人們的在遊戲中充分發揮自己創新的作用與潛力，
動動腦筋，提出新見解，充實多樣性、多元性。後現代主義主張形
式的開放，摒棄既定的美學常識，於是產生了無數意義的可能，亦
即在自反的傳統中間開拓新的生機。

概言之，人們不光要生活，而且要能快樂地生活。人們能從尋
常的生活中尋求創意、遊戲、美感與人性，進而實現自我的生活方
式。

引申地說（或嫁接、播撒、增殖）：

教育不是「從外面強注於兒童」與「完全放任兒童」之間的選
擇而已。教師的任務是在：引起兒童個人的真實經驗。

寫給兒童看的書應當不是爲了教訓兒童：而只是爲了引起他們
的注意力和好奇心。

羅吉斯（C.R.Rogers）認為：促進學習並不在於教學技巧、專業知識、課程計劃、視聽輔助器材、編序教學、演講或示範、豐富的書籍等。雖然這些有時可作為重要的資源，但是，學習者與催化者之間的人際關係才是促進學習最重要的因素。羅吉斯認為催化者具有「真實、尊重與了解的態度時」，就能促進學習。

雖然典範無常，我在故我思；我思故在。成長與價值，有賴自我建構。

且讓我們揚棄單一與固執，朝向開放與無執。邵雍臨終時，好友程頤請他留下勉勵後進的話，他默默無語，只把雙手攤於胸前，程氏催促，只好戲謔自己說：「我一生走的都是窄路，窄得連自己都不易立足，又怎能引導別人走什麼呢？」

孩子是上天賜給父母的恩寵，以孩子的心，以孩子的情，以寬廣的愛去教育孩子，就是回饋上天禮物的最好表現。

父母、教師如果懂得經營自己和經營環境，是啟發孩子良好性格的動力。

其實，經營之原則和方法，是建立在愛、尊重與肯定。更簡單的是老生常談的「以身作則」。

以下的建議，是另一段可能的對話：

1.對學童而言，主體性有待加強。
2.對父母而言，可否放輕鬆些。
3.對教師而言，可否稍加典範。
4.對出版社而言，本土創作並不寂寞。

5.對學術界而言，小說對學童的適切性值得探討。

閱讀可以為自己在忙碌的生活中開闢另一個世界，無拘無束地在書中徜徉。

面對讀書、知識與權力、功利的共生，面對學習型的社會，如何推展終身學習，重建閱讀理念，重返閱讀的本質，亦即希望閱讀的關係從知識、權力的桎梏中解放，閱讀成為一種互動，一種休閒和遊戲，這是我們所該慎思之處，亦是目前閱讀運動或讀書會宜加深思之處，我們盼望：

讀書，是終生的本能行為。

參考書目

中文

一、

1.兒童閱讀及寫作指導　王逢吉編著　台中師專　1963.10 修訂再版

2.國民小學圖書管理與閱讀指導　陳思培編寫　臺灣省國民學校教師研習會出版　1969.03

3.台東縣國民小學六年生課外閱讀興趣之調查研究　鳳志科著　台灣省政府教育廳　1972.06

4.兒童閱讀研究　許義宗著　台北市立女師專　1977.06

5.怎樣指導兒童課外閱讀　邱阿塗編著　臺灣省教育廳　1971.03 (1981.03 增訂再版)

6.理想國　柏拉圖著　侯健譯　聯經出版公司　1980.01

7.文藝社會學　Robert Escarpit 著　顏美婷譯　南方雜誌社　1988.02

8.民主主義與教育　John Dewey 著　林寶山譯　五南圖書出版公司 1989.05

9.圖書館與閱讀指導　胡鍊輝　臺灣書店　1989.12

10.愛彌兒　盧騷著　李平漚譯　五南圖書出版公司　1989.12

11.後現代理論與文化社會 Fredric Jameson 著 合志文化公司 1990.01

12.兒童閱讀指導學術研討會　林武憲等　中華民國兒童教育研究發展中心　信誼基金會　1990.05

13.幼兒閱讀現況調查研究　信誼基金會學前兒童教育研究發展中心　信誼基金會　1990.05

14.兒童讀物消費調查研究報告　信誼基金會學前兒童教育研究發展中心　信誼基金會　1990.06

15.教育漫話　洛克著　傅任敦譯　五南出版公司　1990.09

16.適合國中生閱讀之文藝作品調查研究　國家文藝基金管理委員會　1990.10

17.適合大專學生閱讀之文藝作品調查研究　國家文藝基金管理委員會　1992.05

18.理念的人　柯賽著　郭方等譯　桂冠圖書公司

19.心靈饗宴　文藝作品調查研究小組編撰　國家文藝基金管理委員會　1992.06

20.書林采風　文藝作品調查研究小組編撰　國家文藝基金管理委員會　1992.06

21.文學星空：適合大專學生文藝作品簡介　國家文藝基金管理委員會　1992.09

22.適合社會青年閱讀之文藝作品調查研究　國家文藝基金管理委員會　1992.12

23.孩子一生的閱讀計畫　天衛文化公司製作　天衛圖書股份有限公司　1993.11

24.台灣兒童文學史　洪文瓊著　傳文文化公司　1994.06

25.童年的消逝　Nail Postman 著　蕭昭君譯　遠流出版公司　1994.11

26.對話理論　滕守堯著　揚智文化出版社　　1995.02

27.台灣流行文藝作品調查研究　明道文藝雜誌社研究　文化建設基
　　金管理委員會　1995.06

28.批判社會學　黃瑞祺著　三民書局　1996.11

29.翰海觀潮：台灣流行文藝作品簡介　文化建設基金管理委員會
　　1997.05

30.社會與文化　Jeffry Alexander & Steven Seidman 編　吳潛誠等
　　譯　立緒文化公司　1997.09

31.台灣圖書出版市場研究報告　行政院文化建設委員會　1997.12

32.書香滿寶島：好書分享　姚靜遺主編　行政院文化建設委員會
　　1997.12

33.台灣圖書出版市場研究報告　行政院文化建設委員會　1998.02

34.書、兒童、成人　Paul Hazard 著　傅林統譯　富春文化公司
　　1998.05

35. 1998 青少年週末假期媒體休閒調查報告　金車教育基金會
　　1998.05

36.文化　Chris Jenks 著　俞智敏等譯　巨流圖書公司　1998.05

37.中華民國八十七年（1998 年）台灣圖書出版市場研究報告　行政
　　院文化建設委員會　1999.02

38.夢土烙印　林黛嫚主編　賴國洲書房　1999.02

39.1999 青年文學隨身書　林黛嫚主編　賴國洲書房　1999.03

40.孩子在生活中學習　Dorothy Law Nolte & Rachel Harris 著　吳淑

玲譯　新迪文化有限公司　1999.04

41.1999 年教育部邁向學習社會—結合圖書館推動讀書會活動成果報
　　告　國家圖書館、中華民國讀書會發展協會　1999.06

42.台灣兒童文學手冊　洪文瓊編著　傳文文化事業有限公司
　　1999.08

二、

1.兒童讀物閱讀型態與學齡兒童生活適應關聯之研究　劉曉秋　中國
　　文化大學兒童福利研究所碩士論文　1983.07

2.青年讀者閱報習慣之調查分析　黃葳威　中國文化大學新聞研究所
　　碩士論文 1988.01

3.關於全國五城市兒童閱讀狀況即其市場研究的報告　中國社會科學
　　院新聞所媒介傳播與青少年發展研究中心　中國圖書商報　1999

三、

1.兒童讀物興趣的調查　陳梅生　教育部教育通訊　2 卷 23 期
　　1951.11　頁 215-220

2.台灣省兒童閱讀興趣發展之調查研究　葉可玉　國立政治大學學報
　　第十六期 1963　頁 305-361

3.優良兒童讀物推薦書單　馬景賢、張水金　新書月刊　19 期
　　1985.04　頁 24-25

4.兒童讀物的評鑑與選擇　鄭雪玫　輔仁學誌 15 期　1986.06　頁
　　211-220

5.兒童讀物消費狀況　陳靜芬　精湛 19 期　1988.10　頁 60-61

6.1945-1992 年台灣地區外國兒童讀物文學類作品中譯本調查研究計劃書　鄭雪玫　國立中央圖書館分館 11 期　1993.01

7.台灣地區兒童讀物文學類中譯本出版狀況　鄭雪玫文訊雜誌革新 63 期 102 號　1994.04　頁 31-33

8.成人閱讀之研究　陳珮慈　圖書與資訊學刊 18 期　1996.08　頁 41-61

9.高中生閱讀行為研究　楊曉雯　資訊傳播與圖書館　3 卷 4 期 1997.06 頁 75-88

英文

1.Apple,M.（1990）Ideology and curriculum　Rort Tledge

2.Bettelherim, B.(1977) The uses of enchantment. New York: Vintage.

2.Bocock,R.（1993）consumption Rontledge

3.Bourdieu,P.（1984）Wistimction Cambridge Harvard University Press

4.Bourdieu,P.（1993）the Field of cultural production polity press

5.Fowler,B.（1997）Pieve bourdieu and cultural theory Sage

6.Gwartz,D.（1997）　Culture and power University of Chicago

7.Held,D.（1980）Introduction to critical theory University of California Press

8. Hodge, B. & Tripp. W.(1986). Children and television. Cambridge. UK: Polity.

9.Hunt ,P.（1991）Criticism , theory ,& children's literature Blackwell

10.James,W.（1958）Talks to teachers Norton

11.Jay,m.（1973）the dialectical imagination Berkeley, University of California Press

12.Jenkins,H.（Ed）（1998）The children's culture New York University

13.Jenks,C.（1996）Childhood. Routledge

14.Lipson, E. (1988) Parent's guide to the best books for children. New York: Times Books.

15.Milrer,A.（1996）Literature . culture and society New York University

16.Jaxel,G.（1989）"Children's literature as an ideological text " In giroux , H & Mc Laren,p.（Eds）Critical pedagogy the state and cultural struggle. Suny

17.Postman, N.(1979) Teaching as a conserving activity. New York: Well.

18.Swartz,D.（1997）Culture and power University of Chicago press

19.Wellek,R.&Warren,A.（1963）Theory Of Literature .Penguin

20.Williams,R.（1977）Marxism and literature.Oxford university press

21.William,R.（1981）The sociology of culture.Schocken Books

附錄一　　　　兒童閱讀興趣問卷調查表

親愛的同學：

　　你好，很抱歉打擾你一點時間，我們正在做一項全國性的兒童閱讀興趣研究調查，這些資料將可以提供未來兒童讀物創作、出版的參考。你是這次訪問的對象之一，你的意見是非常重要而寶貴的，希望你配合老師的解說，耐心做完這份問卷，謝謝你的幫忙。

　　　　　　　　　　　台東師院兒童文學研究所

　　　　　　　　　　　1999.9

壹、兒童資料

＿＿＿＿＿＿國民小學＿＿＿＿＿年＿＿＿＿ 班　姓名：＿＿＿＿＿＿＿

一、出生日期：民國＿＿＿＿＿年＿＿＿月＿＿＿日

二、性別：☐1 男　☐2 女

貳、課餘活動

以下各題請選出一到數個符合你的情況，在框框中打勾：

1.你每天有多少課餘時間可以自由運用？

　　☐（1）1~30 分鐘　　☐（2）31~60 分鐘

　　☐（3）61~120 分鐘　☐（4）120 分鐘以上

2.在課餘時間中你喜歡做什麼休閒活動？

　　☐（1）看課外書　　☐（2）看電視

　　☐（3）聽音樂　　　☐（4）遊戲、聊天

□（5）體育活動　　　　□（6）看報章雜誌

□（7）休息睡覺　　　　□（8）上網

□（9）看 VCD　　　　　□（10）打電動

□（11）學習才藝　　　　□（12）做功課

3.你平均每天花多少時間做下列事情：（在符合你情形的框框中打勾）

	沒做	1到30分鐘	31到60分鐘	61到120分鐘	121到180分鐘	180分鐘以上
1.聽音樂	□1	□2	□3	□4	□5	□6
2.看報紙、雜誌	□1	□2	□3	□4	□5	□6
3.體育活動	□1	□2	□3	□4	□5	□6
4.休息睡覺	□1	□2	□3	□4	□5	□6
5.看 VCD	□1	□2	□3	□4	□5	□6
6.學習才藝	□1	□2	□3	□4	□5	□6
7.打電動	□1	□2	□3	□4	□5	□6
8.上網	□1	□2	□3	□4	□5	□6
9.做功課	□1	□2	□3	□4	□5	□6
10.遊戲、聊天	□1	□2	□3	□4	□5	□6
11.看電視	□1	□2	□3	□4	□5	□6
12.看課外書	□1	□2	□3	□4	□5	□6

參、兒童閱讀狀況

1.你喜歡閱讀課外書嗎？

□（1）非常喜歡　　　□（2）喜歡　　　□（3）普通

□（4）不喜歡　　　□（5）非常不喜歡

以下各題請選出一到數個符合你的情況，在框框中打勾：

2.你閱讀的課外書主要來源是

□（1）自己購買　　　□（2）父母購買　　　□（3）兄弟姊妹購買

□（4）同學朋友借閱　　□（5）圖書館借閱

3.你從哪得知書籍的資訊

□（1）父母告知　　□（2）老師推薦　　□（3）同學介紹

□（4）報紙　　　　□（5）電視　　　　□（6）廣播

□（7）書店　　　　□（8）雜誌

4.你常在什麼地方閱讀課外書？

□（1）家中　　　　□（2）教室　　　　□（3）圖書館

□（4）才藝、安親班　□（5）漫畫小說出租店　□（6）其他＿＿＿＿＿＿

5.你閱讀課外書時常是

□（1）自己一個人　　□（2）和媽媽或爸爸

□（3）和兄弟姊妹　　□（4）和同學一起

6.對你來說，閱讀課外閱讀能有什麼好處

□（1）提高作文能力　　　□（2）學習怎樣解決自己面臨的問題

□（3）放鬆心情　　　　　□（4）增加課外知識

□（5）就是喜歡看書　　　□（6）忘記煩惱

□（7）提供與同學朋友的話題　□（8）娛樂

□（9）對社會更加認識　　　□（10）其他 _____

肆、兒童閱讀興趣

一、下列閱讀方式，按照你平常使用的狀況，選擇一個最符合你情形的答案：

	常常使用	偶而使用	很少使用	不曾使用
1.看文字為主的書	□1	□2	□3	□4
2.看漫畫型態的書	□1	□2	□3	□4
3.看卡通	□1	□2	□3	□4
4.聽廣播中講的書	□1	□2	□3	□4
5.聽做成錄音帶的書	□1	□2	□3	□4
6.看電子書（光碟書）	□1	□2	□3	□4
7.看 VCD	□1	□2	□3	□4
8.在網上看書	□1	□2	□3	□4
9.看電影型態的書	□1	□2	□3	□4
10.看錄影帶	□1	□2	□3	□4

二、在下列各種讀物類別中，按照你平常喜不喜歡的程度，在符合你情形
　　的框框中打勾

	非常喜歡	喜歡	普通	不喜歡	非常不喜歡
1.童話	☐1	☐2	☐3	☐4	☐5
2.民間故事（含神話、傳說）	☐1	☐2	☐3	☐4	☐5
3.生活故事	☐1	☐2	☐3	☐4	☐5
4.歷史故事	☐1	☐2	☐3	☐4	☐5
5.冒險故事	☐1	☐2	☐3	☐4	☐5
6.科學故事	☐1	☐2	☐3	☐4	☐5
7.歷史小說	☐1	☐2	☐3	☐4	☐5
8.冒險小說	☐1	☐2	☐3	☐4	☐5
9.武俠小說	☐1	☐2	☐3	☐4	☐5
10.推理小說	☐1	☐2	☐3	☐4	☐5
11.科幻小說	☐1	☐2	☐3	☐4	☐5
12.少男少女小說	☐1	☐2	☐3	☐4	☐5
13.寓言	☐1	☐2	☐3	☐4	☐5
14.童詩	☐1	☐2	☐3	☐4	☐5
15.兒歌（童謠）	☐1	☐2	☐3	☐4	☐5
16.現代詩	☐1	☐2	☐3	☐4	☐5
17.古典詩	☐1	☐2	☐3	☐4	☐5
18.日記	☐1	☐2	☐3	☐4	☐5
19.傳記	☐1	☐2	☐3	☐4	☐5
20.遊記	☐1	☐2	☐3	☐4	☐5
21.笑話	☐1	☐2	☐3	☐4	☐5

22.謎語	□1	□2	□3	□4	□5
23.漫畫	□1	□2	□3	□4	□5
24.散文	□1	□2	□3	□4	□5
25.劇本	□1	□2	□3	□4	□5
26.繪本（圖畫書）	□1	□2	□3	□4	□5
27.科學類知識性讀物	□1	□2	□3	□4	□5
28.人文類知識性讀物	□1	□2	□3	□4	□5
29.社會類知識性讀物	□1	□2	□3	□4	□5

1.在前面所列 29 項讀物中，寫出你最喜歡看的一類，並寫出喜歡的原因。

　　最喜歡看的是：＿＿＿＿

　　原因：＿＿＿＿＿＿＿＿＿＿＿＿＿＿＿＿＿＿＿＿＿＿＿＿＿

2.在前面所列 29 項讀物中，寫出你最不喜歡看的一類，並寫出不喜歡的原因。

　　最不喜歡看的是：＿＿＿＿

　　原因：＿＿＿＿＿＿＿＿＿＿＿＿＿＿＿＿＿＿＿＿＿＿＿＿＿

3.你閱讀的兒童讀物是：□本土創作　　□翻譯　　□改寫

伍、家中擁有媒體之狀況（家中有的請在框框中打勾）

　　□錄音機　　　　□錄放影機　　　□電視機　　　□VCD 機

　　□電動遊樂器　　□個人電腦　　　□LD　　　　　□DVD

　　1.家中報紙訂閱狀況：□沒訂閱 □一種 □兩種 □三種 □四種以上
　　2.家中雜誌訂閱狀況：□沒訂閱 □一種 □兩種 □三種 □四種以上

謝謝你的協助！

國家圖書館出版品預行編目（CIP）資料

林文寶兒童文學著作集. 第四輯, 其他編 / 林文寶作.
-- 初版. -- 臺北市：萬卷樓圖書股份有限公司,
2023.09
　冊；　公分. --（林文寶兒童文學著作集；
1605004）
ISBN 978-986-478-980-1(第 3 冊：精裝). --
ISBN 978-986-478-989-4(全套：精裝)

1.CST: 兒童文學 2.CST: 文學理論 3.CST: 文學評論
4.CST: 臺灣

863.591　　　　　112015560

林文寶兒童文學著作集　第四輯　其他編　第三冊

讀書會、閱讀與知識
台灣地區兒童閱讀興趣調查研究

作　者　林文寶
主　編　張晏瑞

出　版　萬卷樓圖書股份有限公司
發行人　林慶彰
總經理　梁錦興
總編輯　張晏瑞
聯　絡　電話 02-23216565　　　傳真 02-23944113
　　　　網址 www.wanjuan.com.tw
　　　　郵箱 service@wanjuan.com.tw
地　址　106 臺北市羅斯福路二段 41 號 6 樓之三
印　刷　百通科技股份有限公司
初　版　2023 年 9 月
定　價　新臺幣 18000 元　全套十一冊精裝　不分售
ISBN　978-986-478-989-4(全套　：精裝)
ISBN　978-986-478-980-1(第 3 冊　：精裝)